KB151949

www.bbulmedia.com

www.bbulmedia.com

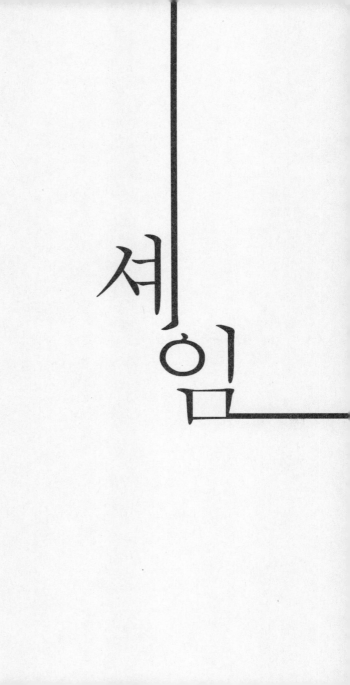

DAHYANG ROMANCE STORY

셔임

나의 사랑은 부끄럽다

김정현
장편 소설

"고비는 넘겼습니다만……."

그리 밝지 않은 의사의 말에 윤의 표정이 어두워졌다. 지금 설명을 듣고 있는 그녀의 얼굴도 중환자실에 누워 있는 그녀의 아버지만큼이나 수척하기 짝이 없었다.

"일단 경과를 봐야 할 것 같습니다. 뇌출혈은 수술 후에 회복이 어디까지 될지 가늠하기가 힘드니까요. 죄송합니다."

"아니에요. 감사합니다."

전망은 밝지 않았지만 윤으로서는 그렇게 답하는 수밖에 없었다. 사실 뇌출혈로 쓰러진 아버지의 수술이 무사히 끝난 것만 해도 다행스러웠다. 어쨌든 생명이 위독한 것은 아니었으니까. 그러나 아버지가 목숨을 건진 것과 하루에만 수십만 원에 달하는 중환자실 입원비와 수술비는 또 다른 문제였다.

아버지가 평생을 바쳐 일군 저축은행이 대형 금융그룹에 강제 합병당한 지 6개월째. 변한 것은 언제나 가족들 곁을 든든하게 지키던 아버지가 병상에 누웠다는 사실만이 아니었다. 여태까지 당연하게 여기고 누렸던 모든 것이 사라졌던 것이다.

태어나서 지금까지 살았던 서울 노른자위 땅 저택의 소유권이 넘어가고, 오랫동안 아버지를 도와 함께 회사를 이끌면서 윤에게는 삼촌이나 다름없었던 회사의 임원들이 남남처럼 돌아서는 모습도 봐야 했다. 그런 모습들이 처음에는 화가 났지만, 이제 더 이상 그런 감정도 일어나지 않았다.

"엄마?"

집으로 돌아온 윤은 현관을 들어서자마자 아버지의 수술이 진행되는 동안 집을 지키고 있었던 엄마를 찾았다.

"주무셨어요?"

윤이 병원에서 아버지 정식의 수술이 끝나길 기다린 동안 집에 머무르고 있던 선주는 멍한 눈빛으로 귀가한 딸을 돌아보았다.

"왔니?"

선주의 눈빛은 그저 기력이 없다고 하기에는 지나치게 멍하고 총기가 흐려져서 윤은 엄마의 눈을 마주 볼 때면 언제나 불안해졌다. 남편이 오너로 있던 저축은행이 넘어가고, 그때까지 성공한 금융인의 아내로서 누려 오던 모든 것을 하루아침에 잃게 된 선주를 지배하고 있는 것은 절망감만큼이나 진득한 상실감이었다.

강제합병을 막기 위해 자금을 동원하느라 사재까지 처분한 남편으로 인해 안주인으로 지내던 저택을 잃고 급히 옮겨 온 이 오래된 아파트도 선주에게는 받아들이기 힘든 것 중에 하나였다. 세간들까지 대부분 처분하고 옮겨 온 이 집은 전에 살던 저택의 거실보다도 작았던 것이다.

피로와 과로로 인해 결국 쓰러진 정식과는 달랐지만, 선주 역시 정신을 잠식하는 절망과 상실감에 물들어 급속도로 쇠약해지고 있었다. 오늘 아버지의 수술을 윤 혼자 지킨 것도 선주에게 그럴 기력이 없었기 때문이었다.

"다행히 잘 됐어요. 이제 경과 살펴보는 일만 남았대요."

"그래?"

힘없이 되묻던 선주의 목소리가 순간 미어지듯 가라앉았다.

"너희 아버지 잘못되면 그땐……."

순식간에 젖어 드는 선주의 목소리에 윤은 얼른 엄마 곁으로 다가가서 어깨를 보듬어 안았다.

"걱정 마세요. 이제 아빠 회복만 기다리면 돼요. 다 잘될 거예요."

오히려 밝게 웃음 지으며 엄마를 위로했지만 윤 역시 자신의 말이 실현될 가능성은 많이 낮다는 것을 알고 있었다. 상황이 가장 좋게 전개된다 해도 여기서 더 나빠지지 않는 것이 최상일 뿐 예전처럼 돌아갈 수는 없을 것이다. 집안에 대학생이 둘인 상황마저 부담스러워서 남동생 태석은 일찌감치 입대를 해야 했다.

"조금만 기다리세요. 금방 저녁 할게요."

상황이 바뀌며 윤은 전에는 할 줄 몰라도 됐었던 여러 가지를 배워야 했다. 서툰 칼질로 하는 어설픈 요리들도 그중에 하나였다. 끼니를 챙기려면 해야 하는 일이었지만, 처음 해보는 부엌일은 쉽지 않았다. 하지만 찌개 하나를 끓이면서도 주방을 난장판으로 만들곤 했던 처음과 달리 지금은 퍽 능숙해져 있었다.

아버지가 쓰러지고, 엄마는 저렇게 맥을 놓고, 동생을 떠나보내고 당장 닥친 산더미 같은 문제가 있었지만 윤은 한 번도 주저앉아서 울거나 신세 한탄을 하지 않았다. 그럴 시간도 없었기 때문이다.

그렇게 정신을 놓고 있기에는 당장 해야 할 일이 있었고, 신경 쓰지 않으면 안 될 것들이 있었고, 바뀐 집으로 날아오는 독촉고지서와 피를 마르게 하는 전화들을 받아야 했다. 아버지가 자금 확보를 위해 사채에도 손을 대는 바람에 휴대폰 벨소리가 울릴 때마다 윤은 깜짝깜짝 놀라곤 했다.

아무것도 모르는 채로 살던 예전에는 이런 세상이 있다는 것을 상상조차 하지 못했다. 평범하게 살아가는 사람이 다른 방식의 인생을 상상하기 어려운 것처럼 윤도 그랬던 것이다. 하지만 무엇보다 든든하고 두텁다고 여겼던 자기 세상의 벽은 아주 간단하게 허물어졌다.

절대 깨지지 않는 방패처럼 굳건하다 믿었던 환경이 너무나 쉽게 달라져 버릴 때, 그것이 안겨 주는 감상은 공포에 가까운 것이었지만, 그 공포에 질려 있을 시간도 없었다.

"드세요."

선주는 윤이 차린 저녁상 앞에 앉았다. 항상 식탁에 둘러앉았던 가족들이 어느새 뿔뿔이 흩어져 둘만 남은 지 오래된 저녁 식사는 간단하고 초라했다. 겨우 수저를 들었지만, 선주는 몇 술 뜨지 못하고 다시 내려놓고 말았다.

"엄마, 더 드세요. 네?"

밥그릇 절반을 겨우 비우고 마는 엄마의 모습에 윤은 걱정스런 낯빛으로 선주가 내려놓은 수저를 다시 집어 들어 손에 쥐여 주었다.

"됐어."

"요새 식사량이 부쩍 주셨잖아요. 엄마까지 잘못되면 어떡해요? 그러니까……."

"그런 말은 농담으로라도 하지 마라. 제발 부탁이다."

돌아오는 선주의 말에 윤은 아차 했다. 선주는 윤이 더 붙잡기 전에 자리에서 일어서서 방으로 들어가 버렸다. 혼자 남은 윤은 반쯤 남은 찌개와 밥그릇을 내려다보다가 혼자서 묵묵히 다시 수저를 움직이기 시작했다.

이런 상황이 계속되면 다음 학기에는 휴학을 해야 할 것 같았다. 졸업반이 되기 직전에 휴학이라니 아깝기 그지없었지만 상황이 나아지지 않는 한 별수 없었다. 만약 휴학하게 되면 다시 복학을 할 수 있을까? 순간 머릿속을 스치는 생각에 윤은 두려움이 앞섰지만 애써 떨쳐 버렸다.

"……!"

점심 식사를 위해 학생식당으로 내려가던 윤은 주머니 안에서 진동하는 휴대폰을 꺼내 들다가 눈살을 찌푸렸다. 아버지가 급전을 끌어다 쓴 사금융업자의 전화번호였다. 하루에도 몇 번씩 전화가 걸려 오는 통에 어제도 몇 번이나 시달렸었다. 서울 저택을 처분한 돈으로 급전만큼은 거의 다 상환했지만, 아직 남아 있는 이자가 조금 있었다. 그것을 넣는 날이 늦춰지고 있었던 것이다.

어떻게 할까 하던 윤은 전화를 받지 않고 다시 주머니에 넣었다. 아버지의 보험료에서 일부를 덜어 내는 한이 있더라도 당장 급한 불부터 꺼야 할 것 같았다. 이렇게 독촉에 시달리게 되자 매일이 사는 것 같지 않았기 때문이다. 하지만 그렇게 하면, 남은 병원비는 어찌한단 말인가?

이걸 막으면 저것이, 저것을 막으면 다시 생각지도 못한 곳에서 문제가 터지는 상황이 마치 무너지고 있는 둑 여기저기에 뚫리는 구멍을 급하게 막아내는 것 같다. 한숨을 내쉰 윤은 학생식당으로 향했다가 다시 발걸음을 돌리고 말았다. 입맛이 없어져 버린 것이다.

"내일 보자."

"응. 잘 가!"

오후 수업까지 모두 끝나 저녁때가 가까워지자 윤은 친구와 작별 인사를 나누고 강의실을 나섰다. 함께 수업을 듣는 동기들은 윤의 집안 사정이 어떻게 되었는지 전혀 모르고 있었다. 윤이 학교에서만큼은 절대로 내색하지 않았기 때문이다. 사정을 안다고 해도 친구는 이해해 주겠지만, 다른 사람들은 그렇지 않을 것이다. 학교에서까지 듣지 않아도 될 소리들을 듣고 싶지는 않았다.

학과 건물에서 정문 바로 앞에 있는 버스 정류장으로 향하려면 넓은 주차장을 가로질러야 했다. 종종걸음으로 태양열로 이글대는 아스팔트 주차장을 가로지른 윤은 연신 시계를 살피며 정류장으로 향했다. 하루 종일 혼자 있었을 엄마를 생각해서 조금이라도 빨리 당도하기 위해서였다. 다행히 금방 도착한 버스에 올라 운 좋게 자리에 앉으며 윤은 한숨을 내쉬었다.

"앗……."

해가 기울어지며 슬슬 어스름이 깔릴 무렵, 아파트가 있는 동네 정류장에서 내린 윤은 빠른 걸음으로 집으로 향하다가 멈칫거렸다. 자신이 사는 아파트 동 앞에 낯익은 짙은 색 승용차가 주차되어 있는 것을 발견한 것이다. 예전에도 본 적이 있는 차였다. 낮에 전화했던 사금융업자의 자가용이었던 것이다. 전화를 받지 않자 집으로 찾아온 모양이다.

'엄마!'

하나뿐인 아파트 건물 입구를 지키며 담배를 태우고 있는 업자를 발견하는 순간 윤의 가슴이 철렁 내려앉았다. 지금 집에는 몸도 마음도 끊어지기 직전의 실처럼 쇠약해진 엄마 혼

13

자뿐이다. 왜 찾아올지도 모른다는 생각을 못 한 것일까?

'어떡하지?'

속으로 끊임없이 그 말을 중얼거리며 윤은 어찌할 바를 몰랐다. 자괴감이고 뭐고 느낄 틈이 없었다. 일단 들키지 말아야 한다는 생각이 들었다. 하지만 언제까지고 숨어 있을 수도 없는 노릇이 아닌가.

"이봐!"

천천히 물러서서 건물 뒤편으로 들어가려는데 간발의 차이로 먼저 윤을 발견한 업자가 피우고 있던 담배를 땅바닥에 던져 끄고 성큼성큼 다가왔다. 덩치 큰 중년 사내의 위압적인 분위기에 윤의 다리가 얼어붙었다.

"전화를 안 받으면 어떻게 해?"

"죄, 죄송합니다."

겨우 입을 떼고 그렇게 이르는데 업자는 불쾌한 표정으로 콧방귀를 뀌었다.

"내가 그 말 듣자고 여기까지 온 줄 아나?"

"저…… 염치없지만 며칠만 기다려 주세요. 보험회사에서 아버지 보험료 지급되면…… 당장 밀린 것은 해결할게요."

"그게 언젠데? 아가씨, 며칠 지나는 동안에도 이자 계속 붙는 것 모르나?"

업자는 사람들이 지나다니는 길거리에서 아랑곳없이 윤에게 퍼부어 댔다. 사실 저택을 처분한 돈으로 원금은 다 해결이 된 참이었다. 그동안 낸 이자를 따져도 이미 업자가 받아

간 돈은 원금을 훨씬 넘는다. 그런데 남은 이자를 받아 내기 위해 이렇게 끈질기게 나오는 것이다.

"정말 죄송합니다. 지금은 저도 어쩔 수가……."

거듭 사죄하는 윤을 바라보는 업자의 눈빛이 살벌하게 빛났다. 업자 입장에서 윤의 경우는 놓치기 어려운 먹잇감이었다. 원금도 다 받아 냈으니 손해 볼 것도 없었고, 이자가 남았다는 것을 빌미로 계속 뜯어내는 돈은 정말 순이익이 되는 것이다.

"나도 인내심이라는 것이 있어. 여태까지도 많이 봐줬잖아."

"네. 그건 정말 감사하고요……. 그런데 지금은 제가 정말 어떻게 해 드릴 수가 없어요. 정말 죄송합니다. 죄송합니다."

이미 원금은 다 갚았고 이자에 묶여 있는 것이 부당하다는 것을 알면서도 윤은 거듭 사죄하는 것 말고 할 수 있는 것이 없었다. 그러나 오늘 아주 작정을 하고 찾아온 것인지 업자는 쉽게 물러서지 않았다.

"계속 이러면 나도 법적으로 나가는 수밖에 없어. 응?"

업자는 그렇게 말하면서 윤의 한쪽 어깨에 손을 올렸다. 깜짝 놀란 윤은 뒷걸음질 치다가 누군가의 가슴에 소리가 날 정도로 부딪치고 말았다.

"앗, 죄송합니다!"

누군지 얼굴을 확인할 틈도 없이 사과부터 하던 윤은 고개를 드는 순간 뚝 굳어졌다. 올려다본 얼굴은 자신이 아는 얼굴이었던 것이다.

"......."

뒤에 서 있던 남자는 자신을 확인하고 그대로 굳어진 윤을 한번 바라본 후에 그대로 업자를 향해 시선을 돌렸다.

"한신 캐피탈 서유권입니다."

업자를 향해 이르는 유권의 목소리는 평탄했지만 공손한 투는 결코 아니었다. 의외의 출현에 의아해하던 업자는 한신 캐피탈이라는 말에 뭐라 말하려던 입을 다시 다물었다.

한신 캐피탈은 사금융 업계에서 꽤 높은 인지도와 그에 못지않은 규모를 갖고 있는 회사였다. 서울에만 해도 몇 개의 지점을 거느린 번듯한 금융 업체였지만, 사실상 제3금융권으로 불리는 사금융 회사이다. 법정 한도 이자를 준수하고는 있었지만 유권의 회사는 상환일자가 되면 인정사정없이 추심에 들어가기로 악명이 높았다.

"오늘은 이만하고 그냥 돌아가시죠."

"서 실장도 저 아가씨한테 받을 것이 있나? 먼저 온 사람이 임자지, 뭔데 오라 가라야?"

돌아가라는 말에 발끈해서 맞받던 업자는 유권의 등 뒤 조금 떨어진 곳에 있는 사내들을 발견하고는 움찔했다. 오랫동안 굴러먹은 눈으로 유권과 저 사내들이 일행이라는 것을 알 수 있었던 것이다.

"돌아가시면, 조만간 제가 연락드릴 겁니다."

유권은 뻗대는 업자를 향해 흐리게 웃어 보이며 사무적이지만 강압적인 투로 일렀다.

"그 연락 곱게 받고 싶으시면, 그냥 가시죠. 그게 피차에게 좋을 겁니다."

한신 캐피탈의 서유권은 최근 사금융 업계에서 모르는 사람이 없을 정도로 유명한 이름이었다. 평범한 사금융 업체였던 한신 캐피탈을 일 년여 만에 전보다 두 배 규모로 키워 낸 실력자. 그러나 유권이 유명한 이유는 실력만큼 인정사정없기로 악명 높은 추심 때문이었다.

"내, 서 실장 얼굴 봐서 돌아가지. 아가씨에겐 내일 다시 연락하겠어!"

기세에서 밀린 업자는 씩씩대며 일단 한발 물러섰다. 급하게 차를 빼서 단지를 빠져나가는 업자를 확인한 유권은 뒤편에서 분위기를 살피고 있던 수하들에게 가볍게 손짓해서 무엇인가를 지시했다.

"유권 오빠……."

돌풍처럼 몰아치는 것 같았던 상황이 지나가고 난 후에야 윤은 이 상황이 믿어지지 않는다는 듯한 목소리로 다시금 그를 불렀다. 유권을 다시 보는 것은 자신이 고등학교 3학년에 올라갈 무렵 그가 유학을 떠난 이후 몇 년 만이었다. 한국에 들어왔다는 소식은 들었지만 얼굴을 볼 수는 없었다. 그때는 아버지의 회사가 막 위태로워질 즈음이었기 때문이다.

"오랜만이다."

하지만 그렇게 첫마디를 건네는 유권의 억양은 평탄했다.

몇 년 만에 다시 만난 반가움은 거의 들어 있지 않았다. 윤의 수척한 얼굴을 잠시 깊게 바라보던 유권은 고개를 들어 아파트 건물을 올려다보았다.

"이사했다는 얘긴 들었어. 여기였나?"

"아, 으응. 저기…… 우리 집 찾아온 거야?"

고개를 끄덕이는 유권의 모습에 윤은 부랴부랴 다시 말했다.

"그럼 들어가자. 엄마 계셔."

윤과 함께 건물 안으로 들어서며 유권은 함께 온 부하 직원들에게 다른 사람이 찾아오지 않는지 신경 쓰라고 지시를 내렸다. 함께 엘리베이터를 타고 올라가는 시간이 평소보다 길게 느껴졌다. 외양은 예전에 알던 모습 그대로였지만, 어딘가 무겁고 삭막해진 분위기 때문에 그가 마치 다른 사람처럼 느껴졌다.

"엄마!"

현관문을 열고 들어서던 윤은 분명하게 들려오는 울음소리에 깜짝 놀라 급하게 안으로 들어섰다. 조금 전 돌아간 업자가 그냥 밖에서 기다리기만 한 것이 아닌 모양이었다. 안방으로 들어가자 웅크리고 앉아서 흐느끼고 있는 선주의 모습이 보였다.

"엄마, 괜찮으세요? 어떻게……."

유권은 정신적으로 불안해 보이는 선주를 달래느라 애쓰는 윤을 바라보다가 좁고 조잡스러운 구조의 집 안을 차분하게 둘러보았다. 불과 일 년 전만 해도 상상도 할 수 없었던 일이다. 자수성가한 금융인의 대명사와 같았던 저축은행의 오너, 정식의 집안이 이렇게나 주저앉다니.

"그 사람이 뭐라고 했어요?"

"아니야. 문은 안 열어 줬어……."

두서없이 횡설수설하는 선주를 달래며 윤은 민망한 눈길로 유권을 돌아보았다. 지금 선주는 유권을 맞이할 겨를이 없어 보였다.

오늘 여기 찾아오기 전까지 유권은 많은 것을 조사했었다. 덕분에 그는 오갈 데 없는 천덕꾸러기였던 자신을 거두어 친아들처럼 다시 태어나게 해 주었던 후원자 정식과 그의 가족들이 어떻게 되었는지 상세하게 알 수 있었다.

금융 대기업의 공격을 막아 내지 못한 정식은 뇌출혈로 쓰러져 생사가 오락가락하는 지경에 떨어졌고, 그가 평생을 일군 회사가 아무것도 아닌 한낱 부속품처럼 대기업에게 넘어가게 된 것과, 그로 인해 밝고 아름다운 것 외에 다른 것은 접할 필요 없이 살고 있던 윤이 어떤 상황을 감당하게 되었는지도.

지금 윤의 곁에는 그녀를 제대로 도와줄 수 있는 사람이 아무도 없었다. 아버지 정식은 언제 회복할지 알 수 없고, 엄마는 저 지경이다. 어려워진 상황 때문에 학비를 감당할 길이 없어 남동생 태석은 입대하는 것으로 잠시 상황을 피했고, 친분 있던 임원들은 돌아섰으며, 대기업이 막대한 자본으로 지분을 잠식해 갈 때 경영권 방어를 도와주겠다고 약속했던 백 기사들은 경영권 다툼으로 상승한 주가의 혜택만 챙기고 모른 척했다. 순식간에 몰락한 집구석에 유일하게 하나 남은 제정신인 사람, 그게 지금의 윤이었다.

넌 지금 철저하게 혼자구나.

흐느끼는 선주를 달래느라 여념이 없으면서도 자신을 보고 민망해하는 윤을 바라보며 유권은 속으로 씁쓸하게 뇌까렸다.

"미안…… 엄마가 충격받으셔서."

잠시 후, 흐느끼던 선주가 신경안정제를 복용하고 잠이 들자 윤은 면구스런 기색을 숨기지 못하고 말했다. 식탁에 마주앉으면서 윤은 제대로 정리하지 못해 너저분한 물건들을 부랴부랴 치웠지만, 유권의 눈에 비치는 광경은 그것들을 치우기 전이나 후나 별반 차이가 없었다.

차라도 끓이기 위해 찬장을 열었던 윤은 그만 난감해지고 말았다. 차는 고사하고 인스턴트 커피도 남아 있는 것이 없었던 것이다.

"그냥 물이면 돼."

그렇게 이르는 유권 앞에 윤은 냉장고에서 꺼낸 물 한 잔을 겨우 내려놓았다. 그가 반가웠지만, 한편으로는 쥐구멍에 들어가고 싶을 정도로 창피하기도 했다. 이런 모습, 이런 상황을 보여 주다니.

"나도 대략 소식은 들었다. 상황이 좋지는 않아 보이네."

"응……. 그래도 아빠 수술은 잘 끝나서 다행이야."

유권은 병원비는 있느냐고 굳이 묻지 않았다. 지금 윤의 상황이 어떤지는 잠시 전 업자에게 허리가 휘어져라 거듭 굽신거리던 모습만 봐도 파악할 수 있었다.

"그동안 어떻게 지냈어? 돌아왔다는 소식 말고는 아무것도 듣지 못했는데."

민망한 기색을 애써 숨기며 윤은 유권을 향해 고개를 들었다. 그에게 내준 맹물이 더없이 초라했지만, 다시 본 유권의 모습이 기쁘기도 했다.

"아까 그 사람은, 더 이상 신경 쓰지 않아도 될 거야."

"어?"

윤이 따라 준 물을 한 모금 홀짝인 유권은 간결하게 이르고 자리에서 일어섰다. 한가하게 회포를 풀 수 있을 거라고 생각한 것은 아니었지만, 윤의 상황은 자기가 예상했던 것보다 훨씬 더 안 좋아 보였다.

"나중에 다시 보자. 내가 연락할게."

태연하게 그렇게 이르고서 유권은 작고 초라한 아파트를 나섰다.

"내 번호 알아?"

오늘 보기 전까지 몇 년을 왕래도 없이 지냈는데 태연하게 연락하겠다고 말하는 유권의 말에 윤이 의아하게 물었다. 현관을 나서기 직전, 유권은 자신을 배웅하기 위해 나와 선 윤을 돌아보며 말했다.

"너에 관한 것이라면 뭐든지 알아."

다음 날, 유권은 정말로 윤의 휴대폰으로 직접 연락을 했다. 어떻게 안 것일까? 그러나 곰곰이 생각해 볼 틈도 없이 윤은 그와의 통화를 기쁜 마음으로 마무리 지었다. 유권의 연락은 최근 들어서 빚이나 해결해야 할 문제로 대화하지 않은 유일한 것이었다.

그날 저녁, 오랜만에 마음 편히 유권과 통화를 나눈 윤은 어제와 다름없이 수업을 마치고 집에 당도했을 때 아파트 건물 앞에 세워져 있는 검은 승용차를 발견하고는 다시 깜짝 놀랐다. 설마 그 업자가 다시 찾아온 것인가? 그러나 검은 승용차는 처음 보는 것이었다. 괜히 놀란 윤이 안절부절못하는 사이 차 안에서 윤을 기다리고 있던 용진은 밖으로 내려서며 인사를 했다.

"서 실장님 지시로 왔습니다. 전해 드릴 것이 있어서요."

부드럽고 싹싹한 표정으로 인사를 건네며 용진은 얼른 품속에서 명함을 꺼내 윤에게 내밀었다. 명함에 찍혀 있는 한신 캐피탈이라는 글자와 수행비서라는 직함을 확인한 윤이 겨우 마음을 놓자 용진은 빙긋이 웃으며 들고 온 서류 봉투를 윤에게 내밀었다.

"이게 뭐예요?"

"확인해 보시면 어떤 내용인지 알 수 있으실 겁니다."

봉투를 열고 안에 들어 있는 종이의 내용을 확인한 윤의 표정이 기이해졌다. 종이에 출력된 내용은 어제 찾아왔던 사금융 업자에게 남은 이자 전부를 한신 캐피탈이 대납했다는 내용이었다.

"유권 오빠는요? 어떻게 갑자기 이렇게……."

"조만간 실장님께서 연락하실 겁니다. 오늘 서류를 전하라는 지시만 받았을 뿐, 저도 자세히는 모릅니다."

지시받은 대로 윤에게 서류를 전한 용진은 깔끔하게 설명을 마치고 다시 차에 올라 아파트를 벗어났다. 다시 떠나는 검은 차의 뒷모습을 바라보고 있던 윤은 멍해졌다. 어떻게 된 일인지 알 수가 없었다.

단지 수많은 문제들 중에서 하나가 해결되었을 뿐인데도, 윤은 숨통이 트이는 것 같았다. 하루에도 몇 번씩 걸려 와서 살벌한 말들을 쏟아붓던 독촉 전화가 사라지자 그것만으로도 한결 편안해졌던 것이다.

유권의 수행비서라고 자신을 밝힌 용진이 대납증서를 전해 준 후에도 유권은 이렇다 할 연락이 없었지만, 윤은 그에게 깊은 고마움을 느꼈다. 집이 잘못된 이후 처음으로 받은 도움이었기 때문이다. 하지만 한편으로는 아무 말도 없이 자신의 가장 급한 불을 꺼 준 이유가 궁금하고 의아하기도 했다.

윤이 유권을 처음 만난 것은 그가 사춘기 소년이었을 무렵이었다. 저축은행에서 시행하던 사회사업의 일환으로 정식이 후원하던 장학생 중에 한 명이었다. 당시 소년이었던 유권은 부모를 일찍 여의고 할머니 밑에서 자라고 있었는데 할머니마저 그즈음 사망하자 이전부터 그를 눈여겨보고 있던 정식이 아예 양자 삼아 거두어들였던 것이다. 그때부터 유권과 윤, 태석은 남매처럼 한집에서 자라 왔다.

그때부터 이미 총명함이 남달랐던 유권은 학창 시절 내내 좋은 성적을 낸 것은 물론이고 고등학교 졸업 후에는 보란 듯이 명문대에 합격해서 정식을 뿌듯하게 만들었다. 태석 역시 유권을 형처럼 따랐고, 윤 역시 그가 좋았다.

그렇게 성장한 유권은 윤이 고등학교 3학년이 되던 해에 교환학생으로 유학길에 올라 외국으로 나갔다. 그 후로 아무 소식도 없다가 저축은행이 위험해지기 시작한 작년에 아버지를 통해 한국에 다시 들어왔다는 얘기를 얼핏 들은 것이 전부였다.

한신 캐피탈이라니. 윤은 재회했던 날 유권이 말했던 회사 이름을 곱씹어 보았다. 그럼 유권은 귀국하자마자 그 회사에 들어갔던 것일까?

유학을 떠나기 바로 전까지만 해도 가족같이 친밀했는데, 그날 마주한 유권은 마치 겉모습만 그의 모습을 한 전혀 다른 사람 같았다. 고양잇과 짐승처럼 숨죽인 흉포함이 숨은 분위기. 못 본 동안 유권에게는 무슨 일이 있었던 것일까.

그런 생각들을 천천히 곱씹고 있던 윤은 진동을 시작한 휴대폰을 꺼내 들었다. 모르는 번호였지만, 독촉 전화는 아니었다.

"여보세요?"

[지금 통화할 수 있어?]

유권이었다. 안 그래도 그의 생각을 하고 있었는데 마침 전화가 걸려 오자 윤은 자기도 모르게 미소를 지었다.

"응."

[수업 끝나는 시간에 차 보낼 테니까, 회사로 와.]

밝아지는 윤의 목소리에 유권의 목소리가 묵묵하게 돌아왔다. 윤은 숨길 수 없이 미소 지었다. 이제 그와 못다 한 얘기를 나눌 수 있겠다는 생각이 들었던 것이다.

학교가 끝나고 윤을 데리러 온 것은 지난번 서류를 전하러 왔던 용진이었다. 한신 캐피탈 건물은 온갖 회사의 본사들이 가득한 서울 마천루 숲 안에서도 다른 건물들에게 뒤지지 않는 위용을 자랑하고 있었다. 용진의 안내를 받아 상층부에 있는 유권의 집무실로 올라가며 윤은 자기도 모르게 주눅이 들었다. 이런 회사에서 일하고 있었구나.

"들어가십시오."

안으로 들어가 보라고 손짓하는 용진의 태도는 어딘가 모르게 싹싹하고 친근감이 있었다. 윤이 안으로 들어가자 두툼한 집무실의 문이 다시 닫혔다.

"오는 데 힘들지는 않았어?"

"아니, 내가 힘들기는 뭘……. 비서님이 잘 챙겨 주셔서 아무렇지도 않았어."

바로 곁에 큼직하고 안락한 소파가 있는데도 유권은 앉으라는 말을 하지 않았다. 윤은 커다란 책상을 차지하고 앉아 있는 유권을 새삼스럽게 바라보았다. 먼지 한 톨 묻어 있지 않은 고급스런 슈트가 훤칠한 몸에 걸쳐져 있었다. 지금 눈앞에 있는 유권은 자신이 알던 사람이 아니라 아빠의 회사에서 가끔 마주치던 젊고 능력 있는 직원 같았다.

"요새 힘들지?"

윤은 그렇게 말하는 유권을 바라보았다.

"그냥 그렇지."

애써 아무렇지 않은 척하는 윤의 모습에 유권은 미소 비슷하게 입매를 꼬았다.

넓은 공간에 간결하게 꾸며진 인테리어를 둘러보던 윤은 다시 유권에게 시선을 돌리며 말했다.

"오빠가 이렇게 큰 회사에서 일하는지 몰랐어. 돌아왔다는 것만 겨우 들어서⋯⋯. 그때 아빠랑 다 같이 다시 봤으면 좋았을 텐데."

윤의 말에 유권은 아무 의미도 없는 웃음을 지어 보였다.

"그랬겠지."

"⋯⋯."

"아, 전에 보낸 서류는 받았지?"

화제를 바꾸는 유권의 말에 윤은 웃으며 고개를 끄덕였다.

"응. 뭐라고 고맙다는 인사를 해야 할지 모르겠어. 정말, 정말 고마워. 사실 막막했거든."

"다행이네. 그렇지 않아도 요새 아저씨 병원비부터 생활비에 네 학비까지, 심각했을 텐데."

유권이 담담하게 이르는 말에 윤의 얼굴이 조금 어두워졌다.

"그래도 독촉 하나가 줄어들었으니, 좀 괜찮아졌지?"

"아, 응. 정말로. 놀라기도 했어. 이렇게 된 후에 처음 도움 받은 거라……."

유권은 진심을 담아 건네는 윤의 인사를 듣기만 하면서 앞에 선 그녀를 찬찬히 뜯어보았다. 등허리를 넘는 검고 긴 머리카락, 안색은 조금 수척하지만 코스모스 같은 몸매는 예전과 그대로다. 달라진 것이라면 그때는 소녀였지만, 지금은 완숙한 여자가 되었다는 것 하나뿐. 입고 있는 옷은 청바지에 캐주얼한 셔츠. 길거리에 나가면 흔하게 눈에 밟히는 차림새였다.

"그렇겠지. 네 아버지 돕던 사람들, 다 돌아섰잖아."

유권의 말에 윤의 표정이 다소 어두워졌다. 그는 마치 모든 것들 속속들이 지켜보기라도 한 것처럼 표현하고 있었던 것이다.

"그땐 나도 놀라서……."

윤의 목소리가 자기도 모르게 점점 기어들어 갔다. 부드럽기는 하지만 어딘가 전과는 다른 유권의 모습에 주눅이 들었던 것이다. 위축되는 윤을 바라보며 유권은 이제부터 자신이 하는 말을 윤이 어떻게 받아들이든 상관없다는 표정으로 운을 뗐었다.

"내가 대납해 준 건 언제 상환할래?"

"어?"

천만뜻밖의 소리에 윤의 눈이 커졌다. 한 번에 알아듣지 못한 것 같았다.

"무상으로 도와주겠다고 한 적 없잖아. 그래서 그 서류도 보낸 거고. 오늘도 그 얘기 하자고 보자고 했던 거야."

"……."

멍해진 윤의 눈을 바라보며 유권은 옅게 웃었다.

"왜, 내가 그냥 도와주는 줄 알았어? 하지만 그것도 내 입장에서는 꽤 호의를 베푼 건데. 그 독촉에서 벗어나게 해 줬잖아. 설사 네가 연체한다고 해도 난 그런 식으로 독촉하지도 않을 거고."

윤은 망치로 뒤통수를 얻어맞은 것 같았지만 유권의 말을 이해하는 순간 부끄러움으로 귀까지 빨개졌다. 그렇다. 유권은 아무 대가도 없이 자신에게 그런 호의를 베풀어야 할 의무가 없다. 설사 피가 섞인 혈육이라고 해도 아무 대가 없이 돈을 내줘야 할 의무는 없는 것이다. 그러니 단지 어렸을 때부터 알았다고 해서 당연하게 그런 호의를 베풀어야 할 의무는 더더욱 없으리라.

집안이 얼마나 주저앉았는지 확인한 유권의 입장에서는 상환능력이 불투명한데도 일단 대납을 해 준 것부터가 호의였다.

"그, 그렇지. 그건, 그러니까……."

당황스럽고 창피해서 우물쭈물하는 윤을 바라보며 유권은

얕게 한숨을 내쉬었다. 지금의 윤에게 아름다운 세계에서 태어나 사랑받고 자란 유복한 영애 같은 모습은 조금도 없었다. 지금 자신의 앞에 서 있는 것은 여러 가지 상황에 쪼들리고 지친, 세상 물정 모르는 여자애 한 명일 뿐이었다.

"일단…… 아버지 보험료가 나오면 일부는 상환할 수 있을 거야. 그리고 나머지는 한 달씩 나눠서 내도 될까? 그렇게 해 주면…… 내가 어떻게든 노력할게."

나름 계획이라고 세운 것들을 중얼대는 윤을 지켜보던 유권이 천천히 의자에서 일어섰다. 매끄러운 손동작으로 슈트 재킷의 단추를 채우고 유권은 천천히 책상 앞으로 나오며 윤의 뒤편에 닫힌 문을 바라보았다. 이제 안에서 나누는 대화는 결코 저 문틈을 넘지 못할 것이다. 지금 자기가 거미줄에 걸린 나비 신세라는 것을, 윤은 전혀 모르고 있었다.

"제안 하나 할까?"

유권은 입을 열었다. 지금부터 자신이 하는 말이 어떤 의미가 될지 잘 알고 있었지만, 자신이 이제 윤에게 어떤 인간이 될지 알면서도, 유권은 이렇게 해야만 했다.

"오빠가 해 준 건 정말 꼭 갚을게. 다른 사람은 몰라도 오빠한테는 정말로 꼭……."

"아직 눈치채지 못한 모양인데, 난 너한테 그걸 돈으로 받겠다고 한 적 없다."

"……그럼?"

"상환은 어떤 것으로든 할 수 있어. 네가 동의만 한다면."

"정말? 뭔데?"

그렇게 되물으며 자신을 향하는 윤의 눈동자는 지쳐 보였지만 커다랗고 순수한 빛이 남아 있었다. 천천히 뻗어 나간 유권의 팔 끝에 달린 손이 갸름한 윤의 턱을 가만히 붙잡았다.

"너의 밤."

"……."

유권의 입술이 말한 세 글자가 무슨 뜻인지 선뜻 이해하지 못한 윤의 눈동자가 자신에게 말뚝처럼 고정된 그의 눈동자를 물끄러미 바라보았다.

"해가 지는 시간부터 다시 뜰 때까지, 너의 밤을 내가 사는 거야."

다시 이어진 나지막한 중저음을 듣고 나서야 제안의 의미를 깨달은 윤의 눈동자가 크게 흔들렸다. 그런 말을 한 것이 다른 누구도 아닌 서유권이라는 사실이 믿어지지 않는다는 표정이었다. 자기도 모르게 한 걸음 물러서는 윤의 턱을 잡은 손에 힘을 주며, 유권은 또박또박 뇌까렸다.

"너희 아버지가 투자했기에 내가 이렇게 될 수 있었던 것처럼…… 세상에 그냥 이루어지는 건 없는 법이잖아."

1장

유권은 자신의 방에서 노닥거리고 있는 윤을 바라보았다. 깨끗한 유권의 침대 위에 교복 차림으로 배를 깔고 엎드려서 만화책을 보고 있던 윤은 공부를 하다가 자기 때문에 시간을 뺏긴 유권의 사정을 모른 척하며 계속 조잘거렸다.

"오빠는 미팅 같은 것도 안 해?"

제법 당돌한 질문에 유권은 하하 웃었다.

"지금은 방학이잖아. 게다가 난 이제 막 제대했는데 그런 걸 어떻게 해?"

여전히 웃는 얼굴로 대답하며 유권은 이제 조금씩 자라고 있는 자신의 머리를 쓰다듬었다. 제대한 지 이제 한 달 남짓. 군 복무를 하는 동안 짧게 밀었던 머리카락은 이제야 조금 손에 쓸릴 정도가 되어 있었다.

"그래도. 오빠 대학생 되고 나서도 미팅했단 얘긴 못 들었는데."

윤은 고개를 저으며 다시 책상으로 시선을 돌리는 유권을 향해 그렇게 재잘댔다. 하지만 유권이 여태까지 미팅이나 소개팅 같은 것을 했다는 얘길 듣지 못한 것은 사실이었다. 물론 유권이 말을 하지 않았을 수도 있지만, 윤은 왠지 그건 아닐 거라고 생각했다.

"근데 너희 학교는 방학이 언제야?"

"아직도 열흘이나 남았어. 오빠는 좋겠다. 대학생 되면 방학 일찍 하고 엄청 길다며?"

"그거야 그렇지만……."

고개를 주억거리던 유권이 문득 윤을 향해 말했다.

"너, 양말도 안 벗고 남의 침대에 막 올라가냐? 얌마."

하던 공부를 계속하며 유권이 장난스레 타박을 놓자 윤은 입술을 샐쭉거리더니 오히려 보란 듯이 발로 침대를 탕탕 굴렀다.

"깨끗하거든?"

이제 몇 달 후면 다가올 2학기에 복학할 것을 대비하여 공부를 하고 있던 유권은 고개를 내저었다. 열일곱의 여고생은 어디로 튈지 도대체 예측을 할 수 없는 섬세하고 새침한 존재다.

"그러는 너는 남친 없냐?"

지나가듯 나온 유권의 물음에 윤은 발딱 일어섰다.

"무슨 남친?"

"자꾸 미팅 얘기 하니까 물어보는 거야."

고개는 여전히 책에 고정해 놓고 말로만 그러는 유권이 갑자기 얄밉게 느껴진 윤은 의자에 앉은 그의 등 뒤로 다가가 널찍한 어깨를 두 손으로 탁 잡았다. 스물여섯 살. 자기보다 아홉 살이나 많으니 당연하겠지만 유권은 언제나 어른스러웠다. 윤은 때론 그것이 마음에 들지 않았다. 나도 저렇게 어른스러운 모습을 갖고 싶은데 그게 뜻대로 되지 않는 것이다.

"흥, 그런 거 없어."

"왜 없으실까?"

유권이 짐짓 놀리자 윤은 그의 어깨를 잡은 손에 힘을 꽉 주었다.

"아, 시원하다. 계속해 봐."

유권이 계속 놀리자 윤은 콧방귀를 뀌면서 그의 어깨를 있는 힘을 다해 꽉꽉 주물렀다. 아프라고 하는 행동이었지만, 근육으로 단단한 어깨에는 그저 시원할 뿐이었다.

"안 아파? 이래도?"

"더 세게 해 봐. 더. 그래 갖고 무슨…… 으악!"

거침없이 윤을 놀리던 유권은 갑자기 비명을 질렀다. 윤이 손톱을 세워서 어깨를 꽉 꼬집은 것이다.

"야, 너!"

"쌤통이다!"

욱신대는 어깨를 주무르면서 유권이 손을 확 뻗는데 윤은 잽싸게 피했다. 한동안 투닥이고 있는데 갑자기 쿵쾅대는 발소리와 함께 방문이 벌컥 열렸다.

"아, 뭐야. 누나 또 형 방에 있었어?"

윤의 남동생인 태석이었다. 두 살 차이라 이제 중학교 2학년인 태석은 유권과 비슷한 까까머리를 하고 있었다.

"또 형 괴롭히고 있었지?"

"아니거든? 이 자식아!"

손에 문제집을 들고 있는 것을 보니 태석은 뭘 물어보러 왔던 모양이다. 순식간에 티격태격하며 수선스러워지는 남매의 모습에 유권은 고개를 절레절레 흔들었다. 이런 분위기에서 공부를 어떻게 한단 말인가. 하지만 투닥대는 남매의 모습이 귀여워서 피식 웃고 마는 유권이었다.

"이 녀석들! 왜 이렇게 시끄럽나 했더니 또 유권이 성가시게 하고 있었지!"

윤과 태석의 소란은 결국 남매의 어머니인 선주가 달려오면서 끝나고 말았다.

"윤이 너는 누나가 돼 가지고 태석이가 그러면 말리지는 못할망정 네가 더 그러고 있어? 학교에서 온 지가 언젠데 아직 옷도 안 갈아입고!"

"앗, 지금 갈아입을 거예요!"

눈을 부라리는 엄마의 모습에 윤이 후다닥 방 밖으로 도망쳤다. 태석은 이제 자신에게 쏟아질 차례인 엄마의 잔소리를 얼른 문제집을 들어 보이며 막아 냈다.

"난 그냥 형한테 물어보러 온 거야!"

"그런 거 있으면 먼저 누나한테 물어보라고 했잖니! 형 이제 곧 복학해야 해서 공부하는 중이잖아."

"누나는 만날 대충대충 알려 준단 말이야!"

말대꾸를 하는 태석을 향해 선주가 눈을 흡뜨는데 유권이 얼른 중재에 나섰다.

"괜찮아요, 아주머니. 문제만 알려 주고 얼른 보낼게요."

유권이 나서자 선주는 방금 전까지 화를 내던 것이 거짓말이었던 것처럼 온화하게 표정을 바꾸었다.

"아유, 미안하다. 방해됐지?"

"괜찮아요. 이제 복학해서 기숙사 들어가면 자주 못 볼 텐데요. 그때까진 저도 도와주고 싶어요."

"고맙다. 아유, 어쩜 이리 어른스러운지 정말."

"치, 엄마는 만날 형만 예뻐해!"

그렇게 중얼거려서 태석은 기어코 꿀밤 한 대를 벌었다.

"유권이 많이 들어라."

"예."

윤과 태석, 남매의 어머니인 선주와 아버지인 정식, 그리고 유권까지 다섯이서 둘러앉은 식탁은 풍성하고 활기찼다. 윤은 오늘도 빠짐없이 유권을 챙기는 아버지와 예의 바르게 대답하는 유권의 모습을 살펴보았다.

이제 유권은 거의 한 가족이 된 것이나 마찬가지였다. 유권이 이 집안과 인연을 맺게 된 것은 오래전, 정식이 운영하는 저축은행의 청소년 장학 프로그램에 장학생으로 선발되면서 부터였다.

장학 프로그램은 형편이 어려운 청소년들에게 단순히 장학금과 생활비 일부를 지원하는 방식이었지만, 고등학교에 진학한 유권이 별다른 사교육 없이도 좋은 성적을 내며 성실하게 성장하자 정식이 더 도와주고 싶다는 마음을 갖게 된 것이다. 게다가 고등학생이 되고 얼마 지나지 않아 유권의 유일한 가족이었던 할머니마저 돌아가시고 의지가지없는 신세가 되자 정식은 마음을 굳히고 유권을 본격적으로 지원해 주기 시작했다.

유권은 총명했다. 단지 공부를 잘하고 성적을 잘 받는 수준이 아니라 타고난 두뇌가 감각적으로 비상했다. 좋은 집안에 태어났다면 더 화려하게 피어날 수 있었을 것이다. 더 다듬어지고 나면 인재를 넘어서서 회사 하나를 맡겨도 될 가능성이 충분하다고 생각될 정도였다.

정식이 처음 유권을 돕기 시작한 것은 인간적인 마음이 컸지만 이제 그는 욕심까지 들었다. 성장한 유권을 자신의 회사에 들여서 장차 회사를 이끌어 갈 인재로 키우고 싶어진 것이다.

"오빠는 졸업하면 뭐 할 거야?"

저녁 식사 후, 다시 방으로 가는 유권을 따라온 윤이 호기심 어린 표정으로 물었다. 아버지 정식이 유권을 어떤 존재로 여기고 있는지 이제 윤도 알고 있었다.

"아직 모르지. 왜?"

대수롭지 않게 넘기며 대답하는 유권을 바라보는 윤의 눈동자에 순간 묘한 빛이 흘렀다. 유권은 이제 소녀에서 여자로 성장해 가고 있는 윤이 처음으로 가까이 접하게 된 이성이었다. 그리고 그런 점을 떠나서, 윤은 유권이 순수하게 좋았다. 앞으로도 오래오래 그와 함께 있고 싶었다.

"아빠 회사에 취직할 거지? 응?"

순진하게 묻는 목소리에 유권의 고개가 윤을 향해 움직였다.

"그렇게 되면 좋겠지."

잠시 틈을 두고 나오는 대답에 기뻐진 윤은 쪼르르 방으로 들어가 그의 침대에 걸터앉았다.

"진짜? 정말? 그렇게 되면 우리 계속 같이 있을 수 있겠네?"

유권은 그저 좋아서 재잘대는 윤을 말없이 바라보았다. 지금의 윤은 남의 도움으로 살아가는 자기 입장까지 헤아리지 못할 것이다. 서로가 데면데면하게 지내 온 것도 아니었고 이제 거의 가족이나 마찬가지였으니까. 친밀감 때문에 오히려 그렇게 깊게 생각하지 못하는 것이다. 그러나 유권도 그런 윤이 거북한 것은 아니었다.

"그래. 하지만 정말 아직은 모르는 거야. 졸업부터 하는 것이 순서다."

유권은 잠자코 현실을 일렀다. 이제 복학하면 시간은 쏜살같이 흘러갈 것이다. 눈 깜짝할 새에 졸업이 다가올 것이고, 그럼 정말 사회인이자 성인이 되는 것이다. 단순한 법적 의미가 아니라 정말로 스스로를 책임지며 앞날을 개척해야 할 때가. 정식에게 받은 은혜도 갚아야 했다. 그런 것을 따져 보면 자신에게는 시간이 별로 없었다.

"나도 나중에 어른 되면 오빠랑 같이 일할 수 있겠지?"

"그럴까?"

유권은 농담과 진담이 반씩 섞인 투로 물었다. 윤은 조금 고민하다가 방문이 닫힌 것을 확인하고는 소리를 낮춰서 소곤거렸다.

"아 근데…… 난 은행 일은 못할 것 같아. 생각만 해도 머리가 아픈걸."

윤의 말에 유권은 작게 소리 내어 웃고는 다시 물었다.

"그럼 뭐가 되고 싶은데?"

"나? 난…… 아직 뭔지는 결정 못 했지만 내가 손으로 직접 하나하나 만들 수 있는 일을 하고 싶어. 그래서 나중에 나만의 가게를 열거야."

"가게?"

두루뭉술하지만 제법 확고하게 털어놓는 윤의 대답에 유권은 눈을 크게 떴다.

"장사를 하고 싶다고?"

"아니, 꼭 그런 게 아니고! 뭔지는 모르겠지만 내가 손수

하나하나 다 꾸민 가게를 열고 싶다고!"

처음으로 설명하는 것이 쑥스러운지 윤의 뺨이 빨갛게 달아올랐다. 유권은 그 모습이 귀여워서 다시 작게 소리 내어 웃었다.

"그래. 정말 가게 열면 내가 단골 해 줄게."

"정말이지?"

"그럼."

뛸 듯이 기뻐하던 윤이 다음 순간 다시 심각한 얼굴로 당부했다.

"근데 이거 아빠나 엄마한테 얘기하면 안 돼? 비밀인데 오빠한테만 얘기한 거란 말이야."

"하하, 그래. 알았어."

그 후로 가게를 열면 어떻게 꾸미고 싶은지 열심히 조잘대던 윤은 한참 만에야 유권의 방을 나섰다. 방을 나서는 여리여리한 뒷모습으로 유권의 시선이 좇아왔다.

점점 여자가 되어 가는구나.

지금 유권의 눈빛은 조금 전까지 윤 앞에서 좋은 오빠의 모습을 하고 있을 때와는 전혀 달랐다. 완연한 남자의 눈빛으로 유권은 방금 전까지 곁에 머물렀던 소녀를 곱씹었다.

당연하다면 당연한 말이겠지만, 윤은 지금 자신이 속한 세상 밖이 어떤 모습인지 전혀 모르고 있었다. 부유한 집안에 태어나 온전한 가정에서 사랑받으며 성장한 아름다운 소녀. 그것이 윤의 현실이었다. 윤은 서유권이라는 남자가 여태껏 어떤 마음으로 지내 왔는지 조금도 가늠하지 못할 것이다.

자신을 물심양면으로 도와준 정식의 마음은 진심이었고, 마치 친어머니처럼 마음을 써 주는 선주 역시 그러했지만 유권은 알고 있었다. 자신이 언제까지고 이 단란한 가정 속에 일원인 척 끼어 있을 수 없다는 것을. 정식 부부의 마음이 진심이고 윤과 태석이 자신을 혈육처럼 따르는 것과는 별개의 문제였다.

자신은 그 속에 완전히 섞일 수 없다. 어쩌면, 윤을 향해 이런 마음을 품는 것조차 용납받지 못할 일일 것이다. 그건 마치 어쩌다 총애를 받게 된 천출이 자신을 거둬 준 왕의 딸을 넘보는 것이나 같은 일이었으니까. 겉모습이 아무리 번듯해졌다고 한들 자신은 윤 같은 세상의 일원이 될 수 없었다. 애초에 태생부터 달랐으니까.

꾹 다물어진 유권의 턱에 힘이 들어가는 것과 동시에 그의 눈빛이 천천히 원래대로 돌아왔다. 마음이 복잡했지만, 그래도 유권은 지금이 행복했다. 자신을 진정으로 아껴 주는 사람들이 곁에 있지 않은가. 지금은 그 사람들에게 더 어울리는 존재가 되도록 노력하는 것이 우선이었다.

"서유권, 축하한다."

조교의 인사에 유권은 씩 웃으며 고개를 끄덕였다.

"고마워요, 형."

"내가 뭘. 네가 애썼으니 된 거지."

조교는 유권의 어깨를 두드려 주면서 이런저런 조언을 해 주었다. 지금 유권은 마지막 4학년을 앞두고 신청한 교환학생의 서류전형에서 합격 통보를 받은 참이었다.

"면접은 토론이랑 원어면접으로 진행되니까 준비 잘 하고. 너야 뭐 말 안 해도 잘 하겠지만."

"네."

4학년에 교환학생으로 떠나는 것은 조금 늦은 감이 없지 않았지만, 유권이 무리인 줄 알면서도 신청한 것은 그래도 유학 경험이 있는 것이 미래에 더 낫겠다는 판단이 들었기 때문이었다.

게다가 교환학생으로 떠나게 되는 학교는 그 나라에서도 상당히 평가가 좋은 명문대학이었다. 학비도 전액 장학금으로 해결되기 때문에 돈 걱정도 한시름 놓을 수 있다. 물론 생활비는 알아서 충당해야 했지만, 유권은 그 정도는 해결할 자신이 있었다.

"장하다, 장해."

서류 합격 소식을 들은 정식은 유권의 손을 잡으며 감개무량해서 거듭 그렇게 말했다. 다른 사람의 칭찬과 기쁨보다 유권은 정식에게 인정받은 것이 더 감격스러웠다.

이제 정식과 선주는 거의 그의 진짜 부모나 마찬가지인 사람들이었다. 자신은 물과 색깔은 같아도 섞일 수는 없는 기름 같은 존재였지만, 유권은 자신이 조금씩 이들과 어울릴 수 있는 존재가 되어 가고 있다고 믿으며 안심하고 있었다.

"지원할 수 있는 것은 뭐든지 해 주마."

"감사합니다."

유권과 아빠의 대화를 듣고 있던 윤은 갑자기 기분이 이상해져서 고개를 휙 돌렸다. 유권이 유학을 간다고?

"오빠, 어디 가?"

방으로 올라오는 유권을 향해 모르는 척 묻자 유권은 미소 지으며 대답했다.

"응. 들었어?"

"어디 가는데?"

"미국."

미국. 태연하게 돌아오는 대답이 윤은 충격적이었다.

"얼마나?"

"일 년 과정이야."

일 년이라니. 윤은 왠지 가슴속이 뜨거워졌다. 이제 내년이면 자신은 고3이 된다. 그리고 곧 졸업을 하게 될 것이다. 그 시간 동안 유권이 이곳에 없단 말인가?

"일 년 금방 갈 텐데 뭐."

하지만 유권은 아무렇지도 않은지 그렇게 말할 뿐이었다. 머리로는 이해가 갔다. 일 년이라는 시간은 생각보다 짧고 새로운 계절은 엄청 빠르게 돌아온다는 것을. 하지만 서운한 것은 어쩔 수 없었다.

"나 돌아올 때쯤이면 너도 어른이겠네. 졸업도 하고."

잠시 생각에 잠겼던 유권이 나직하게 중얼거렸다. 사복보다 교복 입은 모습을 더 많이 봐 왔지만, 그것을 자각하자 새삼 윤이 다르게 보였다. 자신이 떠났다가 돌아올 때 윤은 정말 명실상부한 여자가 되어 있는 것이다.

유권은 얼른 눈을 내리깔아 꿈틀거리려는 눈빛을 감췄다. 아직은 아니었다. 아직 자신은 윤에게 어울리지 않는다.

"좋겠다. 어쨌든."

"그래. 잘됐다 싶어."

유권은 윤에게 의연하고 태연한 어른처럼 보이기 위해 애 썼다.

"언제 갈 거야?"

"면접 붙고 나서 준비 시작해야지. 사실 아직 확실한 건 아 냐."

"그렇구나."

윤은 복잡해진 마음으로 유권과 대화를 마무리하고 자기 방으로 돌아갔다. 마음이 싱숭생숭했다.

유권이 앞으로 오랫동안 이 집에 없을지도 모른다.

그런 생각에 잠긴 윤은 벌써 한참 전부터 펼쳐 놓은 참고서 를 보는 둥 마는 둥 하면서 멍해져 있었다. 유학을 간다는 말 을 듣기 전까지 전혀 자각하지 못했었지만, 윤은 자신이 앞으 로도 유권이랑 함께하리라고 너무도 당연하게 여기고 있었다는 것을 깨달았다.

이제 유권은 가족을 넘어서서 그보다 더 특별한 사람이 되어 버린 것 같아서, 그가 이 집을 나가거나 자신의 시야에 들지 않을 정도로 멀어질 수도 있다는 것을 까맣게 몰랐던 것이다.

하지만 생각해 보면 유권은 얼마든지 자유로울 수 있지 않은가. 유권 스스로가 원하면 유학도 갈 수 있고, 대학을 졸업하면 독립을 할 수도 있다. 그런데 마치 당연하고 절대적인 것처럼 윤은 유권이 이곳을 떠나지 않고 늘 곁에 있을 거라고 생각했다. 어째서 그렇게 생각한 것일까.

처음에는 그저 어른 같아서 마냥 좋기만 했다. 한발 먼저 성인이 되었으니 당연한 것이었겠지만, 유권은 언제나 의연하고 담대해서 신기할 정도였다. 다정다감했지만 굳이 할 필요 없는 말은 늘어놓지 않는 언변도 멋지다는 생각이 들었고, 시간이 나면 늘 책상 앞에 앉아서 스스로를 발전시키는 모습이 대단하다고도 느꼈다. 어렸을 때는 그냥 그렇기만 했다. 하지만 지금은.

어렸을 때는 그를 보면 닮고 싶었고, 더 커서는 언제나 같이 있고 싶었다. 하지만 이제 성인과 미성년의 경계에 서서 바라보는 유권을 윤은 특별하다고 여기게 되었다. 유권이 내 옆에 있는 것이 아니라 내가 그의 곁에 있고 싶어졌던 것이다. 그리고 더 이상 어린아이가 아니었던 윤은 자신의 이 감정이 어떤 것인지 확실하게 구분할 수 있었다.

윤은 펼쳐 놓은 참고서 위로 느닷없이 엎드렸다. 하지만 이제 와서 어떻게 한단 말인가? 막무가내로 유권에게 이런 마음을 털어놓을 수도 없었다. 좋으니까 가지 말라고 해? 그럴 수는 없다. 현실적으로 자신은 아직 고등학생이었고 유권은 혼자서 일어설 준비를 하는 성인이었으니까. 한동안 엎드려 있던 윤은 어느 순간 다시 고개를 들었다.

그럼 유권이 노력하는 것처럼 나도 노력해야지. 유권이 다시 돌아왔을 때 그에게 어울리는 여자로 성장해 있고 싶었다. 그러려면 가장 먼저 해야 하는 것이 뭘까?

"휴……."

참고서를 뒤적이며 윤은 한숨을 내쉬었다. 그러려면 가장 먼저 해야 하는 것이 공부라니. 심드렁해졌지만 윤은 다시 샤프를 쥐었다. 유권은 벌써 저렇게 당당하게 외국에 갈 준비도 하는데, 나는 이게 뭐야? 아니, 아니지. 지금부터 열심히 해야 나도 나중에 유권 오빠처럼 될 수 있다. 유권이 돌아왔을 때도 그가 어린애로만 여기는 상태로 있고 싶지는 않았다.

한동안 참고서 풀이에 열중하던 윤은 모르는 문제가 나오자 끙끙대다가 문득 히죽 웃고는 보고 있던 참고서를 챙겨 들고 자리에서 일어섰다. 유권에게 물어볼 심산이었던 것이다. 그의 방으로 향하던 윤은 유권의 방 쪽에서 들려오는 물소리에 고개를 갸우뚱했다.

저녁 식사 이후 잠들기 전까지 유권은 대부분의 시간을 책을 읽으며 보내기 때문에 늘 조용했다. 한 걸음씩 다가가다가 열려 있는 방문 너머로 콜록거리며 변기를 붙잡고 주저앉은 유권의 등이 보이는 순간 윤은 깜짝 놀라서 안으로 들어갔다.

"오빠, 왜 그래? 어디 아파?"

들고 있던 참고서를 아무렇게나 내버려 두고 등을 두드려 주자 겨우 속을 진정시킨 유권은 급하게 물을 내리고 몸을 일 으켰다.

"괜찮아."

세면대에 물을 틀어 세수를 하고 입을 헹구고 나서야 유권 은 뒤에 서 있는 윤을 제대로 볼 수 있었다. 커다란 눈망울에 걱정스런 빛이 가득하다.

"체했어? 속이 안 좋은 거야?"

"긴장해서 그런 거야. 그러니까 그런 표정 안 해도 돼."

유권이 웃어 보이고 나서야 윤의 얼굴이 조금 밝아졌다.

"거기 가서도 몸 잘 챙겨야 돼. 이렇게 아프고 그러면 어떻 게 해?"

안색이 가라앉는 유권을 지켜보고 있던 윤이 불쑥 한마디 했다. 제법 어른스럽게 타이르는 소리에 유권은 옅게 웃었다.

"그래. 알았어."

그사이 안색이 원래대로 돌아온 유권이 바닥에 널브러진 참고서를 발견하고 물었다.

"모르는 거 있었니?"

"아, 응."

유권은 피식 웃으며 윤에게 다가오라고 손짓하면서 책상에 앉았다.

"그럼 이리 와."

윤은 내심 두근거리는 심정으로 그의 옆자리에 앉았다. 유난히 매끈한 턱 선과 콧날이 오똑한 옆모습은 언제 봐도 설레었다.

"자, 이건 어떻게 풀어야 하는 거냐면……."

유권이 잔잔한 목소리로 설명을 하는 동안 윤은 듣는 둥 마는 둥 하며 그의 옆모습과 샤프를 쥔 긴 손가락을 정신없이 바라보았다. 한동안 설명하던 유권은 어느새 윤이 다른 곳에 정신이 팔려 있다는 것을 감지하고는 손끝으로 솜털이 보송한 뺨을 톡톡 두드렸다.

"뭐하냐?"

"다 듣고 있었거든? 그리고 그렇게 어린애 대하듯이 하지 마!"

"그럼 네가 어른이냐?"

하하 웃는 유권의 모습에 약이 오른 윤이 새침하게 되받아쳤다.

"만날 그런 소리나 하고……. 오빤 내가 그저 어린애 같지?"

자신을 한 번도 진지하게 생각한 적 없었을 유권의 속내를 넘겨짚으며 그렇게 묻는 윤을 향해, 유권은 잠시 눈길을 고정하고 있다가 어느 순간 입을 열었다.

"아니."

아니라는 대답이 무슨 의미일까. 예상치 못한 대답에 가슴이 덜컥했지만 당황한 윤은 다시 묻지 못하고 괜히 다른 소리만 해 댔다.

"거, 거기 가서도 잘해야 돼. 알았어?"

"그래, 누구 분부라고. 너도 나 다녀올 동안 잘 지내고 있어. 알았지?"

그 말에 윤은 왠지 모르게 가슴이 두근거렸다.

"응."

방으로 돌아온 윤은 그의 손끝이 건드린 자신의 볼을 아깝게 쓰다듬었다. 유권이 떠나는 날까지, 두 사람이 제대로 작별 인사를 나눌 수 있었던 것은 그날 그때가 마지막이었다.

❋

출국한 후, 유권은 그곳에서의 생활이 바쁜지 거의 연락을 하지 않았다. 윤은 몇 날 며칠 고민하다가 그에게 메일을 보내곤 했지만, 유권의 대답은 간결할 뿐 별반 특별할 것도 없었다. 간혹 답장이 없는 경우도 있었다. 그럴 때마다 윤은 감출 길 없는 서운함을 느꼈지만, 유권이 그만큼 꽉 찬 시간을 보내고 있어서 그럴 것이라고 이해하는 수밖에 없었다.

그사이 윤은 수험생 시절을 보내고 대학생이 되었다. 유권이 진학한 학교를 따라가지는 못했지만 나중에 자신만의 가게를 갖고 싶다는 꿈을 이루기 위해 선택한 학교였다.

고독하게 보낸 고3 끝에 다시 돌아온 봄, 윤은 대학교 신입생이라는 새 옷을 입었고 그즈음 교환학생 과정을 끝마친 유권은 잠시 한국으로 돌아왔다가 다시 학업을 잇겠다며 미국으로 나갔다. 어차피 졸업에 필요한 여건은 다 갖추었기 때문에 시기만 넘기면 될 뿐 졸업식 자체는 유권에게 큰 의미가 없는 일이었다.

입국했을 때 잠시 만났다가 다시 헤어지면서, 윤은 유권이 정말로 예전과 달라졌다는 것을 실감했다. 유권은 그때부터 이제 그의 본가나 다름없어진 한국의 가족들로부터 그 어떠한 도움도 받지 않았던 것이다.

전과 달리 선을 긋는 것 같은 태도였지만, 이제 머리가 큰 윤은 이해할 수 있었다. 아버지의 후원자로 살아온 시간이 있는 유권이었으니 언제까지고 도움을 받을 수만은 없다는 결론을 내린 것이겠지. 그는 정말로 독립을 하고자 했던 것이다.

그 후로도 얼마 동안은 평화로웠다. 철부지였던 태석도 스무 살이 되면서는 한결 어른스러워졌고, 윤은 차분하게 학업을 이어 가고 있었다.

아무 문제도 없다고 여겼지만, 그동안 정식의 회사는 외부로부터 공격을 받고 있었다. 내실 있었지만 규모는 그렇게 크지 않았던 중소 저축은행은 모든 면에서 압도적인 조건을 갖춘 금융 대기업의 공세를 당해 내지 못했다. 혼자서 분투하던 정식은 결국 쓰러졌고, 그것으로 다른 사람들의 인생은 간단하게 바뀌었다.

"……."

윤은 방 안에 덩그러니 앉아 있었다. 자신의 턱을 움켜쥔 채 뇌까리던 유권의 목소리가 귓가를 떠나지 않았다.

아버지로부터 그가 아예 한국으로 다시 돌아왔다는 소식을 들었을 때, 어째서 집으로 가장 먼저 찾아오지 않았는지 궁금했지만 원망이 들지는 않았다. 사정이 있었겠지. 윤은 그렇게 생각했다.

외국에서 결코 녹록지 않았을 유학 생활을 하면서도 도움 받지 않았던 유권이 아니었던가. 그런 사람이 돌아오자마자 집으로 찾아와서 아버지한테 회사 일을 가르쳐 달라고 하는 것도 웃긴 일이 아닌가. 윤이 알고 있는 유권은 그런 성격을 가진 사람이 아니었다. 그는 섬세한 자존심을 가진 사람이었고, 허세를 부리지 않고도 그걸 지킬 줄 아는 사람이었다.

하지만 그런 제안을 할 사람 또한 아니었는데.

고작 한두 해를 지켜본 주제에 건방지게 하는 말이 아니었다. 윤은 유권이 소년이었을 때부터 그를 알았다. 그 오랜 세월 동안 알고 느꼈던 모습이 본색을 숨긴 것이라고는 여겨지지 않았다. 자기 본래 모습을 그렇게 오랫동안 감추고 있을 수 있는 사람은 없겠지. 그렇다면 뭔가 사정이 있으리라.

윤은 그렇게 확신하며 손을 말아 쥐었다. 피치 못할, 그렇게 하지 않으면 안 되었을 까닭이 있었을 것이다. 차갑게 가장하고 있는 지금의 껍데기 속에는 여전히 자신이 알던 서유권이 있을 것이다. 윤은 무슨 일이 있어도 그것을 다시 확인하고 싶었다.

"들어와."

현관문 앞에 서서 초인종을 눌렀던 윤은 목욕 가운을 걸친 유권이 문을 열어 주자 처음 보는 그의 모습에 흠칫 놀랐다.

"편하게 앉아."

문을 열어 준 유권은 무심하게 돌아서서 반쯤 말린 머리를 수건으로 털며 말했다. 윤은 주춤거리며 한눈에 보기에도 잘 꾸며진 맨션의 현관으로 들어섰다.

"……."

유권의 모습이 낯선 만큼 맨션의 내부 역시 낯설었다. 잡지나 영화에서나 봤음직한 세련되고 아늑한 인테리어. 그러나 유권이 손수 꾸몄으리라는 생각은 들지 않았다. 멋진 맨션은 그저 원래 그런 모양이었던 것처럼 모든 것이 요소요소에 잘 배치되어 있었다.

"뭐 마실래?"

머리를 말리던 수건을 식탁 의자에 걸어 놓고 유권은 냉장고를 열었다. 내색은 없었지만, 지금 그는 긴장하고 있었다. 그것을 무심함으로 감추고 돌아보는 눈동자에 소파에 앉아 있는 윤의 모습이 들어왔다. 평범하기 짝이 없는 옷차림은 길거리에 나가면 흔하게 볼 수 있는 여대생의 모습이었다. 이런 상황에 처할 일이 결코 흔하지 않을.

"아니……요."

짧게 돌아오다가 하나가 더 붙는 대답에 유권의 손이 멈칫
거렸다. 윤은 원래 자신에게 존댓말을 쓰지 않았다. 하지만
이 순간 주눅이 든 나머지 자기도 모르게 그런 표현이 나온다
는 것은, 이제 서유권이라는 남자가 윤에게 그만큼 강압적인
존재가 되었다는 뜻일까.

하긴, 그런 제안을 했으니.

"여기 온 건, 수락한다는 의미겠지?"

가벼운 충격을 속으로 갈무리하며 유권은 냉장고에서 꺼낸
주스를 두 개의 유리컵에 따라서 다시 거실로 발걸음을 옮겼
다. 양손에 들고 간 유리컵 중 하나를 윤에게 내밀면서 유권
은 짧게 물었다.

"시간은 얼마나 있지?"

무슨 뜻인가 하던 윤은 곧 그 말의 의미를 알아차리고는 아
하는 탄성을 앞에 붙이며 대답했다. 유권은 자신이 향유할 수
있는 시간이 얼마나 있느냐고 물은 것이다.

"삼 일……."

유권의 눈썹이 흥미롭게 까딱거렸다. 오늘부터 삼 일이라.
입술에 닿는 주스의 맛도 느끼지 못하며 그는 의미 없이 몇
모금을 삼켰다. 윤은 건네받은 주스를 마실 생각도 하지 못하
고 유리컵을 만지작거리며 그를 마주 보고만 있었다.

"그동안 어떻게 지냈어요? 돌아온 후에는 또 어떻게……."

속으로 몇 번이나 결심을 다잡은 끝에 내놓은 질문이었지
만, 유권은 심드렁하게 윤을 바라볼 뿐이었다.

"이제 와서 그게 궁금해?"

"난 알고 싶어요. 그리고……."

정말로 나를 '팔기' 위해서 여기 온 것도 아냐. 윤이 그렇게 털어놓기 위해서 입술을 움직이는데 전에 냉랭하게 나온 유권의 목소리가 말허리를 잘랐다.

"상황이 달라졌잖아. 너도 알고, 나도 알 만큼."

윤은 잠시의 고민도 없이 그렇게 답하는 유권을 낯설게 바라보았다.

"네 가족들 사이에 껴서 지내는 동안…… 내가 가끔 어떤 것들을 느꼈는지 알면 넌 날 그렇게 못 쳐다봐."

명백한 조소를 지으며 잇는 유권의 목소리에 윤은 자신이 대단한 착각을 하고 있었다는 것을 깨달았다. 이런 상황에서도 그가 예전처럼 자기를 배려해 줄 줄 알았던 것이다. 많이 내려놓았다고 생각했는데 아직도 예전 모습이 남아 있던 스스로가 창피해져서 윤은 얼굴을 붉혔다. 유권은 자신의 앞에서 점점 입지를 잃고 있는 윤을 향해 계속 말했다.

"네 아버지가 날 그 환경에서 건져 올려 투자한 것이 순수한 호의 때문만은 아니었다는 걸 알잖아. 장차 써먹을 데가 있었으니까 그랬던 거였지. 무슨 품종 좋은 강아지 고르는 것처럼."

"……."

"어떻게 지냈냐고? 그걸 안 다음부터 열심히 노력했지. 그래서 너한테 그런 호의도 베풀 수 있게 됐고."

나직한 목소리로 신랄하게 말하는 유권을 향해 윤은 아무 소리도 할 수가 없었다. 아버지가 도운 것이 그런 의미만은 아니었지 않느냐는 말이 튀어나오려고 했지만, 그를 알았던 시간 동안 처음으로 듣는 유권의 속내에 윤은 할 말이 없었다. 지금 유권이 말한 것들은 사실은 윤 자신도 알고 있었던 것들이기 때문이다. 그에게 면목이 없어서 차마 직설적으로 꺼내 놓을 수는 없었지만.

"네 아버지가 나한테 들인 돈을 돈이 아닌 다른 걸로 돌려받으려고 했던 것처럼 나도 그런 거야. 자, 내가 지금도 인내하고 있다는 걸 모르겠냐."

그렇게 뇌까리며 한동안 윤을 바라보던 유권은 컵을 내려놓고 침실로 들어가며 덧붙였다.

"들어와."

들어오라는 목소리가 들려온 순간, 윤은 머리부터 발끝까지 바짝 오그라들었다. 유권은 자신의 말을 받아 주지조차 않았다. 컵을 내려놓고 발걸음을 떼는 스스로의 움직임이 태엽 감긴 인형처럼 딱딱하고 부자연스럽다. 예상보다 훨씬 더 냉정한 유권의 모습에 윤의 심장이 쿵쾅거리기 시작했다.

침실로 들어서자 가장 먼저 커다란 침대가 눈에 들어온다. 고급스런 색채의 원단으로 재단된 시트와 베개, 이불이 멋진 조화를 이루며 얌전하게 깔려 있었다. 이 장소인가? 윤의 머릿속에 밑도 끝도 없이 그런 의문이 떠올랐다가 사라졌다. 그 사이, 유권은 망연해진 윤의 등 뒤로 다가가 섰다.

유권의 두 손이 청바지 허리 부근에 닿으며 귓가에 그의 낮은 숨소리가 들려오자 윤은 흠칫했다. 긴 손가락을 가진 유권의 손이 골반 어림을 가만히 짚고 있었다. 가까이 선 그에게서 남성용 샴푸와 바디 클렌저 향이 풍겨 왔다. 여기서 뒤로 물러나면 그의 가슴이 등에 닿는다.

윤이 어찌할 바를 모르고 굳어진 동안 유권은 실로 오랜만에 마주하는 윤을 찬찬히 뜯어보았다. 이렇게 가까이서 윤을 지켜보는 것은 처음이었다. 비스듬하게 내려다보이는 옆얼굴의 속눈썹이 길다.

평범한 셔츠와 청바지였지만 여자의 몸이 가진 곡선을 숨길 수는 없었다. 윤은 이제 완연히 성숙한 여인이 되어 있었다. 교복을 입고 천진하게 침대에서 만화책을 보며 노닥이던 모습이 연상되지 않을 정도로.

"내가 말하지 않은 것이 알고 싶다면, 알려 줄게."

유권의 손가락이 윤의 셔츠 가장 아랫단추를 풀었다.

"예전부터 널 손에 넣고 싶었어. 넌 상상도 못 할 만큼 오래전부터. 그동안은 기회가 없었지만, 이젠 달라졌지. 그래서 난 쟁취한 거고."

하나씩, 하나씩. 나직하게 속삭이며 유권은 서두르지 않는 태도로 네 번째에서 세 번째, 마침내 가장 윗단추까지 풀어냈다.

"나는 오늘……!"

"네가 오늘 여기 어떤 마음으로 왔는지는 상관없어. 남잔 침대에서 그렇게 복잡한 것까지 생각하지 않아."

다시 털어놓으려는 윤의 말을 유권은 입매를 비틀며 틀어막았다. 여밈이 모두 풀어진 셔츠의 양쪽 깃을 잡아 뒤로 젖히자 윤의 뽀얀 어깨가 드러났다. 심플한 디자인의 브래지어에 유권은 살짝 입매를 풀었다. 두 사람 모두 입술 밖으로 나오는 것은 서로의 귓가에 울리는 숨소리뿐, 아무 말도 하지 않았다.

단추를 풀어낸 셔츠를 완전히 바닥으로 떨어뜨린 유권의 손이 윤의 배에 닿았다. 따뜻했지만 그의 손바닥이 배꼽 언저리를 덮으며 자신의 몸을 느리게 쓰다듬기 시작할 때 윤은 얼음이 닿은 것처럼 움츠러들었다. 고요한 방 안에서 갑자기 바람이라도 맞은 듯 깜빡이는 윤의 눈꺼풀을 내려다보며, 유권은 잠시 눈을 감았다.

부드럽고 따뜻했다. 윤의 살결은 마치 따뜻한 젤리처럼 손 안에서 탱글거리면서 착 달라붙었다. 몸에 여성미를 더하는 배꼽 주변의 도톰한 살집을 조금씩 만지작거리던 유권의 손이 이내 잘록한 허리를 거쳐 명치로 올라왔다.

그의 손이 브래지어 위로 가슴을 쓰다듬는 순간 윤은 입술을 꽉 다물었다. 기복하는 가슴 위쪽으로 올라온 남자의 손이 브래지어의 어깨끈을 옆으로 끌어내렸다. 팽팽하게 채워져 있던 후크는 어이없을 정도로 간단하게 풀어졌다.

브래지어가 윤의 발치로 툭 떨어져 내렸다. 그러나 유권의 두 손은 탐스런 가슴을 감싸쥐는 대신 청바지의 단추를 향해

내려가고 있었다. 잘그락하는 소리에 이어 지이익 하고 짧은
지퍼가 내려지는 소리가 들려왔다.

"저……."

"가만히 있어."

가까스로 열린 윤의 입술은 유권의 한마디에 차마 계속 목
소리를 내지 못했다. 유권은 한쪽 무릎을 꿇은 채 윤의 하체
를 감싸고 있던 청바지를 힘 있게 끌어내렸다. 이어 윤의 발
을 바지에서 빼낸 유권은 여전히 한쪽 무릎을 꿇은 채 윤의
맨다리를 바라보았다.

허리에서 엉덩이, 허벅지로 이어지는 곡선이 모래시계를 연
상시킨다. 그는 무릎을 펴고 일어서면서 손을 뻗어 윤의 종아
리에서부터 허벅지, 그리고 팬티가 걸쳐져 있는 골반까지 느
긋하게 쓸어 올렸다. 솜털이 보송보송하게 손끝을 스쳤다.

"앗!"

일어선 유권이 갑자기 자신을 안아 올리자 윤은 깜짝 놀라
서 버둥거렸다. 그러나 유권은 더 어쩔 틈도 없이 윤을 침대
위에 조심스럽게 내려놓고 위에서 그녀를 내려다보았다. 바로
코앞에서 마주하는 그의 눈동자에 윤은 짧게 숨을 들이켰다.

깊고 고단해 보였다. 그러나 유권의 눈동자는 윤이 그것을
막 감지할 무렵에 시선을 벗어나 그녀의 다른 곳을 눈에 담기
위해 움직였다. 그제야 윤은 자신의 몸에 남은 것이 팬티 한
장뿐이라는 것을 자각하고 부르르 떨었다. 엄마 앞에서도 보
여 준 적이 없었던 부분들이 유권의 눈앞에 그대로 드러나 있

었다.

창피스러웠지만 가릴 수가 없었다. 이불을 끌어당기기만 하면 되는데도 윤은 뱀 앞의 개구리처럼 꼼짝도 할 수 없었다. 자신이 왜 여기에 왔는지 상기했기 때문이다. 유권은 제안을 했고, 자신은 그 제안을 수락했다. 유권은 그 제안에 딸려 온 대가를 누리려는 것이고, 그걸 내주겠다고 한 것은 자신이었다.

무례한 것들로부터 지켜 줄게. 대신 널 내게 줘.

사실 유권의 제안은 아주 간단한 것이었다. 그래서 윤은 이곳에 온 것이다. 윤리에 어긋나니 마니 하는 관념들은 두 사람 모두에게 상관이 없었다. 그것은 오직 두 사람만의 문제였고, 이 시간 역시 두 사람만의 시간이었다.

"어쨌든…… 보고 싶었다."

나직하게 들려오는 유권의 목소리에 윤은 흠칫하며 반사적으로 귀를 기울였다.

"어떻게 생각할지는 모르겠지만, 많이."

감정을 생략한 채 읊조리는 어투에 윤은 순간 깊이 서글퍼졌다. 전염되듯 느껴지는 그 감정에 유권은 다문 입술에 힘을 주었다. 문득 갈등이 일었다. 지금이라도 늦지 않았다고, 다시 윤을 놓아주라는 이성과 여자가 되어 곁에 누운 윤을 이대로 함락하고 싶다는 욕망이 번갈아 들끓었다.

달아오르는 욕망을 이성이 식히고, 이성이 달아오른 욕망에 다시 잠식되었지만 유권은 눈을 깜빡이지 않았다. 지금 눈앞에 있는 윤을 바라보는 것, 그 하나만큼은 자기 자신의 감정들에게도 방해받고 싶지 않았다.

이제 난 안 놓쳐. 설혹 지금의 내 행동이 너를 엉망진창으로 만들어 상자 안에 넣는 것이라 해도, 그렇게 해서라도 간직할 테다.

이성이 꺼져 버리게 내버려 두며 유권은 눈을 감았다. 움직인 그의 입술이 윤의 진홍색 유두를 물었다. 가지런히 모으고 있던 다리 끝의 발가락이 쪼그라들며 차렷 자세로 누운 윤의 손이 침대 시트를 꽉 쥐었다. 기이하고 이상한 감촉에 놀란 반사적인 반응이었다.

유권이 머무르고 있는 자신의 가슴께로 시선조차 움직일 수가 없었다. 부드럽고 촉촉한 것이 젖가슴에 닿아서 자신의 일부를 입에 머금었다.

몸을 씻을 때 말고는 만져 본 적도 없는 가슴에 유권이 키스를 하고 있었다. 따뜻한 와중에 뭔가 미끌거리고 자잘한 돌기가 돋아 있는 것이 젖꼭지를 훑자 윤은 잔뜩 숨을 죽였다. 잠시 후 그 느낌을 준 것이 무엇인지 깨달아지는 순간 윤은 숨이 탁 풀리고 말았다.

유권 오빠의 혀.

그의 혀가 자신의 젖꼭지와 유륜을 훑고 있었다. 어떤 규칙을 가진 것처럼 집요하게 반복하면서, 입을 벌려 유륜 주변의 피부까지 가득 머금기도 하고 살짝 빨기도 했다. 한동안 한쪽에만 머물러 있던 유권의 입술은 키스를 해 가며 반대쪽으로 움직여 보송한 젖꼭지를 다시 촉촉하게 적셨다.

그의 입술이 옮겨지며 타액에 젖었는지 차가운 느낌이 드는 젖가슴을 커다란 손이 감싸 쥐는 순간 윤은 이 시간이 시작되었다는 것을 비로소 절감했다. 마치 어떤 영화에 등장하는 애정 장면처럼, 유권이 자신을 애무하기 시작한 것이다.

반대편으로 옮겨 간 유권의 입술이 아직 말랑한 유륜과 유두를 한꺼번에 삼켰다. 겉으로는 보이지 않는 입속에서 그의 혀끝이 뾰족하게 일어서서 말랑한 유두를 살랑살랑 건드렸다.

유권은 자신의 움직임이 변할 때마다 조금씩 꿈지럭거리는 윤의 몸짓을 느꼈다. 한 손에 가득 차는 젖무덤을 요란하지 않게 감싸고 애무하던 손을 천천히 아래로 내리며, 유권은 윤의 부푼 가슴 사이에 입을 맞추고 그 보드라운 살결에 뺨을 부볐다.

기복하는 배를 스치고 내려간 유권의 손이 윤에게 마지막 남은 한 장에 손가락을 걸었다. 윤은 천장에서 하얗게 발광하고 있는 형광등에 시선을 고정하고 있었다. 그가 난폭하지 않다는 것은 알 수 있었다. 눈앞이 하얀 것이 저 불빛 때문인지 머릿속 때문인지 모르겠다.

부드럽고 따뜻한, 남자의 커다란 손이 몸 곳곳을 쓰다듬고 보듬고 조심스럽게 건드렸다. 오빠는 다른 여자도 이렇게 대해 줬을까? 순간 어처구니없이 그런 생각이 떠오른 윤은 어금니를 깨물었다. 가슴속에서 울컥거리며 뭔가가 치솟았다.

오래전부터 유권을 좋아했다. 아직 고등학생이었을 때, 그가 한국을 떠난다는 사실을 전해 듣고 얼마 지나지 않았을 무렵, 윤은 딱 한 번 상상해 본 적이 있었다. 자신이 유권에게 사랑받는 장면을. 단순히 감정만이 아니라 육체적으로도 그에게 여자가 되는 순간을 그려 본 적이 있었다.

유권 오빠는 다정할 거야. 착하니까.

그때 어떻게 상상했는지는 이상하게 잘 기억이 나지 않았지만 그렇게 확신했던 것만은 분명하게 떠올랐다. 지금 느껴지는 유권의 손길이 너무 따뜻하고 온기에 젖어 있기 때문인가? 그때의 상상이 기이하게 뒤틀린 채 현실이 된 것 같았다.

유권이 손가락을 걸어 잡아당기는 속옷이 몸에서 벗겨지는 것이 느껴졌다. 속살이 공기에 노출되며 싸늘한 감각이 들었다. 유권의 손바닥이 무릎을 감싸 쥔다. 반사적으로 허벅지에 힘이 들어갔지만, 빛보다 빠른 순간에 윤은 자신이 그를 거부하면 안 된다는 것을 깨달았다.

경직된 근육에 멈칫하던 유권은 곧이어 힘이 빠지는 윤의 무릎을 세워 잡고 좌우로 벌렸다. 심장이 터질 것 같았다. 새하얀 조명 아래 윤의 모든 것이 눈앞에 펼쳐졌다. 지금 윤은 마치 편안하게 누워서 이완된 채 자신의 육신을 남자의 손에 맡긴 것처럼 보였다. 그 남자가 자신을 마음껏 사랑할 수 있도록. 하지만 윤의 무릎을 잡은 손을 통해 유권은 알 수 있었다. 가느다란 몸이 조금씩 떨고 있다는 것을.

다리 사이 깊은 곳까지 와 닿는 공기의 감촉에 윤은 숨을 삼켰다. 남자의 눈앞에 전부가 드러나는 것이 이런 느낌일 줄은 전혀 몰랐다. 창피하고, 부끄럽고, 알 수 없는 두려움이 가득했다.

순간 부스럭거리는 소리에 자기도 모르게 고개를 아래로 내린 윤은 깜짝 놀라서 손으로 입을 가렸다. 양옆으로 활짝 벌어진 자신의 다리 사이에 꿇어앉은 유권이 가운을 벗고 있었다.

목욕 가운 안에는 아무것도 없었다. 완숙한 남자의 나신뿐이었다. 갑자기 남자의 모든 것을 목도한 윤의 심장이 쿵 떨어져 내렸다. 심장이 고막까지 울릴 정도로 마구 뛰었다.

자신이 여태까지 알았던 유권은 듬직하고 날렵해서 남자다운 모습이었다. 하지만 전부를 벗어 버린 유권의 육신은 마치 매끈하게 빠진 육식동물을 연상시켰다. 피부 아래 잔잔하게 잡혀 있는 근육 윤곽은 손을 대면 탱글거릴 것만 같다. 그리고 여섯 조각으로 갈라져 있는 복부와 위로 올라붙은 배꼽 아래, 짙은 체모 사이에 있는 그의 남성.

남자의 벗은 모습을 처음 본 윤은 거의 충격적일 정도로 놀랐다. 유권이 상체를 숙이며 몸을 포개 오자 몸 전체가 주체할 수 없을 만큼 떨렸다.

유권은 자신의 피부를 통해 전해져 오는 윤의 떨림을 느끼며 눈을 내리깔았다. 부드러운 살결의 느낌은 황홀했지만 유권은 고개를 숙여 윤의 뺨에 살짝 자신의 뺨을 기대고 턱과 귓불이 연결된 부분에 입을 맞췄다. 윤에게 닿은 그의 첫 입맞춤이었다.

윤과 몸을 포갠 유권은 그녀의 몸을 마치 품에 넣은 작은 짐승처럼 쓰다듬었다. 잔뜩 겁먹은 작은 강아지나 병아리를 손안에 두고 어르는 것처럼 그렇게 어루만졌다. 가느다란 다리와 한 손에 잡히는 발목, 선이 아름다운 몸에 연결된 기다란 팔, 갸름하고 예쁘장한 손끝과 동그란 어깨를 쓰다듬고 입맞추었다.

어찌 되었든 지금 이 시간은 세상에서 자신과 윤 둘뿐이었다. 다른 건 필요도 없었고, 아무것도 필요없다는 것이 만족스러웠다.

오랫동안 지속된 잔잔한 손길과 부드러운 입맞춤 속에서 윤의 떨림은 점차 잦아들었다. 윤은 이렇게 안정을 찾아가는 스스로가 놀랍다고 생각했다. 유권에게 갖고 있었던 남모를 감정 때문이었을까. 아니면 마침내 이 상황을 진정으로 받아들였기 때문일까. 윤은 이제 더 이상 두렵지도 않았고 그가 어떻게 하든 받아들일 수 있을 것 같았다.

윤의 긴장이 풀리자 유권은 고개를 들어 잠시 윤과 시선을 마주했다. 커다란 눈망울은 고요하게 가라앉은 채 아무런 동요도 없이 자신을 응시하고 있었다. 콧망울이 동그래서 귀여운 코 아래 살짝 벌어진 채 숨 쉬고 있는 입술에 유권은 키스했다.

윤은 느슨하게 풀어진 것처럼 입속으로 들어오는 그의 혀를 받아들였다. 첫 키스였지만, 이제 그런 것은 상관없었다. 유권의 손길이 허벅지 안쪽으로 미끄러져 들어오는 것이 느리게 느껴졌다.

"읍……!"

단단한 듯 도톰한 손끝이 자신의 여성에 닿는 순간 윤은 반사적으로 소리를 냈다. 유권의 키스가 멈추지 않고 있었기에 윤의 신음은 억눌린 채 새어 나왔다. 다른 사람이, 그것도 이성이 자신의 가장 민감한 곳을 조금씩 만지작거리는 감각은 몹시 이상했다. 흥분이 아닌 그 낯선 감각이 던져 주는 이질감이 호흡을 가쁘게 했다.

점점 크게 기복하는 젖가슴이 유권의 가슴과 맞닿았다. 유두가 그의 피부에 닿는 것과 그의 손가락들이 자신의 체모 속을 더듬어 나가 여자의 균열을 벌리는 것을 윤은 동시에 느꼈다.

"으응, 읍……."

입술이 잠깐씩 떨어질 때마다 윤은 가쁘게 숨을 고르며 의지와 상관없이 튀어나오는 소리를 흘렸다. 교성이 아니라 그저 낯선 감각을 당황스럽게 느끼고 있는 표현일 뿐이었다. 둔덕을 덮은 남자의 손바닥과 음순을 매만지는 손끝들, 가장 아래쪽에 있는 입구까지 조금씩 쓰다듬어 내려가는 교묘한 놀림에 숨이 막혔다.

막연하게만 상상했던 행위들이 주는 감각이란 이런 것이었나. 유권에게 육체적으로 여자가 되는 것을 상상만 했던 그때는 결코 알 수 없었다. 짐작조차 하지 못했다. 남자의 입술과 손길, 눈빛이 닿는 것이 이런 감각이라는 것을.

길고 곧은 유권의 검지와 약지가 균열을 옆으로 벌리는 것이 느껴졌다. 스스로 몸을 씻을 때와 지금 닿은 유권의 손길은 전혀 달랐다. 남자가 여자를 이렇게 깊숙한 곳까지 만져보고 싶어 한다는 것을 윤은 전혀 몰랐다. 양옆으로 벌어진 음순 사이, 오롯이 드러난 자그마한 음핵을 유권은 가운데 손가락으로 살짝 쓰다듬었다.

  "헉!"

  바람 빠지듯이 내뱉는 윤의 숨소리를 유권은 숨죽인 채 들었다. 윤의 여성은 촉촉했지만, 그것은 여자가 기본적으로 갖고 있는 수분일 뿐이었고 꽃물이 비치는 것은 아니었다. 젖어들지 않은 여자의 속살에 지나친 자극은 아픔으로 변한다. 손끝으로 윤의 음핵을 더듬어 마치 손 안에서 녹아 가는 얼음 조각처럼 어르던 유권은 다시금 붉은 입술을 찾았다.

  윤의 발가락이 무의식중에 꼼지락거렸다. 음핵에서부터 얼얼한 것과 비슷하게 저릿한 느낌이 피어올랐기 때문이다. 이상하지만 결코 잊을 수 없는 감각이었다.

  움찔하는 순간 유권의 손끝이 균열 사이를 집요하게 파고들었다. 그의 손끝은 마치 조금 전 가슴을 애무하던 혀처럼 움직였다. 젖꼭지를 살랑살랑 건드리던 혀끝처럼 그의 손끝이 균열 사이를 어루만지자 윤은 다시 피어오르는 저릿한 감각에 고개를 돌렸다. 유권의 손이 닿아 있는 부분이 조금씩 뜨거워지는 것 같았다.

  윤이 고개를 돌리는 바람에 떨어진 유권의 입술이 긴장한 목에 닿았다. 힘이 들어간 쇄골을 더듬어 내려가 옴폭 파인 목과 어깨 사이를 맴돌던 입술이 계속해서 아래로 타고 내려갔다.

포개져 있던 유권의 몸이 조금씩 움직이며 윤의 아래로 내려가고 있었다. 완만한 가슴과 기복하는 배, 그리고 허벅지 안쪽을 지그시 누르는 손길과 동시에 유권의 입술은 윤의 배꼽을 지났다. 그러나 윤은 그의 입술이 어디에 닿고 싶어 하는지 전혀 짐작도 하지 못하고 있었다.

유권은 한 팔로 윤의 허벅지를 감싸 안고 반대편 손으로 오므리지 못하도록 살짝 누른 채 눈을 내리깔았다. 윤의 여성, 자신에게 소녀이자 여인이었던 존재의 다리 사이가 바로 눈앞에 있었다.

하얀 둔덕을 덮고 있는 체모는 보송보송했다. 조금 전 자신이 손끝으로 어루만졌던 균열에 그의 시선이 머물렀다. 허벅지를 누르고 있던 손을 가져와 유권은 보송한 체모가 돋은 둔덕에서부터 입구가 있는 곳까지를 부드럽게 쓸어내렸다. 따뜻한 슈크림 같다.

검은 체모 속으로 손가락을 집어넣어 섬세하게 갈라진 균열에 가운데 손가락을 맞추어 살짝 아래위로 움직이자 윤이 호흡하는 위쪽에서 흐느끼는 듯한 소리가 들려왔다.

유권은 이 붉고 고운 속살을 좌우로 살짝 벌렸다. 양옆으로 봉오리 진 꽃의 꽃잎처럼 맺혀 있는 음순 사이에 음핵이 드러났다. 유권은 그곳으로 입술을 가져갔다. 윤기마저 흐르는 붉은 진주 같은 것을 입에 머금기 전, 보송한 체모가 코끝에 닿았다.

"아…… 아!"

처음에는 뭉클했다. 이어서 촉촉한 것이 섬세하게 음핵을 쓰다듬으며 핥짝이자 윤의 고개가 뒤로 젖혀졌다. 찌릿한 감각이 미세하게 피어올라 아랫배 깊은 곳에서 일렁였다. 유권이 자신의 여성을 입으로 탐하고 있는 것이다. 남자가 여자에게 이렇게 키스할 수도 있다는 것을 윤은 처음으로 알았다.

"앗!"

균열 사이를 그의 혀가 핥아 내려간다. 윤의 입술이 어떤 말을 뱉을 것처럼 달싹였지만 나오는 것은 불규칙하게 흔들리는 숨소리뿐이었다. 유권은 윤의 소중한 곳을 애무해 가며 화끈해지는 자신의 하복부를 자각했다.

음핵과 그 주변에 자극이 가해질 때마다 저릿저릿한 느낌에 윤은 어찌할 바를 몰랐다. 유권은 자신이 지금 이런 감각을 느끼고 있다는 것을 알고 있을까? 부지불식간에 그렇게 생각하던 윤은 어느 순간부터 집요하게 한 곳에만 자극이 이어지자 확신할 수 있었다. 유권이 여자를 달아오르게 하는 방법을 알고 있다는 것을.

그의 혀가 음핵을 문지르며 입구 안으로 손마디 하나가 들어오는 순간 윤은 헉 하고 숨을 들이켰다.

유권은 자신의 애무와 타액으로 충분할 만큼 젖어 든 윤의 입구를 조심스럽게 확인했다. 바르르 떨리는 허벅지 안쪽에 거듭 입 맞추며 유권은 젖은 입술에서 습기를 찍어 냈다. 아래로 미끄러졌던 그의 몸이 다시 위로 올라오며 깊게 가라앉아 이글대는 검은 눈동자가 커다란 눈망울을 마주했다.

"이제부터 넌 괴로울 필요 없어. 내가 막아 줄 테니까."

눈을 마주 본 채 그렇게 속삭이며 유권은 손을 뻗어 침대에 딸린 작은 서랍에서 콘돔을 꺼냈다.

작게 부스럭거리는 소리가 들린 후에 유권은 상체를 일으켰다. 상기된 얼굴과 자신의 눈을 바라보려 하는 움직임만 아니라면, 윤은 고요했다. 유권은 침대에 누운 채 마치 지금 이런 상황이 익숙한 것처럼 남자와 하나가 되기 직전의 자세가 되어 있는 윤을 바라보았다. 그 모습에 남자로서의 자신은 맹렬하게 반응하고 있었지만, 희미해진 그의 이성은 깊은 서글픔을 느끼고 있었다.

한 겹 막이 씌워진 페니스가 젖어 든 여자의 입구 점막에 제 끝을 비벼 댔다. 침대를 딛고 있던 윤의 발뒤꿈치가 반사적으로 들렸다. 윤은 자기도 모르게 손을 움직여 자신의 뺨을 가만히 쓰다듬고 있는 유권의 팔을 잡았다. 조금씩 비벼지던 느낌이 안으로 밀려드는 것으로 바뀌자 침대를 딛고 있는 유권의 무릎에 힘이 들어가며 허벅지가 팽팽하게 부풀었다.

아주 얕은 초입이 지나고, 유권의 움직임이 더 이어지자 윤은 통증을 느꼈다. 그의 남성이 자신의 내부로 계속해서 밀고 들어오려는 것이 느껴졌다. 윤은 지나치게 탄력적으로 움츠러들어 있는 자신의 점막 안쪽을 조절하는 방법을 몰랐다. 다리 사이에서 이런 아픔을 느끼는 것도 처음이었다.

처음에는 견딜 만하던 통증은 유권의 움직임이 깊어질수록 벅찰 정도로 격해져 갔다. 입술이 저절로 벌어지며 얼굴이 일그러졌다. 다리가 제멋대로 움직이려고 했지만, 유권을 떨쳐 내고 다시 오므리는 것은 불가능했다.

유권의 미간에 살짝 주름이 그어졌다. 어딘가 이상하다는 직감이 든 것이다. 여자의 몸, 그중에서도 다른 이를 받아들일 수 있도록 창조된 부분은 특히 섬세하고 탄력적인 곳이다. 하지만 윤의 입구는 지나치게 좁게 느껴졌다. 이대로 계속했다간 그녀에게 상처를 내고 말 것 같다고 여겨질 정도로.

분명히 충분히 젖어 들게 만들었는데도 윤의 문은 열릴 듯 열리지 않으면서 진입하는 남성을 받아들이지 못하고 있었다. 약간 더 힘을 주어 아랫배를 포개려고 들자 윤의 고개가 뒤로 젖혀지며 잦아들었던 떨림이 다시 이어졌다. 자신의 팔을 잡고 있는 윤의 손가락은 하얗게 질려 있었다.

약간 이루어진 삽입으로부터 아무런 규칙도 없이 마구 꿈틀대는 윤의 내부 근육이 느껴졌다. 설마. 찰나 스치는 예감에 유권이 멈칫거리는 순간, 그 움직임으로 인해 열릴 듯 열리지 못하던 윤의 좁은 문이 뻐근하게 젖혀지며 유권의 남성이 그녀의 안으로 깊게 사라졌다.

"아악!"

뾰족하게 터져 나오는 윤의 비명에 유권은 움찔했다. 윤은 정신을 차릴 수가 없었다. 여기 오기까지 갖고 있던 모든 감정들이 다 날아가 버리고 지금 닥친 아픔만이 느껴졌다. 단단하고 뜨거운 이물감이 계속해서 밀려들었다. 생살이 찢겨지는 고통에 눈물이 핑 돌았다.

"아, 아악……."

삽입이 이루어지는 동안 윤은 의지와 상관없이 비명과 신음을 내질렀다. 다리 사이, 배 속 깊은 곳이 유권으로 가득 들어차 끊어지기 직전까지 팽팽해진 것 같았다.

"너……."

윤의 반응에 뒤늦게 직감하고 가슴이 철렁 내려앉은 유권은 자신을 끝까지 받아들인 윤의 심연을 내려다보았다. 새하얗고 포동한 둔덕과 그 아래 붉은색 속살이 빠듯하게 열려 있었다. 뻐근할 정도로 조여드는 윤의 내부는 반응하고 있는 것이 아니라 이렇게까지 뭔가를 수용한 적이 없었다고 아우성치고 있는 것이었다.

놀란 유권이 잠시 움직임을 멈춘 사이에 윤은 숨을 고를 수가 있었다. 아픔은 여전했지만 움직임이 멈추자 하얗게 날아갔던 시야가 차차 정상으로 돌아왔다.

유권의 양손이 자신의 허리를 잡자 윤은 반사적으로 그를 바라보았다. 다음 순간 격하게 치받기 시작하는 움직임에 윤의 비명이 다시금 침실을 가득 채웠다. 도저히 막을 수 없이 새어 나오는 신음 끝에 그만이라고 소리쳤던 것 같다. 다리 사이를 끊어지게 만들 것 같던 이물감이 갑자기 빠져나가자 윤은 참았던 숨을 토했다.

"……."

유권의 얼굴이 일그러졌다. 이글대던 눈동자는 자신이 빠져 나오는 순간 윤의 안에서 흘러나와 새하얀 침대 시트 위로 흩 뿌려진 핏방울에 꽂혀 있었다. 방금 일어난 파열을 말해 주 듯, 시트 위에 점점이 뿌려진 혈흔은 맑은 선홍빛이었다. 유 권은 통증의 여운 때문에 여전히 찡그려져 있는 윤의 얼굴을 바라보았다.

"너……."

자신을 부르는 목소리에 윤은 흐려졌던 눈을 가까스로 바 로잡으며 유권을 바라보았다. 그의 표정은 복잡다단한 감정들 이 한계까지 치솟은 것 같았다.

순간 윤은 어째서 유권이 저런 표정을 짓고 있는지 알 수가 없었다. 왜 저렇게 처참하고, 소중한 것을 스스로 망가뜨리고 만 것처럼 비참한 눈빛을 하고 있는 것일까. 손에 넣고 싶었 다고 얘기했으면서.

"이런 제길……."

첫 경험의 충격으로 힘을 잃은 채 침대에 먹히다시피 늘어 진 윤을 바라보며 유권은 거칠게 짓씹었다. 사랑하는 여자의 처음이 되었다는 환희 따위는 조금도 없었다.

자신은 윤을 여자로서 짓밟은 것이나 마찬가지였다. 넘치는 사랑 속에서 행복하게 녹아내렸어야 할 첫 순간을 거부할 수 없는 강압적인 요구로 깨트려 버렸다.

무엇보다 소중해서 무슨 일이 있어도 곁에 두고 싶다고 여겼으면서, 결국 자신은 그 욕심 때문에 윤의 인생에 아름답게 남아야 했을 순간을 욕망으로 짓밟아 버린 꼴이 된 것이다.

일그러지며 짓씹던 유권의 입술이 다음 순간 실소를 내뱉었다. 아니, 설혹 윤이 이 순간이 처음이 아니라고 한들 뭐가 달라지기라도 하나? 자신이 거절하지 못할 요구로 옴짝달싹 못하게 잡아 눌러 윤을 소유해 버렸다는 것은 변함없는 사실이다.

처음이어서 더 잔인하고 처음이 아니라서 덜 잔인한가? 아니, 자신이 폭군이 되었다는 것은 차이 없이 똑같다. 차갑게 경직된 분위기 속에서 억지로 다리를 벌리고, 너의 육신만을 원한다는 남자의 눈앞에 모든 것을 내보이는 수치를 안겨 준 것은 똑같았다. 단지 거기에 첫 경험이라는 지울 수 없는 순간이 겹쳐졌을 뿐. 이제 돌이킬 수도, 되돌아갈 수도 없다.

"그래…… 어쩔 수 없지."

난 짐승이다. 그렇게 뇌까리며 유권은 자신의 내면 일부가 영원히 뒤틀리는 것을 감지했다. 비참했던 눈빛이 서늘하게 굳으며 입술이 비릿하게 조소를 물었다. 완전히 힘이 빠진 채 손안에 늘어져 있는 여체는 어쨌든 자극적이었다.

안쪽에서부터 흘러내리는 피가 가느다랗게 맺혀 있는 꽃잎 사이로 유권의 페니스가 거칠게 들어차는 순간 윤은 비명도 지르지 못하고 몸을 뒤틀었다. 허리 아래가 부서지는 것 같았다. 가슴을 움켜쥐는 그의 손길이 느껴졌다.

그대로 여체에 몸을 포갠 유권은 자비 없이 움직이기 시작했다. 윤의 둔덕이 짙은 체모로 뒤덮인 유권의 아랫배에 온전히 짓눌리고, 결합된 곳에서 본격적으로 마찰이 시작되자 윤의 몸이 경련하듯 떨었다.

"유……유권 오빠……."

가까스로 속삭이는 부름을 무시하며 유권은 허리를 튕겼다. 이젠 어쩔 수가 없었다. 망가졌고, 자신이 망가뜨렸다. 유권은 대답하는 대신 탐스런 젖가슴을 움켜쥐며 윤의 입술에 키스했다.

지속되는 시간 속에서 윤의 울음이 터져 나왔지만, 유권은 멈추지 않았다.

2 장

아스라이 들리는 알람 소리에 윤은 눈을 떴다. 아침 7시. 해가 떠서 이미 창밖은 환해져 있었다. 부스스 몸을 일으키던 윤은 방 안에 자기 혼자뿐이라는 것을 깨달았다. 옆자리를 더듬어 보았지만 유권은 나간 지 오래되었는지 시트에는 온기조차 없었다.

침대에서 완전히 일어난 윤은 욕실로 들어가서 물을 틀었다. 따뜻한 물이 머리에 닿고 나서야 멍하던 정신이 완전히 잠에서 깼다. 욕실의 한쪽 벽에는 욕조 테두리와 벽이 딱 맞아 들어가도록 삼각형으로 만들어진 커다란 욕조가 자리하고 있었다. 짙은 색 대리석 타일로 마감되어 넓고 웅장하다는 느낌마저 주는 욕실의 벽 일부에는 천장에서 바닥까지 닿을 정도로 키가 큰 거울이 붙어 있었다.

따뜻한 물이 떨어지는 샤워기 아래 머리부터 발끝까지 흠뻑 젖도록 서 있던 윤은 어느 순간 뽀얗게 김이 서린 거울에 물을 뿌려 닦아 냈다. 그러자 커다란 유리 표면에 머리부터 발끝까지 자신의 모습이 온전히 비쳤다.

윤은 거울에 비친 자신의 모습을 물끄러미 바라보았다. 방금 잠에서 깨어 조금 부어 보이는 얼굴, 여기저기 조금씩 욱신거리는 팔다리, 그리고 아래쪽으로 움직인 시선이 거울 속 가슴에 닿자 윤은 고개를 떨어뜨렸다.

봉긋하게 솟은 양쪽 젖가슴은 온통 키스마크 투성이였다. 쇄골 근처에도 몇 개 보인다. 피부가 흰 편이라 유난히 눈에 띄는 붉은 자국. 그나마 옷 밖으로 드러나는 목 부근에 없는 것이 천만다행이다. 특히 유륜 주변에는 너무하다 정도로 몰려 있었다.

지난밤이라고는 해도 시간상으로 따져 보면 겨우 몇 시간 전이었다. 그때까지 자신의 곳곳을 빨아들이고 주무르던 손길이 기억나 윤은 눈을 감았다.

자신이 유권의 거처인 이 맨션으로 들어온 지도 벌써 꽤 시간이 흘렀다. 그동안 더 악화된 건강으로 인해 선주는 결국 아버지가 입원해 있는 병원의 부속 요양원에 들어가야 했다. 전체적인 상황은 결코 더 나아졌다고 할 수 없게 된 것이다.

그동안 유권은 마치 굶주렸던 것처럼 윤을 밤 속으로 끌어들였다. 그러나 해가 뜨고 자신이 약속한 시간이 끝나면, 그는 침실에서의 시간이 거짓말이었던 것처럼 깔끔하고 냉정한 평소의 모습으로 돌아왔다.

물이 몸을 타고 흘러내리면서 그가 남겼던 흔적들이 씻겨 나가는 것이 느껴졌다. 키스마크와 함께 묻었던 타액들, 자신의 몸에까지 배어 버린 그의 스킨과 향수 냄새, 그리고 그가 끝없이 자신을 밀어 넣고 탐했던 다리 사이의 끈끈한 것들까지. 거품을 잔뜩 내서 몸을 닦다가 그 감각이 떠오르자 윤의 손이 자기도 모르게 멈칫거렸다.

— 네가 결국 어떻게 되나 지켜봐.

해가 지는 시간 동안 소유한다. 그 제안을 충실히 이행하던 어느 날 밤 유권은 그렇게 말했었다. 처음에 윤은 그의 말이 정확히 무슨 뜻인지 이해하지 못했다. 하지만 이제는 알 것 같았다.

그와 얽히는 밤이 양 손가락의 수를 넘고 그 몇 배로 쌓인 지금, 이제 그가 어떻게 밀고 들어오든 아픔이나 통증 따윈 느껴지지 않는다. 아릿하고 뻐근했지만, 이제 윤은 그것이 고통이 아니라 충족감이라는 것을 자각하고 있었다.

방금 거울을 보며 확인한 키스마크를 남긴 어제도 그랬다. 여자의, 자신의 몸 중에서 유일하게 다른 이를 받아들일 수 있도록 창조된 부분으로 잔뜩 발기한 그의 남성이 들어올 때 윤은 빠듯하게 꽉 들어차는 느낌을 분명히 자각했었다. 숨 쉬기 어려울 정도로 밀려든 그가 왕복하기 시작했을 때는 정신이 아득해져 버렸다.

아직은 격한 충족감이 벅찰 뿐이었지만, 윤은 알 수 있었다. 통증과 서글픔뿐이었던 첫날밤의 충격이 희미해진 것처럼, 그 벅찬 감촉이 곧이어 엄청난 희열로 바뀌고 말 것임을. 그럼 그땐 어떻게 될까? 아마도 유권은 미소 지을 것이고, 자신은 한발 더 그의 방식대로 변화할 것이다.

거기까지 생각한 윤은 마음이 옥죄어 들어 고개를 뒤흔들며 상념을 떨쳐 버렸다. 자기 스스로 방향을 조절할 수 없는 급류에 올라탄 것 같았다. 마저 몸을 씻고 머리까지 감고 나온 윤은 형편없이 구겨진 침대 시트를 걷어 세탁기에 넣고 버튼을 눌렀다. 지각하지 않으려면 서둘러야 했다.

"이제 와? 아슬아슬하네."

첫 수업이 있는 강의실로 들어서자 먼저 와 있던 친구들이 윤을 향해 인사를 건넸다. 윤은 웃는 얼굴로 답을 대신하며 자리에 앉았다.

"10분 늦게 나왔더니 차가 엄청 밀리더라."

"응. 아차 하면 지각이라니까."

그런 얘기를 나누는 시간은 어제와 별반 다르지 않았다. 윤은 계단을 올라오느라 가빠진 숨을 고르며 책을 꺼냈다. 정말 아슬아슬했다. 이제 곧 수업 시작이었던 것이다.

"이제 이 생활도 얼마 안 남았지."

옆자리에 앉은 친구의 말에 윤은 고개를 돌려 바라보았다?

"응?"

"이제 내년에 졸업이잖아, 우리."

날짜를 꼽아 보던 윤이 새삼 깨달은 표정으로 고개를 끄덕였다.

"그러네."

이제 4학년이니 정말 그렇다. 아직 1학기라고는 해도 몇 달 있지 않아 기말고사를 치를 것이고, 그럼 반년은 금방 간다. 그리고 시작된 2학기가 끝나면서 겨울이 오면 대학 생활도 마침표를 찍는 것이다.

"넌 취업 알아보고 있어?"

학년이 학년인 만큼 요새 동기들의 관심사는 취업과 진로였다. 일찌감치 준비해서 '취업예정' 타이틀을 따낸 동기들도 있었지만 대학원 진학을 생각하는 경우들도 꽤 있었다.

"아니, 아직."

"괜찮은 곳들은 경쟁률 장난 아냐."

호텔경영학과라는 특성상 동기들이 가장 선망하는 직장과 회사는 국내 유수의 관광 관련 대기업이나 특급호텔 등이었다. 하지만 그런 큰 회사들에 지원하는 것은 비단 호텔 관련 학과 학생들뿐만이 아니니 당연히 경쟁률도 치열한 것이다.

"그렇지. 난 외국어가……."

"아이고."

외국어 얘기를 꺼내자 앓는 소리를 하면서 책상에 푹 엎드리는 친구를 보며 윤은 작게 웃었다.

"빨리 정해야 하는데. 취업해야 학자금 대출도 갚지."

엎드린 채 중얼대는 소리에 윤의 표정도 조금 심각해졌다.

동기나 선후배들 중에 학자금 대출을 받은 경우를 찾아보기란 그리 어렵지 않았다. 아무리 취업 후부터 갚아 나간다 해도 직장을 잡기도 전에 큰 액수의 빚이 있다는 것은 두려운 일이다.

"할 수 있을 거야."

"너 나중에 가게 열면 나 취직시켜 줘."

피식 웃으며 건네는 친구의 농담에 윤의 표정이 덩달아 풀렸다.

"그래. 내가 너 지배인 시켜 줄게."

친구에게 그렇게 맞장구를 치며 윤은 고개를 끄덕였다. 장차 자기만의 샌드위치 가게를 여는 것이 꿈인 윤의 소망은 가까운 사람들이라면 모두 알고 있는 것이었다. 친구는 그것을 두고 농담을 던진 것이다.

"정말? 진짜지?"

"응."

그렇게 농담을 나누는 사이 교수가 강의실로 들어섰다. 친구는 엎드려 있던 몸을 얼른 바로 폈고 윤은 책을 펼쳤다. 유권이 낮 동안 철두철미한 모습을 유지하는 것처럼 윤 역시 비슷했다. 겉으로만 보면 아무 문제도 없는 대학생이었던 것이다.

※

"상환됐습니다."

집무실에 앉아서 다른 일을 처리하고 있던 유권은 안으로 들어서는 용진의 말에 가볍게 고개를 들었다.

"그래?"

"예. 미납 없이 모두 처리됐습니다."

지금 용진이 보고하는 것은 장기적으로 상환을 제때 하지 않은 악질 연체자들에 대한 것이었다. 예전에 유권은 이 악질 체납자들을 직접 찾아다니며 하나하나 응징한 끝에 결국 전부를 다 받아 내곤 했다. 인정사정없는 추심으로 악명 높다는 유권의 일면은 그때 만들어진 것이다. 이제는 더 이상 직접 나서는 일이 없었지만, 한 번 쌓인 인식은 쉽게 없어지지 않고 있었다.

"잘됐군."

짧게 대답한 유권은 결재 서명을 끝낸 서류철을 탁 덮었다.

"그 건설업자도 포함되어 있는 거지?"

"김 사장…… 김호건 말입니까? 예, 그렇습니다."

용진의 대답을 들으며 명단을 확인한 유권은 고개를 끄덕이며 덧붙였다.

"다른 장기 체납자들 회수 확실하게 해."

"예."

"각서 쓴 사람들, 이행 확실하게 하고."

"알겠습니다. 김 사장 건은 이대로 마무리할까요?"

용진의 물음에 유권은 고개를 들었다. 잠시 생각에 잠겼던 유권은 이내 정리를 끝냈는지 군더더기 없는 억양으로 일렀다.

"상환은 했으니 일단 지켜봐. 김 사장이랑 거래한 업체들 어디인지, 금액 얼마씩인지 살펴보고."

"예."

김 사장이라는 호칭으로 거론된 호건은 그동안 여러 군데의 금융 업체와 거래하면서 상습적으로 체납하여 업계에서 악질 채무자 리스트에 오른 인물이었다. 예전, 유수의 건설회사를 운영하며 떵떵거렸던 그였지만 건설경기에 찬바람이 부는 요즘은 잔뼈가 굵은 그도 당해 낼 재간이 없는 모양이었다.

그러나 유권이 호건을 집요하게 추적하여 기어코 남은 금액을 받아 낸 것은 단지 대출금 상환을 위해서만은 아니었다.

"어차피 지금 상태로는 그 회사도 오래 못 버틴다. 지켜보다가 제때 끼어들어야지."

다음 서류를 앞으로 당기며 유권은 혼잣말처럼 중얼거렸다. 용진은 그가 서명을 끝낸 서류철을 추슬러서 집무실을 나섰다.

계속 업무에 매진하던 유권은 시간이 꽤 흐르고 나서야 의자 등받이에 몸을 기댔다. 약을 대로 약은 김 사장에게서 추심이 완료되기까지, 추심 전담반 직원들이 고생 깨나 했을 것이다. 유권은 오래전 그를 처음 대면했을 때를 떠올리며 피식 웃었다.

- 은혜도 모르는 사냥개 자식!

자신을 후원하여 엘리트 인재로 키워 준 정식의 저축은행이 위험해지자마자 그를 내팽개치고 한신 캐피탈에 몸담은 자신에 대한 평가는 대체로 그날 들었던 김 사장의 일갈과 다르지 않았다. 위험해진 은인의 회사를 곧바로 내버리고 다른 주인을 섬기는 사냥개.

한신 캐피탈을 통해 이 업계에 첫발을 내디뎠을 때 무수하게 들었던 수군거림이었다. 하지만 타인들이 뭐라고 떠들든 유권은 개의치 않았다. 어차피 그렇게 지껄여 대는 인간들 중에서 자신에게 은혜를 운운할 자격을 가진 사람은 아무도 없었다. 은혜도 모르는 패륜아라고? 내게 그 은혜를 베푼 것이 자기들인가?

난 내가 원하는 것은 기필코 다 손에 넣을 테다.

이제 모든 것을 토해 놓은 김 사장의 일갈을 곱씹으며 유권은 피식 웃었다. 악질이었던 김 사장에게 결국 모든 것을 다 받아 내고 철저하게 응징한 것처럼, 그는 자신이 원하는 것을 갖지 못하게 하려는 자들에게 모두 본때를 보여 주고 싶었다.

마지막으로 남아 있던 팬티가 도르르 말리며 허벅지를 미끄러져 내려왔다. 그것을 잡아당기고 있는 것은 유권의 손이었다. 윤의 몸에 남아 있던 마지막 것을 발목까지 끌어당겨 완전히 떼어 낸 유권의 손은 미련 없이 그것을 놓아 버리고 그 전까지 닿아 있던 곳으로 되돌아왔다. 팬티 속으로 파고들어 음미하고 있던 윤의 다리 사이로.

체모가 보송한 둔덕이 다시 유권의 손바닥 아래 덮이고, 소음순의 점막을 긴 손가락이 더듬어 나가자 질척이는 소리가 들려왔다. 작았지만 분명히 들려오는 소리에 윤은 눈을 감으며 고개를 돌렸다.

이제 온전히 드러난 윤의 속살 여기저기에는 금방 만들어진 키스마크가 새겨져 있었다. 생긴 지 며칠 지나 흐려진 것들 사이로 새겨진 그것들은 바람이 쓸고 지나간 자리에 다시 선명하게 내려앉은 꽃잎들 같았다.

"고개 돌려."

자신을 마주 보던 윤의 고개가 돌아가자 유권은 여지없이 그렇게 일렀다. 윤이 감았던 눈을 다시 뜨자 유권은 완고한 억양으로 덧붙였다.

"날 봐."

윤이 다시 고개를 바로 들어 유권을 향해 움직이자 그 목에서 쇄골로 이어지는 선이 매력적으로 돋보였다. 청초한 여체를 온전히 손끝으로 느끼고 있으면서도 유권의 표정은 나른한 것과는 거리가 멀었다.

여자의 붉은색 심연을 남자의 손길이 유영하는 소리가 침실에 퍼지는 동안 유권은 빈틈없는 눈길로 윤과 시선을 맞추었다. 그는 자신의 자극이 윤의 눈빛과 표정을 어떻게 흔드는지 아주 미세한 변화까지 낱낱이 살피고 싶었다.

여자의 입구에서 흘러나오는 촉촉한 샘물은 살결을 타고 번지고 있을 만큼 풍부해져 있었다. 유권은 윤의 소음순을 따라 내려가 이미 몇 번이나 자신이 찾아들었던 입구 주변을 매만졌다.

"시간이 점점 빨라지는데."

유권이 그렇게 중얼거리자 윤의 표정이 아릿해졌다. 집요한 자극에 달아오른 세포와는 별개로 서글퍼하는 기색이었지만, 분홍색 속살을 매만지고 있던 손가락이 입구 안으로 미끄러져 들어오자 윤은 더 이상 상념에 잠겨 있을 틈도 없이 고개를 뒤로 젖혔다.

"흡!"

설익은 이물감에 윤이 반사적으로 흘리는 소리를 들으며 유권은 자신이 점한 곳을 내려다보았다. 윤의 여성은 진한 붉은색일 뿐 침착된 부분 하나 없이 예쁘장한 빛깔을 하고 있었다. 몹시 드문 경우다. 원래 피부가 밝고 고운 톤이기 때문일까? 거기에 가늘고 여린 뼈대를 가진 몸매가 어우러지자 윤은 온전히 나신이 되었어도 색정적이기보다는 청초하게 관능적이었다.

배꼽에서 한 뼘 아래, 완만한 윤의 둔덕에는 그녀의 머릿결과 똑같은 색의 체모가 살짝 덮여 있었다. 손을 대면 토실한 첫 느낌에 이어 치골의 윤곽이 느껴지는 비밀스런 부분은 지금 속옷 대신 유권의 손바닥으로 덮여 있었다. 그리고 그 아래쪽, 이런 시간이 아니면 결코 드러날 수 없는 여자의 입구에서는 그의 긴 손가락이 피스톤 운동을 하는 것처럼 얕게 안쪽을 오가고 있었다.

안으로 스민 이물감이 규칙적으로 내부를 훑기 시작하자 자신을 내려다보는 유권의 시선 앞에서 윤은 입술을 깨물었다.

처음에는 그저 기이하고 벅차기만 했다. 하지만 첫날밤 이후 유권은 끈질기게 공을 들였다. 마치 사랑하는 여자를 보듬듯이 윤을 섬세하게 애무하고, 자상하게 키스를 나눴던 것이다. 섬유를 타고 스며드는 염색 물감처럼 끈질기고 집요하게 어루만지고, 여자가 침실에서 받을 수 있는 남자의 정성과 구애 어린 행동을 윤의 감각이 깨쳐질 때까지 끝없이 반복했다. 그리고 그런 시간이 쌓여 윤이 남녀가 비밀스럽게 보내는 시간에 익숙해져 가는 지금, 그는 서서히 자신의 색깔을 노골적인 빛으로 바꾸고 있었다.

마치 따뜻한 슈크림 속을 헤집고 있는 것 같았다. 그러나 도톰하고 미끌거리는 점막 안쪽 더 깊은 곳에 있는 윤의 꽃살은 아주 쫀득하고 탄력이 있었다. 입구 안쪽, 손끝을 한 마디 정도 들여보내야 만질 수 있는 곳을 넘어서자 좁은 테두리 같은 내부점막이 느껴졌다.

흥분한 윤의 내벽이 유권의 손가락을 마치 남성이 진입한 것처럼 조였다. 이것은 일부러 할 수 있는 것이 아니다. 뭔가의 삽입에 따른 여체의 반사적인 반응이니까. 하지만 이 반사적인 반응은 농밀한 곳에 들어온 존재감을 윤에게 확실하게 전달해 줄 것이다. 그 증거로 윤의 안에서는 마를 새 없이 이슬이 배어 나오고 있었다.

한동안 윤의 비밀을 맛보던 그의 말단이 매끄럽게 꽃잎을 빠져나왔다. 윤은 내리누르려고 애쓰던 숨을 탁 풀어 놓았다. 하지만 이게 끝은 아니었다. 사실 유권은 아직 시작도 하지 않았다.

균열을 타고 올라온 젖은 손끝들이 소음순을 옆으로 밀어 젖히고 젖은 음핵에 도톰한 살끝을 비볐다. 당장 하체가 저릿해지며 힘이 빠져나가는 몸의 반응에 윤은 헉 하고 숨을 삼켰다. 아랫배 깊은 곳이 간질간질거리면서 참기 힘든 이상한 감각이 신경을 타고 스물스물 퍼졌다.

자기도 모르게 아래쪽이 움찔거리며 수축하자 유권의 집요한 애정이 쏟아지고 있는 음핵의 감각이 쾌감이라고 불러야 할 정도로 더 격렬해졌다.

"윽!"

순간 참지 못하고 작게 소리를 흘린 윤은 당혹스러웠다. 날 사랑하지도 않는 남자의 애무를 이렇게까지 받아들이게 되다니.

유권은 자신을 사랑하지 않는다. 다만 남자로서 지독하게 향유하고 싶어 할 뿐. 앞으로도 유권은 늘 이런 방법으로 나를 소유하고자 할까? 알고 있는 모든 방법을 총동원하여 하나하나 내 몸에 새겨 가면서.

윤이 작게 소리를 내고 몸을 뒤틀 때까지 계속하던 유권은 만족스러울 때가 되자 반짝이도록 젖은 윤의 홍색 진주알을 놓아주었다. 그는 이미 나신이었다.

윤의 시각에 처음으로 담긴 남자의 벗은 몸은 바로 그의 것이었다. 여자를 애무하던 커다란 손이 윤의 무릎을 양쪽으로 벌리고 드러난 공간을 차지하고 앉았다. 아늑한 조명 아래 드러나는 흰 허벅지 안쪽에는 그가 남긴 키스의 흔적들이 새겨져 있었다.

"……."

윤의 무릎을 양손에 하나씩 쥐고 쓰다듬으며 유권은 잠시 이 전경을 바라보았다. 커다란 침대, 두 다리를 남자의 손에 내맡긴 여자와 편하게 무릎을 꿇은 채 앉은 남자. 이상할 것도 없는 정상위의 자세다.

상기된 뺨, 새근대는 숨소리, 기복하는 젖가슴의 유두는 야무지게 도드라져 있다. 유권의 혀끝이 소프트 아이스크림처럼 달콤하게 핥았기 때문이다. 유권의 손과 숨결은 때때로 브래지어보다도 더 넓은 범위로 윤의 젖가슴을 감싸곤 했다.

유권은 오늘도 그렇게 애무한 가슴을 지나쳐 윤의 얼굴을 바라보았다. 상기되어 있었지만 까맣고 깊은 눈동자에 담겨 있는 빛은 복잡다단했다. 일말의 두려움과 기이한 빛도 엿보였다.

당연히 그럴 것이다. 지금 윤은 사랑에 감싸여 흥분한 것이 아니라 그저 반복적으로 끈질기게 새겨진 세포의 자극으로 인해 강제적으로 퍼올려진 쾌감을 느끼고 있을 뿐일 테니까. 만약 이 순간이 사랑하는 사람과 보내는 시간이었다면 윤은 나비처럼 자유롭게 날아올랐을 것이다. 마음껏 즐기고, 둘만의 비밀스런 시간 속에서 꽃처럼 피어났겠지. 그러나 자신은 그저 약속으로 윤을 속박하여 억지로 이끌어 낸 사내일 뿐이다.

그런 속을 내색하지 않으며 유권은 탄탄한 복근 아래 자신의 페니스를 잡아 윤의 젖은 곳에 잇대었다. 그의 남성에는 이미 콘돔이 씌워져 있었다. 거의 피부나 다름없을 정도로 얇은 막을 타고 전해지는 점막의 느낌에 그의 척추를 타고 전기가 흘렀다.

서로를 조금 잇댄 채 유권은 손을 뻗어 윤의 무릎을 쓰다듬었다. 조금 전의 애무와는 비교 불가한 존재감이 다가오는 기색에 그녀가 긴장한 것이 느껴졌다.

"아…… 헉!"

안으로 밀려든 귀두가 좁은 테두리처럼 존재하고 있는 내부점막에 닿자 윤의 몸에 저절로 힘이 들어가며 다리가 꿈틀거렸다. 뭉툭한 것이 그 좁은 테두리 안으로 들어오려고 밀어붙이는 것이 느껴졌다. 서로의 약속이 생겨난 후로 숱하게 접했던 감각이지만 윤은 이 순간 언제나 바닥이 꺼져 들어가는 것 같았다.

유권의 미세한 움직임이 이어지다가 어느 순간 그 좁다란 테두리 안으로 발기된 페니스의 귀두가 탄력 있게 밀려들자 두 사람의 입술을 타고 동시에 숨소리가 터져 나왔다.

유권이 여자의 섬세한 균열 사이로 조금씩 집어삼켜지는 자신의 분신을 내려다보고 있는 사이, 윤은 탄력 있는 진입을 시작으로 점점 안을 채워 가는 두툼한 존재감에 숨을 삼켰다.

유권이 찾아들고 있는 부분이 뻐근하게 아려 오며 몸이 조금씩 떨렸다.

유권의 두 손이 윤의 무릎을 잡았다. 그의 허리가 앞으로 출렁이듯 움직이며 아직 반 넘게 밖으로 드러나 있던 페니스가 순식간에 윤의 안으로 사라졌다.

"으읏…… 아!"

물이 조금씩 떨어져서 가득 찬 컵에 마지막 한 방울이 떨어지며 넘치는 것처럼 윤의 신음이 흘러나왔다. 위태롭게 떨리는 목소리. 소담스런 윤의 숲이 무성하게 우거진 유권의 것과 맞물려 완전히 하나로 합쳐졌다. 유권은 자신을 전부 품은 여자의 심연을 확인한 후에 윤의 얼굴로 시선을 옮겼다. 가늘게 떨리는 눈꺼풀 안의 눈동자는 먼 곳을 응시하고 있었다.

"날 봐."

잔뜩 가라앉은 유권의 목소리에 윤의 고개가 가까스로 움직였다. 유권은 상체를 숙여 한쪽 팔로 침대를 짚으면서 윤에게 포개지듯 다가갔다. 그가 움직일 때마다 안에서 같이 맥동하는 그의 일부로 인해 윤은 배 속이 휘저어지는 것 같았다.

지금 이건 꿈도 아니고 환상도 아닌 현실이라는 것을 윤에게 주지시키려는 것처럼, 유권은 커다란 눈동자를 가까이서 마주 본 채 허리를 움직이기 시작했다. 그의 시선이 너무 가까웠기에 윤은 아무것도 숨길 수가 없었다. 정적인 움직임이었지만, 벅차고 화끈거리는 그의 존재감이 자신의 눈빛과 표정에 어떤 빛을 띠게 만드는지.

"아, 으, 으웃…… 하아, 아……."

유권이 물러났다가 다시 진입할 때마다 윤의 입술 사이로 억누르지 못한 신음이 새어 나왔다. 열기 오른 교성이 아니라 남자가 치받는 충격에 밀려 나오는 것이었다. 유권이 진퇴를 반복하고 있는 입구 부분은 불에 덴 듯 화끈거리고, 그가 깊이 파고들 때마다 깊은 곳이 뻐근하게 무거워졌다.

하지만 이 시간을 처음 보낼 때 겪었던 통증은 이젠 느껴지지 않았다. 자신의 젖은 곳에서 날뛰고 있는 그의 존재감이 페니스에 도드라진 힘줄 한 갈래, 한 갈래의 윤곽까지 모조리 파악할 수 있을 정도로 세밀하게 느껴질 뿐.

"하아, 하아, 으, 으, 웃!"

뼈대가 가늘어 여리여리한 여체를 차지한 유권의 페니스는 윤의 내벽을 샅샅이 훑어 내리며 그녀의 감촉을 기억하기 시작했다. 탄력 있지만 여린 느낌. 따뜻하고, 기름도 물도 아닌 수분을 듬뿍 머금어 쫀득하게 수축하는 감각은 황홀하기 그지없었다. 윤은 아직 쾌감이나 성애의 화려한 감각에 익숙해진 것이 아니었다. 공들인 애무로 미묘하게 저릿한 감각에 조금씩 눈뜨고 있을 뿐.

제약으로 옭아매어 윤을 점유하긴 했지만, 유권은 앞으로 천천히 시간을 들여 윤을 눈뜨게 만들고 싶었다. 그녀의 사랑을 받는 것은 불가능하다고 해도, 윤을 여자의 감각에 눈뜨게 만드는 것은 자신이 되고 싶었다. 그리고 윤과 함께 온갖 쾌락을 나누고 싶었다. 설혹 먼 훗날 윤이 자신 아닌 다른 남자

의 연인이나 아내가 된다고 할지라도 결코 자신을 잊을 수 없
도록.

"아…… 흐윽!"

페니스를 완전히 빼냈다가 빠르게 끝까지 밀어 넣자 격한
신음과 함께 윤의 몸이 곡선으로 휘어졌다. 단정한 손톱을 가
진 윤의 손은 스스로도 인식하지 못한 사이 침대를 짚은 유권
의 팔을 잡고 있었다. 유권은 소유욕과 욕망이 차분하게 들끓
고 있는 눈으로 윤을 조금씩 무너뜨렸다. 윤이 무너지며 생기
는 빈 공간을 자신으로 채워 버리는 것이 그의 목표였다.

턱에 힘이 들어가며 유권은 윤에게 잔뜩 밀착한 채 잠시 그
대로 굳었다. 절정이었다. 그가 안겨 주는 자극에 더 이상 반
응할 여력도 없이 늘어진 윤은 안에서 가늘게 떨듯이 마지막
맥동을 하는 존재감을 느끼며 눈을 감았다. 두 사람의 가슴은
아직도 터질 듯이 기복하고 있었다.

크림색 침대 시트 여기저기에 뜯어진 콘돔 껍데기 몇 개가
널려 있었다. 새것이 개봉될 때마다 바뀐 자세를 말해 주듯,
맨 처음 깔끔하게 씌워져 있던 시트는 지금 주름투성이가 되
어 있었다. 파정이 끝난 유권은 조심스럽게 윤의 안에서 자신
을 빼냈다. 민감한 소리와 함께 만개했던 윤의 꽃송이가 다시
함초롬하게 오므라들었다.

유권이 손을 놓자 윤의 무릎은 힘을 잃고 풀썩 쓰러졌다.
침대에 걸터앉았다가 일어선 유권은 완전히 녹초가 된 윤을
바라보았다. 기력을 잃고 늘어져 있었지만 유권의 눈에는 한

껏 물오른 때만큼 아름다운 윤이었다. 교합의 흔적이 진하게 남은 윤의 하복부에 그의 시선이 깊게 머물렀다가 거두어졌다.

맨몸으로 거실로 나선 유권은 냉장고에서 물을 따라 목을 축였다. 차가운 냉기가 목을 타고 흘러내리자 황홀경으로 흐려졌던 정신이 그제야 조금 제자리로 돌아오는 것 같았다. 다시 컵에 물을 따라 방으로 들어온 유권은 윤에게 잔을 내밀려다가 멈칫 굳었다. 윤은 이미 기절하듯 잠들어 버렸던 것이다.

컵을 내려놓고 자신이 벗어난 자세 그대로 잠에 빠진 윤을 내려다보고 있던 유권은 손을 뻗어 윤의 이마와 뺨에 달라붙어 있는 머리카락을 조심스럽게 쓸어 넘기고 베개를 끌어당겨 머리를 잘 괴어 주었다. 이어 이불을 가져와 벗은 몸에 덮어 준 유권은 난잡하게 널려 있는 것들을 대충 수습한 후 불을 끄고 다시 거실로 나왔다.

욕실에 비치된 목욕 가운을 걸치고 거실 소파에 앉은 유권은 혼자 상념에 잠겼다. 뜨겁고 차가운 것들이 마음속을 한동안 반복적으로 교차하다가 마구 뒤섞여서 결국 차분해졌다. 어둠 속에 앉아서 방금 탐했던 윤을 되새기며 유권은 입술만으로 미소 지었다.

그래. 난 다 가질 거야. 마음먹은 것은 전부 다.

✸

한신 캐피탈을 이끌게 된 후부터 지금까지 유권은 정식의 저축은행을 공격한 회사와 그 주변에 대해 조사하고 있었다.

〈S&P 금융그룹〉

정식의 저축은행은 S&P 금융그룹이 새롭게 시장개척을 하면서 공격받게 된 것이었다. 증권, 투자, 카드, 보험, 등등 각종 금융계에는 진출했지만 아직 대부업에 진출하지 못했던 S&P 측에서 긴 시간을 들여 기반을 닦는 대신 이미 입지를 다진 여러 중소 대부회사들을 인수 합병하는 것으로 초기 진출 방향을 잡았던 것이다.

아직도 건재해 있는 창업주를 필두로 하여 국내 금융계에 진출해 있는 S&P 계열사들의 대표나 사장은 모두 창업주의 혈연들이었다. 정식의 저축은행을 포함하여 많은 회사들을 집어삼키고 커다란 몸집을 갖게 된 S&P 그룹 산하의 신생 회사 역시 경우가 다르지 않았다.

〈S&P 캐피탈〉

그룹명을 이루고 있는 두 글자의 영어 이니셜은 S&P 그룹의 창업주인 송 회장이 처음 회사를 일으킬 때 함께 동업했던 동료와 자신의 성 앞 글자를 따서 만든 이름이었다. 그룹의 지원을 받아 새로 탄생한 지 불과 몇 년 되지 않은 S&P 캐피탈의 대표는 송 회장의 친조카였다.

'송광렬⋯⋯.'

그동안 수백 번도 더 곱씹었던 이름을 다시금 입속으로 뇌까리며 유권은 눈썹을 구겼다. 송광렬 측이 눈치채지 못하게 그동안 조사를 해 오면서 유권은 S&P 캐피탈에 대해서 꽤 면밀하게 파악할 수 있었다.

광렬은 기업의 모체를 이루고 있는 재벌의 혈연이 핏줄을 제외한 다른 당위성 없이 회사 지도층의 자리에 앉았을 때 일어날 수 있는 나쁜 경우를 모두 다 모아 놓은 것 같은 인물이었다.

무능력과 태만, 독선을 필두로 하는 경영 방식으로 인해 일그러진 상하 위계가 위태롭게 유지되고 있었고, 지난날 정식의 저축은행을 비롯하여 다른 중소 금융기업을 마구 흡수하여 합병할 때 자본을 끌어다 쓴 모기업에게 아직도 그 자본만큼의 수익을 안겨 주지 못한 상황이었다.

'개놈의 자식…….'

꾸준히 광렬을 감시하며 수집해 온 정보를 검토하던 유권은 속으로 짓씹었다. 정식의 회사를 빼앗아 간 놈이 겨우 이런 인간이라는 것에 새삼 화가 치밀었다. 아마 이대로 더 시간이 흐른다면 광렬의 모체인 금융지주에서는 수익도 못 내고 돈만 축내는 광렬의 계열사를 정리하려고 할 것이다. 수많은 사람들의 인생을 망가뜨리며 차지하고는 아무것도 남기지 못하고 허무하게 끝나 버리는 것이다.

"실장님."

그때 용진이 안으로 들어서자 유권은 몰두하고 있던 컴퓨터 앞에서 조금 물러났다.

"무슨 일이야?"

"보고서입니다."

유권은 용진이 건네는 서류철을 받아 들었다. 지난번에 정리된 김 사장 건에 관한 일이었다. 유권이 잠적한 그를 끝까지 찾아냈던 것은 그에게 받을 돈이 있어서였기도 하지만, 그가 예전 저축은행이 합병될 때 정식의 지분을 광렬에게 넘긴 주주들 중 한 명이었기 때문이다. 주식을 넘기는 것을 대가로 김 사장은 광렬의 회사에 속한 건물들을 대대적으로 개보수하는 일을 제공받았다.

"수고했어. 이건 내가 직접 대표님께 보고하지."

보고서를 살펴본 유권이 자리에서 일어서며 말했다. 용진은 오늘도 어제처럼 일을 해치우고 있는 유권을 잠시 바라보았다. 용진은 자유 시간이라고는 거의 없이 회사와 집만이 반복되는 유권의 일상을 잘 알고 있었다. 모르는 사람이 본다면 그가 집 안에 무슨 보물이라도 숨겨 놓은 줄 알 것이다. 사실 보물이 아니라 사람이었지만.

"대표님, 서유권 실장님 오셨습니다."

보고서를 들고 한신 캐피탈의 주인인 여옥의 집무실로 올라간 유권은 비서의 안내에 따라 잘 다듬어져 있는 여옥의 사무실 안으로 들어갔다.

"어서 와요."

안으로 들어선 유권은 깔끔하게 목례를 올리고 들고 온 보고서를 정중하게 내밀었다. 여옥은 업계에 드문 여성 오너로서 유권이 들어오기 전까지 한신 캐피탈을 이끌어 가고 있었다. 유권이 입사한 이후 그가 금융계 변방에 머물러 있던 자신의 회사를 지금의 모습으로 키워 내자 현재는 유권에게 거의 모든 실권을 넘기고 대표로서 직함만을 유지하고 있는 터였다. 여옥이 보고서를 살펴보는 동안 유권은 나직하면서 확고한 투로 설명을 시작했다.

"송 대표 측 주주들은 현재 불안해하고 있습니다. 이사회 상황도 별로 좋지 않고요. 그에게 반감을 가진 이사들이 점점 늘어나고 있습니다."

"그는 그걸 알고 있나?"

"모르거나, 알고도 개의치 않는 것 같습니다."

유권의 말에 여옥은 옅게 웃으며 덧붙였다.

"그럴 테지."

대외적으로 드러나는 모습이나 회사를 운영하는 것만 봐도 광렬은 오만하고 뻣뻣한 성격의 소유자였다. 흔히 재벌 2세와 3세로 통칭되는 혈연 경영인에게서는 그런 면모를 쉽게 확인할 수 있다.

옛날에 폐기 처분된 군주제가 모습을 바꾼 채 현재까지 유지되고 있는 것 같다 표현하면 맞을까? 우두머리인 오너를 구심점으로 이리저리 뻗어 있는 직계 경영인들은 흡사 왕국을 통치하는 왕과 그 왕국 안에서 저마다의 영지를 쪼개 다스리고 있는 봉건제후들을 연상시켰다. 주변에 있는 임원들은 그 가문을 섬기는 기사 정도나 될까. 사회 다방면으로 선을 뻗고 있는 각 분야의 계열사들은 그들의 영지인 셈이다.

아래에서 올라온 것이 아니라 더 높은 곳에서 내려와서 그 자리에 앉았기에, 광렬 같은 부류들은 다른 사람과 자신을 천민과 특별한 태생으로 구별 짓는 일종의 특권의식 같은 것까지 갖고 있었다.

광렬이 가진 독선과 오만은 바로 그런 인식에서 나오는 것이었다. 경력에서도, 나이에서도 광렬보다 한참 위에 있는 이 사회의 노장들이 새파란 오너에게 면전에서 못 들을 소리를 듣고 있더라 하는 얘기는 S&P 캐피탈 내에서 공공연한 비밀이 되어 있었다.

"반감 있는 사람들 면밀하게 살펴서 상황 보는 것 놓치지 말고, 하지만 아직 섣불리 접촉하지는 말아야 해."

"예."

여옥은 아직 젊은 유권이 자칫 간과하기 쉬운 것들을 조언해 주는 조력자 역할도 겸하고 있었다. 그녀가 유권을 영입하여 이렇게까지 하는 이유는 그와 자신이 원하는 것이 본질적으로 같았기 때문이다.

공명심 따위가 있는 것은 아니었지만, 여옥은 무능력한 주제에 본사의 힘만 믿고 다른 회사들을 함부로 집어삼키는 광렬이 마음에 들지 않았고, 유권은 광렬에게서 빼앗아 올 것이 있었다. 광렬은 단순히 기업들의 논리에 의해 정식의 회사를 가져간 것이 아니었다. 그냥 자신의 탐욕을 위해 다른 사람의 것들을 태연하게 빼앗아 삼킨 짐승일 뿐.

"지분 관리는 어떤가?"

"조금씩 보유량을 늘려 가고 있습니다."

여옥은 지난날 정식의 저축은행이 공격받았을 때, 저축은행의 주식을 보유하고 있던 주주들 중에 한 명이었다. 그 때문에 여옥은 광렬이 어떤 공세와 어떤 방법을 동원하여 회사를 집어삼키는지 똑똑히 지켜볼 수 있었다.

보유하고 있던 주식량이 판세에 영향을 끼칠 만큼은 아니었기에 여옥은 그때 정식의 백기사가 되어 주지는 못했다. 하지만 갖고 있는 주식을 자기에게 넘기라는 S&P 캐피탈의 회유에도 넘어가지 않고 중립을 지켰던 것이다.

저축은행이 S&P 캐피탈에 합병되고 주식이 대체된 지금, 여옥은 이제 저축은행의 주식에서 S&P 캐피탈의 주식이 된 자신의 지분을 유권에게 넘겨줌으로써 그에게 힘을 보태 주었다.

"수고했어요. 앞으로 갈 길이 더 멀겠지만."

검토를 끝내고 담담하게 격려하는 여옥을 향해 유권은 다시금 정중하게 인사를 올렸다.

"예."

3 장

"리포트 제출 기한 이번 주까지니까 다들 잊지 말도록."

수업 말미에 나온 교수의 당부에 학생들이 흩어지고 있던 강의실에서 볼멘소리 섞인 대답들이 튀어나왔다.

"다 썼어?"

"아니, 아직."

친구와 그런 대화를 주고받으며 강의실을 나선 윤은 연신 시계를 살피며 학교 정문으로 향했다. 오늘따라 수업이 예상보다 길어진 바람에 벌써 시간이 아슬아슬했다. 집에 도착하는 시간까지 계산하면 유권보다 늦을지도 모른다.

연신 시계를 살피며 부랴부랴 달려왔지만, 현관을 열고 들어서자 이미 신발장에 놓여 있는 그의 구두가 눈에 들어왔다.

"왜 늦었어."

언제 왔는지 그는 벌써 옷까지 다 갈아입은 상태였다. 냉랭하게 묻는 투에 당황한 윤이 서둘러 거실로 들어섰다.

"미안해요. 빨리 온다고 왔는데……."

"휴대폰은? 이럴 때 연락하라고 갖고 다니는 것 아니었나."

"금방 도착할 것 같아서 그냥 넘겼어요. 다음번에는 꼭 연락할게요."

가방에 넣은 것으로 모자라 두 팔 가득 안고 온 전공서적과 자료들을 거실 탁자에 내려놓고서 윤은 겉옷을 벗을 새도 없이 주방으로 들어갔다.

"저녁 금방 준비할게요."

집에 오자마자 숨 돌릴 틈도 없이 주방으로 들어가는 윤의 뒷모습을 유권은 잠시 말없이 바라보았다. 윤의 학과 시간표를 파악하고 있었기에 윤이 대략 언제쯤 귀가할 것인지는 전부 파악하고 있었다. 단지 이 시간이라면 늘 먼저 와 있던 윤이 오늘은 그렇지 않아 어리둥절했을 뿐. 반사적으로 까칠하게 나간 자신의 반응에 속으로 흠흠거리던 유권은 짐짓 분위기를 바꿔 다시 물었다.

"혹시 학교에서 무슨 일 있었나?"

"별일 없었어요. 그냥 오늘따라 수업이 늦게 끝나서."

대답하면서 윤은 냉장고를 열고 이것저것 요리할 재료들을 꺼내기 시작했다. 유권의 마음 한쪽이 이상하게 일렁거렸다.

자신이 윤을 이 집에 머물라고 한 것은 그녀를 독점하고 싶은 욕심도 있었지만 좀 더 편한 환경을 주고 싶어서였다. 병원에 있는 아버지와 요양원에 있는 어머니, 아직 군대에 있는 동생, 혼자서 살림에 집안 건사에 학교생활까지 하는 것보다는 그편이 나으리라는 판단이 섰기 때문에. 하지만 지금 윤은 마치 가정부처럼 보이지 않는가.

"그러지 말고, 나가지."

윤이 가정부처럼 보이는 것이 마음에 들지 않는다는 결론을 내린 유권이 그렇게 중얼거리자 막 도마를 꺼내던 윤이 그를 돌아보았다.

"나가서요?"

"그래."

"어떤 거요?"

"나가 보면 뭔가 있겠지."

그렇게 두 사람은 함께 밖으로 나섰다. 정장이 아닐 뿐, 집에 와서 갈아입은 옷에 가벼운 재킷을 걸쳤을 뿐이지만 유권은 산뜻하게 차려입은 것 같았다.

"벨트 맸어?"

차에 시동을 걸며 유권이 하는 말에 윤은 아, 하고 안전벨트를 찾기 위해 옆을 더듬거렸다. 하지만 잘 잡히지 않아 버벅대는 사이 유권이 상체를 윤 쪽으로 기울이며 안전벨트를 잡아당겨 고리에 대신 끼우고는 무심한 듯 다소 까칠하게 입을 열었다.

"아직도 덜렁대냐."

행동도 말투도 다정과는 거리가 멀었지만 두 사람의 마음은 동시에 움찔했다. 서로를 오래 봐 왔다는 사실이 이렇게 불쑥불쑥 튀어나올 때마다 당혹스러웠던 것이다. 그러나 모른 척하며 시동을 건 유권은 매끄럽게 운전하여 시내로 향했다.

"먹고 싶은 거 있어?"

"딱히 없어요. 오빠는요?"

갑자기 나왔으니 그럴 만도 하다. 간판 중에 적당한 것을 찾던 유권이 다시 물었다.

"오늘 뭐 하려고 했는데?"

"김치찌개……."

윤의 대답에 자기도 모르게 피식 웃은 유권은 마침 눈에 들어온 음식점 하나를 발견하고는 핸들을 꺾었다.

"어서 오십시오. 두 분이십니까?"

유권이 차를 세운 곳은 꽤 괜찮아 보이는 서양식 레스토랑이었다. 잔잔한 음악이 깔리는 와중에 그리 밝지 않은 조명이 은은하게 비추는 내부는 무척이나 분위기 있어 보였다. 직원이 안내해 주는 테이블에 마주 앉은 두 사람은 똑같이 메뉴판을 펼쳐 들었다.

"추천메뉴 뭐가 있죠?"

한동안 메뉴를 살펴보던 유권이 묻자 직원은 자연스럽고 막힘없는 투로 설명을 늘어놓았다. 괜찮게 들리는 설명에 유권은 고개를 끄덕였다.

"난 그걸로. 윤아, 정했어?"

어느 순간부터 그를 멍하니 바라보고 있던 윤은 그제야 퍼뜩 정신을 차리며 대답했다.

"나도요."

"그럼 같은 것으로 할게요."

메뉴판을 거둬 가던 직원을 다시 부르려고 손짓을 하던 유권이 순간 멈칫하며 다시 윤에게 시선을 돌렸다.

"와인 마실래?"

"아, 아뇨. 이따가 리포트 써야 돼요."

그렇다면 할 수 없다. 와인 리스트를 부탁하려던 것을 포기하며 유권은 주름 하나 없이 다림질되어 있는 테이블보를 죽쓰다듬었다. 서로 말 없는 시간이 한동안 흐르던 중에 유권이 먼저 입을 열었다.

"마음에 안 들면 나가도 돼."

"아뇨. 그렇지 않아요. 그냥……."

유권의 말에 손사래를 치던 윤이 잠시 망설이다가 마저 덧붙였다.

"오빠는 원래 이런 음식 안 좋아하잖아요. 그런데 혹시 나 때문에 온 건가 싶어서."

예상치 못한 윤의 말에 유권은 잠시 형언할 수 없는 기분이 들었다.

"그렇진 않아. 오래 기다리는 것이 싫었으니까 그냥 나왔을 뿐이고."

"그럼 괜찮고요."

유권이 억지로 온 것은 아니라는 말에 윤은 옅게 웃었다.

순간 유권은 저 미소 짓는 입술에 키스하고 싶다고 생각했다.

"전채 나왔습니다."

냅킨을 만지작거리는 윤의 손을 향해 팔을 뻗는데 타이밍 좋게도 서빙이 시작되는 바람에 유권은 들었던 팔을 내렸다. 음식은 다행히도 꽤 맛이 좋았다. 빵과 수프, 샐러드와 메인 요리들이 차례로 나오는 동안 유권은 때때로 윤을 바라보았다. 포크와 나이프를 움직이는 윤의 모습은 자연스러웠다.

"어때?"

"맛있어요."

그럭저럭 평화로운 저녁 시간이 지나고, 두 사람은 다시 맨션으로 돌아왔다. 겉옷을 벗고 시계를 풀던 유권이 곁에 서 있는 윤을 향해 일렀다.

"앞으로 늦을 것 같으면, 그냥 저녁 하지 말고 있어. 헐레벌떡 달려오지 말고."

"……."

"나한테 연락 주는 것만 잊지 않으면 돼."

의외의 말에 윤은 고개를 끄덕이며 대답했다.

"알았어요."

밤. 윤이 리포트에 매진하는 동안 유권도 서재에서 남은 일을 보다가 밤늦게야 침대에 누웠다. 복도를 지나며 윤이 있는 방 쪽을 살피는데 문틈으로 불빛이 새어 나오는 것이 아직도 과제 중인 모양이다. 크게 신경 쓰지 않고 침실로 향한 유권은 혼자 눈을 감았다.

언제 빠져들었는지 모르게 잠이 들었던 어느 순간, 유권은 갑자기 들려오는 물소리에 퍼뜩 눈을 떴다. 침침한 눈으로 살핀 시간은 자정을 훌쩍 넘기고 있었다. 이 야밤에 무슨 소리인가 싶어 자리에서 일어선 유권은 거실로 나갔다. 아직도 불이 밝혀져 있는 윤의 방문이 열려 있고, 물소리는 거실에 있는 욕실에서 들려오고 있었다.

"무슨 일이야?"

별것 아닐 수도 있었지만, 괜히 신경이 쓰여 살짝 노크를 하며 묻자 안에서 목소리가 들려왔다.

"아, 아무것도 아니에요."

당황한 목소리 사이에 훌쩍이는 소리가 섞여 들려오자 느낌이 안 좋아진 유권은 그냥 문을 열었다. 잠겨 있을 줄 알았던 문이 쉽게 열리고 가장 먼저 눈에 들어온 것은 당황한 표정으로 고개를 뒤로 젖히고 있는 윤이었다. 아직 상황 파악을 하지 못하던 유권은 세면대에 떨어져 있는 빨간 방울들을 발견하고는 얼굴을 구겼다.

"그거 피야?"

유권이 들어서자 고개를 움직이는 바람에 멈췄던 코피가 윤의 코밑을 타고 다시 주르륵 흘러내렸다. 당황한 유권이 대뜸 다가서서 윤의 고개를 잡았다.

"이렇게 해 봐. 언제부터 이랬어?"

"좀 전부터…… 근데 안 멈춰서."

과제를 하다가 갑자기 쏟아진 것인지 윤의 앞섶 여기저기에는 피가 묻은 흔적이 남아 있었다.

"바보야, 피곤했으면 어지간히 하다가 잘 것이지 이렇게 될 때까지 하고 있냐!"

버럭 소리를 지른 유권은 휴지를 둘둘 말아서 윤의 코 아래에 받쳐 주었다. 처음에 당황해서 닦은 것인지 옷소매에도 군데군데 피 얼룩이 묻어 있었다.

"고개 앞으로 숙이고 잡고 있어."

휴지를 받쳐 준 유권은 서둘러 냉장고의 얼음을 꺼내 코에 댈 수 있도록 비닐 팩에 넣어서 주머니를 만들었다. 욕실로 돌아온 유권은 윤의 뒷목을 조심스럽게 감싸며 콧잔등에 얼음 주머니를 갖다 댔다.

"좀 있으면 멎을 거야."

얼음찜질 때문인지 한참을 멈추지 않던 코피는 정말로 금방 멈췄다. 코에 휴지를 말아 넣은 우스꽝스러운 몰골이 되었지만, 피가 멈췄다는 것에 한시름 놓으며 두 사람은 욕실을 나섰다.

"나 때문에 깼어요?"

"아니, 물 마시러 나온 참이었어."

자기도 모르게 반사적으로 둘러대며 유권은 아직도 환한 방을 가리키며 물었다.

"과제, 얼마나 남은 거야? 오늘은 그만하고 자."

"이제 입력만 하면 돼요. 이번 주까지 제출이라 오늘 말고는 시간이 없어요."

"……"

"다시 가서 자요. 나도 금방 끝나니까."

윤이 거기까지 말했을 때 유권이 불쑥 끼어들었다.

"어디 있어? 자료. 입력만 하면 된다며."

그렇게 내뱉은 유권이 먼저 방으로 들어가서 책상 의자를 차지하고 앉아 버리자 윤이 깜짝 놀라서 소리쳤다.

"뭐하는 거예요? 내가 할게요! 고작 코피 가지고."

"리포트 같은 건 나도 너만큼 써 봤어. 어서 내놔. 빨리 하고 같이 자게."

안 된다고 말렸지만 끝끝내 자리를 비키지 않은 유권은 컴퓨터 바로 곁에 놓아둔 자료 뭉치를 집어 들었다.

"이거야?"

"그냥 내가 한다니까요!"

"넌 거기 누워서 내가 틀린 것 있나 봐 주기만 해."

윤이 소리치는데도 눈 하나 깜짝하지 않은 유권은 키보드를 빠르게 난타하기 시작했다. 자기도 느린 속도는 아니건만, 훨씬 빠른 속도에 윤이 놀라는 사이 유권은 능숙하게 윤이 수집해 둔 문장과 도표들을 모니터에 입력하기 시작했다.

그 모습을 생경하게 바라보던 윤은 곧 평정을 되찾았다. 하긴. 유권도 예전에는 자신과 같은 대학생이었다. 그것도 거의 매 학기마다 장학금을 받으며 다녔던 우수한.

"괜찮아?"

"네."

일부를 끝낼 때마다 윤에게 물으며 유권은 자료 입력을 계속했다. 한방에서, 책상 앞에 앉아 옆에 있는 윤과 대화를 나누고 있으려니 예전으로 돌아간 것 같다는 착각이 잠시 들었다. 윤은 양말을 신은 채로 자기 침대에 올라와서 노닥이기 좋아하는 여고생이었고, 자신은 그녀에게 좋은 가족이던 시절.

"이제 다 됐어. 마지막이니까 봐봐."

마지막 문단을 입력하면서 말하는데 아무 대답이 없자 뒤를 돌아본 유권은 다시 시선을 모니터로 돌리며 말없이 손가락만 움직이기 시작했다. 윤은 어느새 침대에 앉은 자세 그대로 모로 쓰러져 잠들어 있었다. 마지막 마침표를 찍고 확실하게 저장까지 끝낸 유권은 잠든 윤을 한동안 바라보며 서 있었다. 그리고 불편해 보이는 윤의 자세를 추슬러 편안하게 눕혀 주고는 불을 끄고 방을 나섰다.

발소리를 죽여 침실로 돌아온 유권은 이불 속으로 들어가 어두운 천장을 바라보며 누웠다. 저녁 시간에 이어 방금 전까지, 온통 옛일을 떠올리게 하는 순간들 투성이였다. 옛 기억은 달콤하기도 했지만 그렇지 않은 것들도 있었다. 지금 유권의 뇌리에 떠오른 것은 그중 가장 씁쓸했던 순간이었다.

그건 자신이 교환학생의 최종면접에 합격했다는 결과를 받아 보고 난 직후의 일이었다. 본격적으로 떠날 준비를 시작하면서, 유권은 정식의 방을 찾아갔던 적이 있었다.

자신의 방에서 준비할 것들을 꼽아 보던 유권은 잠시 그대로 생각에 잠겼다. 떠날 수 있다는 것이 확정되자 마음이 복잡하면서도 차분해졌다. 한참 만에야 상념에서 깨어난 유권은 자리에서 일어섰다. 정식에게 하고픈 말이 있었기 때문이다. 미국에서 생활하는 동안 도와주지 않아도 된다고, 그 정도는 이제 스스로도 할 수 있다는 말을 하고 싶었다.

"유권이, 돌아오면 졸업이죠?"

"그렇지."

계단을 내려가 안방으로 다가간 유권은 노크를 하려다가 안에서 들려오는 정식과 선주의 목소리에 멈칫했다.

"돌아오면, 이제 유권이 독립시켜요. 개도 이제 어른이니까."

오래전부터 생각하고 있었던 듯 확고하게 말하는 것은 선주의 목소리였다. 이어 의아해진 정식의 목소리가 들려왔다.

"무슨 소리야?"

"그렇잖아요? 대학까지 졸업했으면 이제 다 컸지. 할 만큼은 한 거예요."

그렇게 말한 선주는 잠시 말을 끊었다가 다시 덧붙였다.

"다 큰 남자를, 언제까지 윤이랑 한집에 살게 할 수는 없어요. 우리 윤이도 이제 마냥 애가 아니라고요. 내후년이면 대학생이 되는데."

"허, 당신 갑자기 안 하던 소릴 다 하네. 언제는 유권이 정도면 바랄 것이 없다면서?"

"그거야 그렇죠. 하지만…… 나도 딸 가진 엄마예요."

선주의 말에 유권의 가슴속에서 뭔가가 쿵 하고 떨어졌다.

"유권이 자체만 놓고 보면 괜찮죠. 누가 뭐래요? 그렇지만 당신도 딸 가진 부모면 생각해 봐요. 그런 배경 가진 사람한 테 딸 출가시키고 싶은지."

생각에 잠긴 것인지 정식은 얼른 말이 없었다. 유권은 마른 침을 삼켰다. 심장은 쿵쾅거렸지만 머릿속은 착 가라앉았다. 그렇지. 자신은 겉보기에나 번듯할 뿐 사실 가진 것은 아무것 도 없다. 남들 다 가진 부모 형제도 없고 하다못해 지금 있는 곳이 없어지면 최소한의 기댈 곳조차 없는 것이다. 그렇다고 번듯한 집안의 혈육으로 태어났던 것도 아니다. 아무리 자신 이 부족함 없다 한들, 자신의 조건은 딸 가진 부모가 흡족해 할 만큼은 결코 아니었다.

"여태까지 한집에 있으면서 아무 일도 없었던 것이 다행이 에요. 이제 둘 다 성인이니 계속 이 상태로 지낼 수는 없어요. 윤이도 더 이상 어린애가 아니고. 무슨 일 생기기 전에 유권 이 내보내요."

"……."

"말이 나왔으니 말이지만, 당신도 유권이가 그저 흐뭇해서 도와준 건 아니잖아요? 다 회사에 필요할 것 같으니까 그랬던 거지. 유학 마치고 졸업하면, 유권이 잘할 거예요. 그때부턴 밖에 두고 당신이 가르치면 되잖아요."

냉정한 선주의 말에 유권은 뱃속 깊은 곳에서부터 뜨거운 것이 치솟는 것 같았다. 물론 머리로는 선주의 말을 이해했다. 자신을 인간적으로 안타깝게 여기는 것과 딸과 연분이 싹 틀지도 모를 남자로 경계하는 것은 분명 별개의 일이겠지.

부모라면 설사 누구에게 상처를 주더라도 자식을 더 위하는 것이 당연하지 않은가? 그렇게 생각하면 선주의 말을 이해하지 못할 것도 없었다. 하지만 유권은 부아가 치밀었다. 그동안 아무도 말하지 않았지만, 자신이 이 집안의 가장에 의해 시장에서 선택된 품종 좋은 사냥개라는 사실을 절감한 것 같았다.

"이해는 하지만…… 당신 행여라도 그런 마음 유권이나 윤이 앞에서 내색하지 말아요."

선주의 말에 자기 역시 새삼 깨달았는지 가라앉은 정식의 목소리가 들려오는 순간 유권은 문 앞에서 돌아섰다. 소리 죽여 계단을 올라서 다시 방으로 돌아가면서, 윤의 방문 앞을 지나는 순간 비틀린 야수 같은 흉폭함이 그의 뱃속에서 꿈틀댔다.

그래, 난 어차피 여기에 어울리는 인간이 아니었지. 그런 내가 여기서 각성하면 어떻게 될까?

지금 윤이 보내는 시간을 이미 예전에 흘려보낸 성인이었기에 유권은 알 수 있었다. 윤. 그 섬세한 여자아이는 조금만 근사하게 굴면 자신의 뱃속에 어떤 것이 있는지 꿈에도 모르고 유권이라는 남자를 완전히 믿어 버리리라는 것을.

완숙한 어른 남자에게 사춘기 소녀의 이상형이 되는 일쯤
은 아무것도 아니다. 윤을 순수하게 바라보는 자신의 마음 따
윈 집어치우고, 뱃속에서 꿈틀대는 이 광폭함에 순응한다면?
부모에게는 그저 금지옥엽이었을 예쁜 몸을 내 앞에서 여자로
피어나게 만들어 맘껏 탐하고, 붉게 물오른 말랑한 그곳이 남
자를 받아들이는 아픔이 뭔지 알게 만들면? 그렇게 거듭거듭
탐하고 소유해서 그 아픔이 쾌락이 된다는 것까지 윤이 자각
하게 만들면, 어떻게 될까?

자괴감에 비참하게 번뜩이던 유권의 눈동자가 흔들리며 손
등에 굵은 핏줄이 도드라졌다. 급하게 방으로 들어간 유권은
연결된 화장실로 뛰어 들어가 변기를 붙잡고 엎드렸다. 갑자
기 구역질이 치솟은 것이다.

"욱!"

마주한 진실이 너무나 현실적이어서 아무리 부아가 치솟았
다고는 해도, 순간적으로 윤을 두고 그런 상상을 한 스스로가
역겨워서 참을 수가 없었다. 그동안 스스로 무던히도 다듬고
채찍질해 왔다고 생각했는데 겨우 이것밖에 안 됐단 말인가?

다른 사람에게는 어찌 되든 상관없었지만 윤에게만큼은 좋
은 사람이고 싶었다. 아니, 더 나아가서 사랑해도 괜찮을 정
도의 남자가. 그런 주제에 고작 선주의 말 한마디에 이 꼴이
된 자신이 한심스럽기 짝이 없었다.

"오빠, 왜 그래? 어디 아파?"

미처 문을 닫지 못한 바람에 소리를 들었는지 어느새 윤이

곁에 와서 등을 두드리고 있었다. 유권은 그때 윤을 밀어내고 싶었다. 이런 복잡한 사정과 미묘한 감정들은 아무것도 모르는 그저 순진한 소녀.

"괜찮아."

그렇게 대답했지만, 자신을 쳐다보는 커다란 눈망울에 걱정스런 빛이 가득하다. 더더욱 남모를 죄책감이 솟아난 유권은 태연하게 표정을 가다듬었다.

"긴장해서 그런 거야. 그러니까 그런 표정 안 해도 돼."

유권이 웃어 보이고 나서야 윤의 얼굴이 조금 밝아졌다.

"거기 가서도 몸 잘 챙겨야 돼. 이렇게 아프고 그러면 어떻게 해?"

안색이 가라앉는 유권을 지켜보고 있던 윤이 불쑥 말했다. 제법 어른스럽게 타이르는 소리에 유권은 옅게 웃었다.

"그래. 알았어."

속이 가라앉는 것을 느끼며 고개를 돌리던 유권은 바닥에 널브러져 있는 참고서를 발견했다. 방에 올 핑계로 삼아 들고 오다가 자기 모습에 놀라서 내버려 두고 다가온 모양이었다. 유권은 순간 윤이 예상했던 것보다 자신을 훨씬 더 많이 걱정하는 것은 아닌가 하는 생각이 들었지만, 의연한 척 그런 속내를 감추며 담담하게 물었다.

"모르는 거 있었니?"

"아, 응."

유권은 피식 웃으며 윤에게 다가오라고 손짓하면서 책상에

앉았다. 두말없이 따라와 곁에 앉는 윤이 이 와중에도 천진하
다는 생각을 하지 않을 수 없게 만들었다.

"자, 이건 어떻게 풀어야 하는 거냐면……."

자신의 옆얼굴에 조심스럽게 와서 머무는 윤의 시선을 느
꼈지만, 유권은 문제에만 집중하려 애쓰면서 담담하게 설명해
주었다. 한동안 설명을 이어 나가던 유권은 어느 순간 윤이
아예 대놓고 자신을 쳐다보고 있다는 것을 자각하고는 고개를
돌려 바라보며 솜털 보송한 뺨을 손끝으로 톡톡 두드렸다.

"뭐하냐?"

"다 듣고 있었거든? 그리고 그렇게 어린애 대하듯이 하지
마!"

약이 오른 윤이 새침하게 되받아쳤다. 유권은 조금 전 느꼈
던 비참했던 기분을 어느새 잊어버리고 웃는 얼굴이 되어 윤
의 말을 받았다.

"그럼 네가 어른이냐?"

태연하게 되묻는 말에 뾰로통해졌던 윤의 얼굴에 순간 복
잡한 빛이 나타났다가 사라졌다.

"만날 그런 소리나 하고……. 오빤 내가 그저 어린애 같
지?"

윤의 표정이 변하는 내내 그녀를 바라보고 있었던 유권은
어느 순간 자기도 모르게 대답했다.

"아니."

그렇게 대답하며 유권은 확실히 자각했다. 이렇게까지 노력

하면서 자신이 되고 싶은 것은 모두가 대단하게 쳐다보는 백마 탄 왕자가 아니라 지금 눈앞에 있는 윤, 한 사람에게만 어울리는 기사라는 것을.

"왜 그래요?"

갑작스런 물음에 유권은 어젯밤부터 이어진 과거의 상념에서 깨어났다. 윤은 식사를 하다가 말고 멍해진 그를 바라보고 있었다.

"무슨 일 있어요?"

"아니야."

고개를 내젓고 수저를 움직이던 유권이 생각났다는 듯이 물었다.

"리포트는?"

"무사히 제출했어요."

다소 편하게 웃으며 대답하는 윤의 표정을 물끄러미 바라보다가 유권은 자신이 비운 그릇을 바라보며 말했다.

"맛있었어."

"그래요?"

식사가 끝나고 유권이 하는 말에 윤은 살짝 미소 지었다. 식탁을 치우기 시작하는 윤의 뒷모습을 바라보며, 유권은 이제 돌아올 수 없는 날들을 회상하고 있었다. 해가 진 시간 동안 내가 널 소유할 것이고 그 대가로 널 찍어 누르는 모든 것으로부터 비호해 주겠다는 약속을 윤은 어떤 마음으로 받아들였을까?

어쨌든 윤은 그날 유권에게 왔고, 유권은 윤을 받아들였다. 오랫동안 상상만 하던 분위기는 결코 아니었지만 유권은 어른이 된 윤에게 그 밤, 여자의 피부에 맞닿는 남자의 체온이 어떤 것인지, 남자의 입술이 여자의 어떤 곳들에 닿고 싶어 하는지, 여자의 부드럽고 좁다란 곳을 자신으로 채우고 싶어 하는 남자의 욕망이 얼마나 지독해질 수 있는지 전부 알려 주었다.

떳떳하게 윤에게 다가갈 수 있는 방법은 없어진 것이나 마찬가지였다. 하지만 그럼에도 불구하고 자신은 윤의 곁에 있고 싶었고, 윤을 옆에 두고 싶었다. 그렇게 된 윤이 적당히 아무 이성이나 만나서 그저 그런 여자가 되는 것은 절대로 보고 싶지 않았다.

물론 자신의 방법이 온당하지 못했다는 것도 잘 알고 있었다. 힘과 가진 것을 무기로 여자를 점하는 것은, 바꿔 말하면 그것 말고는 가진 것이라곤 아무것도 없는 사내들이나 하는 짓이었으니까. 그래서 사람들의 평가와 상관없이 유권은 윤 앞에서 부끄러웠고, 자신의 사랑을 당당하게 드러낼 수 없었다. 그저 폭군처럼, 처음 그녀를 점했던 그 밤의 흉내를 계속해서 내고 있을 뿐.

"무슨 생각 해요? 그렇게 서서."

설거지를 모두 끝낸 윤이 그때까지 뒤에 서 있던 유권을 돌아보며 물었다. 유권은 잠시 눈을 내리깔았다. 이제 지난 것들에 대한 말들은 다시 꺼낼 필요가 없다. 그랬기에 유권은 애초의 것과는 전혀 상관없는 말을 짧게 던졌다.

"아무것도 아니야."

❀

"지난 분기 실적 보고서입니다."

광렬은 비서가 올리는 보고서를 받아 들고는 첫 장부터 꼼꼼하게 살피기 시작했다. 송씨 성을 가진 그는 같은 성을 가진 조부가 박씨 성을 가진 동료와 함께 각자의 머리글자를 따서 창업했던 S&P 금융지주 산하의 S&P 캐피탈을 맡아보고 있었다.

"이게 다야?"

보고서를 다 살펴본 광렬이 심드렁하게 되묻는 목소리에 비서의 얼굴이 눈에 띄게 경직되었다.

"예."

비서의 대답에 못마땅한 표정으로 보고서를 소리 나게 덮은 광렬은 이내 비서를 향해 지시했다.

"부장들 올라오라고 해."

광렬의 한마디에 경직된 얼굴의 비서가 부리나케 집무실 밖으로 나갔다. 잠시 후, 여러 사람의 구두 소리와 함께 S&P 캐피탈의 각 본부장들이 집무실 안으로 들어와 나란히 섰다.

"빠따 가져와."

일렬로 늘어선 본부장들의 얼굴에 참담한 빛이 어렸다. 그러나 고요한 분위기는 이런 일이 한두 번이 아니었음을 말해 주고 있었다. 광렬의 캐피탈에서 부장 직책을 맡고 있는 사람들은 대부분 S&P 캐피탈이 확장정책을 폈을 때 합병당한 회사의 주인들이었다.

"저, 사장님……."

옆에 서 있던 비서가 말리는 뉘앙스로 입을 열었지만 광렬은 짜증난다는 눈빛으로 다시금 뚝뚝 끊어 가며 일렀다.

"빠따 가져오라고."

결국 비서는 하얗게 질린 얼굴로 광렬의 집무실 한쪽 구석에 언제나 놓여 있는 야구방망이를 가지고 왔다. 비서가 가져온 야구방망이를 타자처럼 손에 쥐며 광렬은 자리에서 일어섰다.

"엎드려."

일렬로 선 부장들의 얼굴이 하나같이 구겨졌다. 광렬과 엇비슷한 또래도 있었지만 대부분은 그의 삼촌이나 아버지뻘이 되는 장년층이었다.

"사장님, 다음 분기 때는 만회할 테니까……."

"당연하지. 그걸 말이라고 하냐? 지금까지 개판 친 거에 대한 벌이야 이건."

서 있는 중간에 누가 겨우 꺼낸 목소리를 광렬은 거침없이 잘랐다.

"엎드리라고!"

집무실을 울리는 고함 소리에 바깥 데스크에 앉아 있던 또 다른 비서는 오늘도 시작이구나 하며 고개를 내저었다. 실적 보고가 올라갈 때마다 누군가 불려와서 광렬의 분노를 받아 내는 것은 이제 그렇게 이상하지도 않게 된 일이었다.

서로 눈치만 살피던 부장들은 기합 받는 것처럼 바닥에 엎드려 뻗쳤다. 씨근대는 광렬이 방망이를 손에 들고 타석으로 나가는 타자처럼 성큼성큼 다가갔다.

"비싼 돈 처들여 개 버러지 같은 너희 회사 사들여서 우리 회사 이름 붙여 줬으면, 고마운 줄 알고 더 뭐 빠지게 일할 것이지, 이렇게 깽판을 쳐?"

야구방망이가 휘둘러지며 뻑뻑 하는 소리가 들려올 때마다 곁에 서 있던 비서는 어깨를 움찔거리며 고개를 숙였다. 차례로 얻어맞으며 쓰러지는 부장들이 흘리는 신음 소리로 집무실이 흉흉해지고 나서야 광렬은 휘두르던 야구방망이를 멈추었다.

"양복 입고 그 자리에 앉아 있고 싶으면 똑바로 하란 말이야."

그렇게 뇌까린 그는 이어 지갑을 꺼내 안에 들어 있던 수표를 잡히는 대로 꺼내 집어 던졌다. 백만 원 단위의 수표가 쓰러진 부장들의 머리맡으로 낙엽처럼 우수수 떨어졌다. 맷값인 셈이었다.

"이렇게 좋은 회사가 어디 있다고?"

그렇게 덧붙인 광렬의 손짓에 신음하던 부장들이 겨우 일어서서 집무실을 나섰다. 그때까지 숨죽이고 있던 비서가 바닥에 떨어진 수표를 부랴부랴 주워 들고 부장들을 따라 밖으로 나갔다. 씨근대는 숨을 고르며 광렬은 들고 있던 야구방망이를 휙 내던졌다.

"사장님."

잠시 후, 겨우 부장들을 위로하고 다시 돌아온 비서가 조심스럽게 운을 떼자 광렬은 여전히 불쾌한 눈으로 자신의 부하직원을 돌아보았다.

"뭐야?"

"지난번에 말씀드렸던 일입니다만……."

"그게 한두 개야? 뭔데?"

벌컥 튀어나오는 역정에 비서는 일그러지려는 표정을 애써 수습하며 덧붙였다.

"한신 캐피탈이 계속해서 우리 회사의 지분을 사들이고 있는 일 말입니다."

비서의 말에 잠시 머리를 굴리던 광렬은 곧 얼마 전에 보고받았던 기억을 떠올리며 콧방귀를 뀌었다.

"뭐하자는 꿍꿍이야?"

"그때 분부하신 대로 더 알아봤는데…… 의외의 사실이 나왔습니다."

"뭔데?"

"지금 한신 캐피탈 대표 밑에 있는 서유권이라는 인물이, 예전 우리 회사가 합병한 저축은행의 오너 밑에 있었다고 합니다."

예상치 못한 소식에 광렬의 눈썹이 희한하게 꿈틀거렸다.

"계속해 봐."

"거의 양자나 다름없었다고 하던데요. 학창 시절부터 대학까지 후원했다고 합니다. 덕분에 유학까지 다녀왔다고 하는데, 모르긴 몰라도 저축은행 오너가 후계자로 양성하려고 했던 것 같습니다."

지금은 날아간 회사의 오너 밑에 있던 인간이 다른 회사에 들어가 자기 지분을 야금야금 사들이고 있다는 선후 관계를 정리한 광렬이 피식 웃었다. 서유권이라고? 그래서 지금, 장차 자기 것이 될 회사를 합병해서 삼킨 것에 대한 복수라도 하겠다는 것인가?

"어느 집안 놈이야?"

"출신이라고 할 만한 것은 딱히 없고……. 어렸을 때 양친과 노모를 잃은 것을 오너가 후원자가 되면서 키워 준 것이라고 하던데요."

"지저분한 새끼구만."

유권의 바탕에 대해 들은 광렬이 가차없이 그렇게 뇌까리는데 비서가 자못 심각한 투로 덧붙였다.

"만만하게 볼 상대가 아닙니다. 몇 년 사이에 한신 캐피탈을 전보다 두 배는 넘는 규모로 키운 인물입니다. 한신 캐피탈 역시 그 전부터도 만만한 회사가 아니었고요."

"그래 봤자 따라지 사채업자 새끼지."

재산으로 취급될 수 있는 것이라면 무엇이든 담보로 대출을 해 주고 높은 이자로 수익을 내는 것은 S&P 캐피탈이나 다른 사금융 회사나 별다를 것이 없다. 그것을 간과한 채 이죽거리며 광렬은 피식 웃었다.

　"계속 살펴보고 나한테 보고해."

　"예."

　"호랑이 새끼일지 고양이 새끼일지…… 어디 보자."

　마지막으로 그렇게 덧붙이며 광렬은 히죽 웃었다.

4 장

"제대를 한다고?"

유권의 물음에 윤은 모처럼 활짝 웃으며 고개를 끄덕였다.

"네."

"언제지?"

"다음 주요. 다행히 토요일이라서 마중 나갈 수 있을 것 같아요."

태석이 제대를 하다니. 유권도 감개무량해졌다. 그의 기억에 남은 태석은 문제집을 들고 자기 뒤를 쫓아다니던 천방지축 고등학생 모습이었다. 군대를 간다는 소식을 들었을 때 유권은 한신 캐피탈을 일으키느라 정신이 없는 상황이었기에 소식을 듣고서도 아무 말도 전하지 못했다.

"그래?"

크게 생각하지 않고 묻던 유권은 문득 고개를 주억거리며 덧붙였다.

"차 보내 줄 테니까, 편하게 갔다 와."

"정말요? 아, 그럼 오빠는요?"

"회사에 차가 한 대밖에 없는 줄 아냐?"

유권이 신경을 써 주자 윤의 웃음이 더 환해졌다.

"면회도 몇 번 못 갔는데 벌써 제대라니 믿어지지가 않아요."

마음 같아서는 그도 오랜만에 태석의 얼굴을 보고 싶었지만 회사 일 때문에 그럴 수 없는 것이 아쉬웠다.

태석이 제대하면 윤은 오랜만에 가족과 만나게 된다. 태석은 유권에게도 반가운 사람이었지만 윤에게는 그 이상 가는 존재였다. 병원에 있는 부모와 달리 이제 일상을 함께할 수 있는 가족이 곁으로 오는 것이다.

"장 좀 봐도 돼요?"

"뭐?"

상념에 잠겨 있느라 미처 듣지 못한 유권이 다시 묻자 윤이 조심스럽게 다시 물었다.

"태석이 좋아하는 것 좀 해 주고 싶어서……."

"아, 그래. 얼마든지."

"고마워요."

수줍게 기뻐하는 윤의 모습에 유권의 마음도 다소 녹아내렸다. 표현하지 않았다고 해도 윤은 그동안 외로웠을 것이다.

자신이 곁에 있었지만, 그래도 혈육이 옆에 있는 것과 그렇지 않은 것과는 다른 문제였으니까.

"뭐 할 건데?"

"글쎄요. 불고기랑…… 아, 오빠는 먹고 싶은 것 없어요?"

"난 괜찮아."

벌써부터 들떠서 좋아하는 윤을 바라보며 유권은 오랜만에 속으로 미소 지었다. 윤은 그날 어떤 음식을 하면 좋을지 꼽아 보기 시작했다. 여러 가지 감정이 뒤섞여 심장이 몹시도 두근거렸다.

"늦진 않겠죠?"

"괜찮을 겁니다."

손꼽아 기다리던 토요일, 윤은 유권이 배려해 준 대로 차를 타고 태석의 마중을 나섰다. 용진은 뒷자리에 앉아서 초조해하는 윤을 향해 다시 말했다.

"걱정하지 마세요."

유권을 처음부터 보필해 왔기 때문에 용진은 윤이라는 존재에 대해서도 대충은 알고 있었다. 예전, 유권에게 지금의 자리에 오를 수 있을 만한 재능이 있다는 것을 알아본 사람의 딸이라고 했던가. 윤과 유권의 복잡한 속사정까지 잘 아는 것은 아니었지만 용진은 윤이 유권에게 꽤 특별한 사람이라는 것은 알고 있었다. 아니, 윤은 그냥 꽤 특별한 사람이 아니라 모든 면에서 유일하게 유권에게 특별한 대접을 받는 사람이었다.

유권은 일과가 끝난 후 꼭 필요한 경우를 제외하고는 바로 집으로 향했다. 일부러 술자리를 만들거나 접대를 받은 적도 없어서 주변에서는 유권에게 집에 꿀 발라 놨느냐는 농담을 할 정도였다.

"저, 감사합니다. 저 때문에 아침 일찍 나오셨잖아요."

태석의 부대 앞에 거의 당도해 갈 즈음 꺼낸 윤의 말에 용진은 가볍게 웃으며 대꾸했다.

"아닙니다."

토요일이었지만 일찍 출발한 덕분에 다행히 늦지 않게 도착할 수 있었다. 잠시 기다린 끝에 부대 정문으로 나서는 태석을 발견한 윤이 자기도 모르게 큰 목소리로 동생을 불렀다.

"태석아!"

설마 부대 앞까지 마중을 나왔으리라고는 생각도 못 한 태석이 뜻밖의 목소리에 고개를 번쩍 들었다.

"누나!"

감개무량하기도 하고 반갑고 감격스럽기도 하여 만감이 교차하는 심정으로 달려오던 태석은 윤의 뒤에 있는 검은색 승용차와 용진을 발견하고는 멈칫했다.

"어떻게 왔어? 생각도 못 했는데!"

"당연히 와야지. 잘 지냈어? 얼굴 까매진 것 봐!"

용진은 한동안 반가워서 어쩔 줄 모르는 윤과 태석을 말없이 지켜보았다. 윤이 평범한 처지가 아니라는 것을 알고 있어서였을까. 동생을 만난 기쁨에 들떠서 마구 기뻐하는 모습이 딱 그 또래의 여자 같아서 조금 낯설었다.

"어서 타. 배고프진 않고?"

"괜찮아. 그런데……."

윤이 손을 잡아 이끄는데 한눈에 봐도 범상치 않은 검은 승용차의 위용에 태석이 멈칫했다. 그와 눈이 마주친 용진은 가볍게 목례를 했다.

"이 차 타고 온 거야?"

"응. 유권 오빠가 너 마중 나간다니까 빌려 줬어."

"유권이 형이?"

태석의 얼굴이 다소 굳어지며 그의 입술이 유권이라는 이름을 낯설게 뱉었다. 용진은 유권에 대한 태석의 반응이 왠지 거슬렸지만 내색하지 않았다.

"어서 타자. 엄마랑 아빠도 만나야지."

윤의 말에 태석은 잠자코 뒷자리에 올라탔다. 두 사람을 태운 검은 승용차는 용진이 운전하는 대로 몸체를 날렵하게 뒤틀며 출발했다.

부대를 벗어나 다시 한참을 달려 서울로 돌아온 승용차가 향한 곳은 선주가 입원해 있는 요양원이었다.

"엄마, 태석이 왔어요."

양지에 나와 햇볕을 쬐고 있는 선주의 곁에 앉아서 윤이 말했지만, 이미 다른 것에 정신이 팔려서 듣지 못한 선주는 대답이 없었다.

"엄마, 오늘 태석이 제대했어요."

윤이 가만히 손을 잡으며 다시 말하자 그때야 퍼뜩 정신을 차린 선주가 옆에 와서 앉아 있는 윤과 그 뒤에 서 있는 태석을 발견했다.

"오, 언제 왔어? 태석이가 왔다고?"

한발 늦게 태석의 군복 차림을 알아본 선주의 눈이 반짝였다.

"태석이 제대했어? 우리 태석이가?"

"엄마."

예전과는 너무 달라진 선주의 모습에 감정이 북받쳤는지 태석이 울먹이는 목소리로 선주를 부르며 곁에 앉았다. 선주는 여윈 손으로 오랜만에 보는 아들의 얼굴을 쓰다듬었다.

하루아침에 그동안 누려 오던 모든 것을 잃은 선주의 얼굴은 단지 안색이 나빠서 그렇게 보이는 것 이상의 피폐함이 흐르고 있었다. 굳건하던 남편과 여유 있던 가정, 구김살 없는 자식들의 모습을 모두 잃어버린 상실감은 그만큼 격심한 것이었다.

"다 컸네. 다 컸어."

윤은 그나마 괜찮았지만, 태석은 갓 성인이 될 무렵에 이 모든 것을 겪었기 때문에 충격이 막심했을 것이다. 스무 살이 되면서 완전히 몰락해 버린 상황 때문에 첫 학기 등록금도 간신해 냈을 정도였다. 그래서 태석은 겨우 첫 학기만을 다니고 바로 입대를 해야 했다.

"잘 지냈어? 힘들지는 않았고?"

오랜만에 세 가족이 모인 것이었지만, 반가운 분위기는 잠시였고 곧 침통하고 우울한 감상이 세 사람의 주변으로 내려앉았다.

"하나도 안 힘들었어요."

윤은 어느새 많이 자란 것 같은 태석을 바라보았다.

"미안해."

선주의 한 마디에 태석은 결국 눈시울을 붉혔다.

"엄마가 왜요."

윤 역시 가슴이 먹먹해졌다. 그동안 잘 극복했다고 생각했지만 이런 순간이 올 때마다 윤은 절감하고는 했다. 이제 완벽하게 예전으로 돌아갈 수 있는 길은 없어졌다는 것을. 예전으로 돌아가고 싶다는 열망은 접어 두고 지금에 적응하여 앞으로 더 좋아질 수 있도록 노력하는 것이 더 현명하다는 것을.

"윤아."

엄마의 부름에 윤은 고개를 들었다.

"네."

"네가 태석이 잘 챙겨 줘. 부탁해."

"알아요."

그렇게 대답하며 윤은 마음 깊은 곳에서 유권에게 미안함을 느꼈다. 지금 엄마가 이렇게 요양을 하고 있을 수 있는 것도, 의식불명인 아버지의 병원비를 걱정하지 않을 수 있는 것도, 모두 유권이 돈에 대한 걱정들을 막아 주고 있었기 때문이다.

"아빠한테도 가 볼래?"

요양원을 나서며 윤이 묻는 말에 잠시 말이 없던 태석은 이내 고개를 내저었다.

"아니. 어차피 차도도 없으시잖아. 오늘은 엄마 봤으니까 됐어."

집으로 돌아와서 윤은 바쁘게 음식 준비를 시작했다. 유권의 맨션에 도착한 태석은 예전에 살던 집보다 훨씬 세련되게 꾸며져 있는 내부에 몹시 놀란 듯했다. 군대에 있을 때도 윤이 유권과 지내고 있다는 것은 알았지만 그 집이 이 정도로 훌륭할 줄은 몰랐던 것이다.

"먹고 싶은 거 많을 것 같아서 이것저것 했어. 어서 앉아."

오늘 저녁 식탁은 윤이 특별히 신경 쓴 티가 역력했다. 태석이 좋아하는 고기 요리에 생선구이, 금방 무친 나물에 가짓수가 평소를 훨씬 웃도는 밑반찬, 국 역시 태석이 좋아하는 것으로 끓인 참이었다.

"뭘 이렇게 많이 했어?"

식탁으로 다가온 태석은 놀란 투로 그렇게 중얼거리다가 이어 밖으로 나오는 유권을 마주하고는 얼굴을 굳혔다.

"오랜만이다."

유권과 태석은 정말로 몇 년 만에 처음 만나는 것이었다.

유권이 먼저 말을 건네자 태석은 그냥 고개만 끄덕이고 자리에 앉았다.

"너 좋아하는 걸로 했어. 먹어 봐. 입에 맞을지 모르겠다. 엄마가 한 것보단 못하겠지만 그래도."

윤은 내심 기대하는 얼굴로 갓 지은 밥을 놓으며 연신 권했다. 태석은 말없이 수저를 들어서 누나가 끓인 국을 몇 번 휘██가 한 술 입에 넣었다.

"그냥…… 괜찮네."

"간은 맞아?"

"좋아."

어딘가 다소 심드렁했지만, 태석의 말에 윤은 기쁘게 웃으면서 갈비찜이 담긴 그릇을 태석 앞으로 밀어 주었다.

"고기도 먹고…… 아, 오빠도 먹어요."

태석만 챙기다가 유권이 걸린 윤이 돌아보며 권하자 유권은 옅게 입매를 풀었다. 윤이 오늘 저녁상을 준비하느라 며칠동안 혼자 고생했다는 것을 알고 있었던 그는 때를 살피다가 적당한 타이밍에 물었다.

"군대 생활은 어땠어?"

"그냥 그랬죠."

유권의 물음에 태석은 짧게 대답했다. 오늘을 윤이 얼마나 기대했는지 알았기에 유권은 나름 분위기를 좋게 만들고 싶었다.

"제대도 했으니 쉬면서 천천히 복학 준비 해도 좋겠지. 부족한 것 있으면 말해."

태석은 눈을 들어 앞에 앉아 있는 유권을 바라보았다. 오랜만에 만난 그는 마지막에 봤을 때가 기억나지 않을 정도로 변해 있었다. 알던 얼굴은 그대로였지만 전신에서 풍기는 분위기가 자신과는 전혀 달랐던 것이다.

성숙한 남자의 압도적인 분위기. 치기 어린 구석 따윈 조금도 없다. 예전에 좋은 형이었던 모습을 기억하고 있었지만, 지금 그는 그 기억과 닮은 모습이 전혀 아니었고, 무엇보다 태석은 유권이 싫었다.

"내가 알아서 해요."

까칠한 반응에 유권과 윤의 표정이 동시에 굳었다.

"왜 그래? 태석아."

윤이 걱정스레 한마디 했지만 태석은 여전히 예민한 상태였다.

"신경 쓰지 마."

"……."

무안해진 윤이 입을 다물자 유권의 눈빛에 노기가 떠올랐다. 하지만 큰 소리를 내는 대신 유권은 내색 없이 수저를 들었다.

"누나가 이거 준비한다고 고생했어."

"그래요?"

별로 먹고픈 생각이 없는지 수저를 휘젓고만 있던 태석이 툭 내뱉었다.

"누나…… 되게 잘 지내고 있었네. 난 이렇게까지 좋게 지내고 있는지 몰랐어."

말 속에 **뼈**가 들어 있다는 것이 여실히 느껴지는 억양이었다.

"오빠 덕분이야. 천천히 얘기해 줄게. 그러니까……."

"아, 됐어. 안 들어도 알 것 같아."

"그게 무슨 말이니?"

윤이 눈살을 찌푸렸다. 태석은 순간 유권을 향해 숨김없이 적개심을 드러냈다. 그 눈빛을 받으며 유권은 기가 막혀서 흐리게 웃어 버렸다.

"일단 방 정리해 놨어. 저녁 먹고 한번 봐."

경직된 분위기를 다시 풀어 보려고 윤이 애써 화제를 돌렸지만 소용없는 짓이었다.

"복학하면 학교 근처에 방 얻어서 나갈 거야."

"뭐?"

갑작스런 선언에 윤이 깜짝 놀라서 되물었다. 선주가 요양원에 들어가고 자신이 유권에게 오게 된 후 비어 버린 아파트는 지금 다른 사람에게 임대를 놓고 있었다. 태석이 제대하면 등록금과 학교생활에 필요한 돈을 모아 두기 위해서였다.

저녁을 먹고 나면 그동안 차곡차곡 모아 둔 돈과 앞으로의 일에 대해 태석에게 설명해 주고 유권이 그동안 어떤 일을 해 줬는지에 대해서도 얘기할 참이었다.

"여기 있기 싫다고. 내가 애인 줄 알아?"

발끈한 태석은 몇 술 뜨지도 않은 수저를 그냥 내려놓아 버리고는 식탁에서 벌떡 일어섰다.

"됐어."

그렇게 뇌까린 태석은 윤이 붙잡든 말든 상관하지 않고 자신의 것으로 마련된 방으로 들어가 버렸다. 오늘을 위해 윤이 신경 써서 청소하고 새 시트를 깔아 놓은 방이었다.

"미안해요."

상상과는 전혀 다르게 끝나 버린 저녁 시간에 윤이 어쩔 줄을 모르며 유권의 앞에서 고개를 숙였다. 그를 볼 면목이 없었다.

"괜찮아. 예민할 때니까 그런 거겠지. 밥 먹자. 어쨌든 네가 공들여서 차린 거니까."

유권 역시 태석의 태도가 마음에 들지는 않았지만 윤을 생각해서 그렇게만 대꾸하고 말았다.

"자, 이게 그동안 네 앞으로 모아 놓은 거야. 등록금이랑 학회비나, 학교생활 하는 것은 무리 없이 할 수 있어."

다음 날, 윤은 태석이 군대에 있는 동안 동생 앞으로 저축해 놓은 통장과 보험 등등을 꺼내 놓고 차근차근 설명해 주었다. 원래 살던 저택을 처분하고 몇 가지 급한 불을 끈 후에 남은 돈으로 마련한 아파트는 이제 가족에게 유일하게 남은 재산이라고 할 수 있었다. 임대 수익이라고 해 봐야 월세가 전부였지만, 윤은 그동안 한 푼도 허투루 쓰는 법 없이 차곡

차곡 모아 왔다. 어차피 자신은 유권과 함께 있으니 별다른 것이 필요 없었고, 유권을 생각해서라도 그의 돈을 함부로 쓸 수는 없었다. 이미 그에게는 너무 많은 것을 받고 있지 않은가.

"이게 내가 그동안 적금 넣어 둔 거야. 만기 다음 달이니까 꼭 찾고. 보험료는 자동이체 해 났으니까 가끔 통장정리만 해 주면 돼."

태석은 통장 몇 개와 보험 약관을 늘어놓고 하나씩 설명해 주는 윤을 말없이 지켜보았다. 이제야 자세히 들여다보는 누나의 얼굴은 어쩐지 예전과 조금 달라진 것 같았다. 전에는 훨씬 더 밝고 생기 넘쳤었는데, 지금은 그런 것들이 많이 바래 버린 모습이었다.

"이건 적금 넣고 일부 떼어서 모아 둔 거. 그냥 입출금 통장이니까 복학하기 전까지 필요한 것 있으면 이걸로 써. 모두 묶어 놓으면 불편할까 봐 일부러 조금 떼어 뒀어."

그동안 윤이 태석 몫으로 모아 둔 액수는 결코 적지 않았다. 하지만 누나의 설명을 들으며 태석은 점점 혼란스러워졌다. 도대체 적응할 틈도 없이 주변이 자꾸자꾸 변해 가는 것이다.

불과 몇 해 전까지만 해도 자신이 이런 설명을 듣고 앉아 있게 되리라고는 꿈에서도 그려 본 적이 없었다. 넉넉하고 평화로운 집안과 건강한 부모님, 생기 넘치는 누나가 있던 가정은 당연한 것이었다. 그런데 군 복무를 끝내고 돌아와 보니 그것들 중에서 남아 있는 것이 하나도 없었던 것이다.

"복학하면 정말 나가서 살 거야?"

윤의 물음에 태석은 확고하게 대답했다.

"응."

"태석아……."

"나까지 그 사람한테 얻어먹으며 살기는 싫어."

태석이 말하는 그 사람이란 유권을 가리키는 것이었다.

"왜 그러는 거야? 얘기해 줬잖아. 엄마랑 아빠 병원비 감당하고 있는 것도 유권 오빠……."

"그 정돈 당연한 거 아냐? 그 사람이 우리 아빠한테 받은 것이 얼만데?"

가차 없이 내지르는 말에 윤의 눈빛이 어두워졌다. 통장과 이런저런 것들에 대해 설명하기 전, 윤은 그동안 유권이 어떤 일을 해 줬는지에 대해서도 말해 준 참이었다. 하지만 그에 대한 태석의 적개심은 식을 줄 몰랐다.

"말이야 바른 말이지. 우리 아빠가 먹이고 입혀 가며 도와주지 않았으면 그 사람이 어떻게 지금 그 자리에 있는데? 솔직히 배은망덕 아냐? 우리 집이 자기한테 어떻게 해 줬는데! 아빠 회사 어려워지니까 바로 다른 데 들러붙은 거잖아. 그래서 이제 자기 잘나간다고, 적선이라도 하겠다는 거야?"

태석이 이렇게까지 말하리라고는 생각하지 못했던 윤은 신랄하게 내뱉는 동생의 말에 눈을 크게 떴다.

"그렇지 않아."

"뭐가 아냐? 누나야말로 정신 차려. 그 사람이 아직도 예전에 알던 서유권 같아?"

태석은 오히려 윤이 답답했다. 그의 시각에서 유권은 자신을 수렁에서 구해 준 후원자를 배신한 비열한 종자일 뿐이었다. 은혜도 모르고 출세욕에 눈이 멀어 내빼고 달아나 버린 비겁자.

그런 사람이 이제 와서 호인인 척 누나의 곁에 있는 것이 마음에 들지 않았다. 아무리 유권이 부모님과 누나를 금전적으로 돌봤다고 해도 그저 아니꼽게만 느껴졌던 것이다. 아버지의 회사가 합병되지만 않았어도 자신은 여전히 아무 문제 없이 살고 있었을 것이다. 예전처럼, 아무 어려움 없는 부잣집 아들로.

"유권 오빠가 한 건 단지 그것만이 아니야."

"그럼 뭐가 더 있는데?"

뭐라고 덧붙이려던 윤은 스스로 한풀 꺾듯이 입을 다물었다.

"나중에 말해 줄게."

말꼬리를 흐리는 윤의 모습에 태석은 피식 웃었다. 윤이 할 말이 없으니 그러는 것이라고 여긴 것이다. 그러나 윤이 당장 털어놓지 않은 것은 그동안의 일이 너무 복잡하고, 지금 태석이 그 전말을 듣는다 해도 이해할 수 있는 상황이 아니었기 때문이다.

"어쨌든, 이거 앞으론 내가 알아서 하라는 거지?"

태석은 그렇게 물으며 윤이 내놓은 통장을 챙겼다.

"앞으로는 너 스스로 빈틈없이 챙겨야 돼. 무슨 말인지 알지?"

통장을 챙기던 태석의 손이 멈칫거렸다. 누나의 말이 무슨 뜻인지는 알았지만 가슴이 옥죄이는 느낌이었다. 추레하고 찌질한 처지가 된 것 같기도 했다. 예전에는 이런 것 따위 스스로 할 필요도 없었는데.

"알아."

짜증스럽게 대꾸하며 태석은 통장을 챙겨서 손에 쥐었다.

❀

"여, 김태석!"

약속한 술집으로 들어서던 태석은 오랜만에 만난 친구들과 마주치는 순간 손을 들며 웃어 보였다.

"야, 아직 군바리 티 팍팍 나네!"

"뭐 인마?"

"하하하."

오늘 약속 장소로 정해진 곳은 서울 모처에 있는 고급 클럽이었다. 시끄러운 음악 소리에 현란한 조명들이 합세해 정신없는 분위기였지만, 짧은 머리에 어울리도록 경쾌하게 차려입은 태석의 모습은 한없이 자연스러웠다.

"야, 애들 다 불렀냐?"

"곧 올 거야."

태석을 비롯하여 오늘 만난 친구들은 모두 이런 분위기 속에서 자연스럽게 행동하는 것이 몸에 배어 있었다. 무엇이 되었든 부족함 없이 누리고, 그러는 것이 당연한 상황에서 태어나고 자란 그들의 행동거지는 거침이 없었다.

"오랜만이다?"

잠시 후 오기로 한 인원들이 다 모이자 일행들은 그때부터 본격적으로 분위기를 즐기기 시작했다. 꽤 비싼 가격의 술과 칵테일들이 거리낌 없이 주문되고, 화려하게 치장한 여자들과의 어울림이 아무런 제약도 없이 이루어졌다. 태석은 이제야 겨우 숨이 트이는 기분이었다.

"야, 근데 너…… 이래도 괜찮나?"

한창 분위기가 무르익었을 무렵, 오늘 모인 친구 중 한 명이 묘한 눈빛으로 물었다.

"뭐가?"

"너희 집, 안 좋은 소리 들리던데?"

짓궂은 농담인지 아니면 비꼬는 진담인지 알 수 없는 말에 태석의 눈썹이 살짝 구겨졌다.

"뭔 소리야?"

"회사 합병되고 아버지 쓰러지셨다며? 근데, 너 이럴 여유 있냐?"

묘하게 이죽거리듯 말하는 친구의 얼굴을 바라보던 태석이 어느 순간 피식 웃으면서 이 클럽에서 가장 비싼 술 한 병을 보란 듯이 주문하자 주변에서 오오, 하는 탄성이 터져 나왔다.

"함부로 말하지 마라. 멀쩡하거든?"

"하하, 그래?"

마음 깊은 곳 한구석은 왠지 불안했지만, 태석은 전혀 내색하지 않으며 호기롭게 굴었다. 윤이 건네준 통장에 찍힌 금액이 아른거렸다. 오늘 쓴 돈을 따져 보면 그 금액에서 3분의 1은 될 것이다.

그러면 안 된다는 생각이 들면서도 감정이 치받아 그런 이성을 희미하게 만들었다. 당장 다 써 버리는 것도 아니고, 오랜만에 친구들과 회포 좀 푼다는데 뭐 어떻단 말인가?

태석은 아직 현실을 제대로 실감하지 못했다. 윤은 상상도 하지 못할 테지만 태석은 그동안 부유한 환경에서 살아온 습관이 있었고, 현실을 자각하지 못한 채라면 습관은 더더욱 고치기 어려운 법이었다.

그동안 당연하게 누려 온 것들을 누리지 못하고 만 원짜리 한두 장 마음대로 쓰지 못한다는 것은 태석에게 자존심 상하고 낯선 일이었다. 입대하기 전까지만 해도 티셔츠 하나를 사도 이름난 백화점의 이름난 브랜드에서 골랐었다. 그런데 이젠 그렇게 못 한다고? 찌질하고 궁상맞게?

난 그렇게 안 해. 속으로 그렇게 중얼거리며 태석은 값비싼 양주가 들어찬 술잔을 호기롭게 꺾었다.

"옷, 샀어?"

며칠 후, 거울 앞에 서서 새로 산 겉옷을 입어 보던 태석은 윤의 물음에 뜨끔했다.

"어? 어."

잠시 정신을 놓았을 뿐인데 돈은 순식간에 없어졌다. 제대하고 다시 만난 친구들과 몇 번 술자리를 가졌을 뿐인데 윤이 필요할 때 쓰라고 건네줬던 액수의 절반이 넘는 돈이 사라져 버린 것이다.

이러면 안 된다는 생각이 막연하게 들었지만, 태석은 마치 자석에 이끌리는 철가루처럼 불가항력적으로 예전처럼 써 재꼈다.

"괜찮네. 친구들하고 요새 자주 만나던데. 잘 다니는 거 보니 좋다."

그러나 윤은 태석이 어떤 상황인지 전혀 눈치채지 못했다. 오히려 안 좋아진 상황에서도 활발하게 친구들도 만나고 외출도 곧잘 하는 동생이 잘 적응하는 것 같아 다행스러울 뿐이었다.

"오늘도 늦을 거야."

"또? 내일 아빠 병원 가기로 했으니까 너무 늦지 말고……."

"내일도 일 있어."

분명히 먼저 약속을 했는데 간단히 깨 버리는 태석의 행동에 윤의 눈이 커졌다.

"뭐? 제대하고 한 번도 안 갔잖아."

"뭐 어때? 바쁘다니까."

그렇게 뇌까린 태석은 윤이 더 뭐라고 할 수 없도록 밖으로 나가 버렸다.

태석이 없는 저녁 시간은 그 후로도 계속 이어졌다. 새로 만든 휴대폰을 하루 종일 쥐고 살면서 어디 그렇게 만날 사람이 많은지 태석은 하루가 멀다 하고 집을 비웠다. 오늘도 말 없이 늦는 태석을 생각하며 연신 시계를 살피고 있는 윤의 모습에 그것을 지켜보던 유권이 참다못해 입을 열었다.

"너 때문이잖아."

"네?"

반사적으로 되묻는 윤을 향해 유권이 미간이 좁게 모아졌다.

"네가 봐주니까 그런 거라고."

태석이었고, 윤의 동생이었지만 이제 유권은 그 어린놈 하나 때문에 자신의 집안 분위기가 이상해지는 것도 마음에 들지 않았고 안절부절못하는 윤을 보는 것도 짜증이 났다.

가족에 대한 정이 남다른 윤은 제대로 보지 못하고 있는 것 같았지만, 함께 보낸 세월과 별개로 제3자인 유권의 입장에서는 분명히 들여다보였다. 태석이 지금 정신 못 차리고 나다니고 있는 것이.

"왜 그렇게 물러 터진 거야? 대체."

유권이 짜증을 내자 윤의 입술이 바싹 타들어 갔다. 일어나서 윤에게 다가서며 유권은 또박또박 새겨 넣듯 말했다.

"그 나이면 자기 앞가림은 스스로 해야지. 언제까지 치다꺼리해 주고 있을 거지? 내가 언제까지 이 꼴을 봐야 되나?"

유권의 목소리가 딱딱해질수록 윤의 시선은 점점 아래로 떨어졌다. 그사이 윤의 바로 곁까지 다가온 유권은 좌불안석이 되어 꼼지락거리는 윤의 손을 내려다보며 짓씹었다.

"형제간에도 도리를 못 지키는 건 짐짝밖에 안 돼. 그 짐짝 언제까지 내 앞에 늘어놓을 거야? 잊은 모양인데, 네가 지금 그럴 수 있는 처지인가? 도움이 안 되면 버려. 널 짓누르고만 있잖아!"

감정이 격해져서 내뱉은 유권은 혀가 움직이는 것과 동시에 자신이 지나쳤다는 것을 깨달았지만 이미 늦은 후였다.

"미안해요. 저…… 다시 학교 갈 때까지만이라도……."

제멋대로 활개치는 태석과 유권 사이에서 어찌할 바를 모르게 된 윤은 기어들어 가는 목소리로 부탁했다.

"아직 적응하는 중이라 그럴 거예요. 염치없지만 조금만…… 네?"

태석은 자기 때문에 제 누나가 다른 사람 앞에서 얼마나 애타는 눈빛으로 저런 말을 하는지 알까? 아마도 모를 것이다. 그런 생각이 떠오르자 더 짜증이 난 유권이 신경질적으로 혀를 찼다.

자신 역시 윤에게 화가 난 것은 아니었다. 다만 모두 윤에게만 의지하려 드는 상황이 싫었고, 그로 인해 자신과 윤 둘만의 공간이었던 이 집이 침범당하는 것이 싫었던 것이다. 집 안에 유일하게 남은 온전한 사람이라는 윤의 입장을 알면서도 그것은 어쩔 수가 없었다.

"내가 태석이를 받아 준 것도, 아직까지 봐주고 있는 것도 너 때문이다. 그건 알아 둬."

화난 시선을 거두며 유권은 그렇게 뇌까렸다. 별말 없이 태석을 받아 주었던 것은 윤에게 위안이 될 것 같아서였다. 네가 기뻐하는 것을 보고 싶어서 한 행동이라고 말할 수 없는 것이 얄궂었지만, 어쨌든 그런 의미에서 한 일이었다. 그런데 그 결과로 자신은 윤에게 짜증만 내고 있는 것이다.

"고마워요."

유권이 감정을 누그러뜨리자 윤은 애써 웃으며 그렇게 말했다. 그 표정을 바라보는 유권의 턱에 힘이 들어갔다. 예전이었다면 다 같이 즐겁게 마주 보는 것도 가능했으리라. 하지만 이젠 그럴 수 없다는 것을 모두가 알고 있었다. 함께 있을 수 있는 가족이 돌아왔다는 사실에 홀로 기뻐하며 애쓰는 윤이 애처롭기만 한 것은 바로 그래서였다.

❀

'젠장……'

복학하기로 한 일자가 가까워지며 첫 학기의 등록금 납부 마감일자가 가까워 오고 있었다. 태석은 초조하게 속으로 곱씹었다. 욕조의 배수구 마개를 뽑은 것처럼 돈이 술술 빠져나가 버린 통장 잔고가 아슬아슬했기 때문이다.

윤이 복학에 대비해서 필요한 곳에 쓰라고 전해 준 돈은 이미 예전에 거덜 난 뒤였고, 만기가 돌아온 적금에도 얼마간 손을 대 버렸다. 등록금까지는 어찌 지켜 냈지만 그다음이 막막했다. 교재도 사야 했고, 새로 학기를 시작하면 이것저것 자잘하게 들어갈 돈이 필요할 텐데 그것까지는 어림도 없었던 것이다.

"젠장, 젠장! 언제 이렇게 됐지?"

혼자서 중얼거려 봤지만 그런다고 줄어든 금액이 다시 채워지는 것은 아니었다. 누나에게 다시 말해 볼까 싶었지만, 자괴감과 자존심이 태석의 목구멍을 가로막았다. 게다가 태석에게는 아직까지도 예전의 모습을 잃기 싫다는 발악 같은 것이 남아 있었다. 다른 사람들 앞에서 추레하고 볼품없게 보이는 것은 죽기보다 싫었다.

오랫동안 의식을 찾지 못하고 있는 아버지의 모습을 아직까지 보지 않은 것도 그 때문이었다. 엄마까지는 어떻게 받아들일 수 있었지만, 형편없는 몰골이 된 아버지를 마주하면 그땐 정말로 돌이킬 수 없을 것 같았다. 자신이 예전처럼은 고사하고 보통 사람들처럼 살기도 힘든 상황이 되었다는 것을 납득할 수밖에 없을 것 같았던 것이다.

태석은 그러고 싶지 않았다. 자기 잘못으로 회사가 망한 것도 아닌데 왜 자신이 그런 꼴을 겪어야 하느냔 말이다.

유권이 뭘 어떻게 도와줬다는 것인지는 몰라도, 잘 꾸며진 맨션과 그 안에서 지내는 것이 자연스럽던 윤을 봤을 때 태석은 누나 역시 별 어려움도 없고 아무 근심 걱정도 없는 상태로 잘 살고 있었던 거라고 확신했다. 여태 편하게 지냈을 거면서 자기를 다잡으려고만 하는 윤의 태도도 답답하기만 했다. 자기도 이제 하나하나 다 챙겨 줘야 하는 어린애가 아니었다. 내버려 두면 어련히 알아서 할 텐데 왜 엄마처럼 간섭을 한단 말인가.

"어……."

은행에서 잔고를 확인하고 길을 걷고 있던 태석은 어느 커다란 간판을 발견하고는 발걸음을 멈췄다. 눈에 잘 띄는 대로변의 번듯한 건물 일 층에 자리 잡은 간판에는 가끔 텔레비전 광고에서 많이 보던 이름이 새겨져 있었다.

〈S&P 캐피탈〉

길거리에서 잘 보이는 위치에 부착된 캐피탈 포스터의 필체가 태석의 동공에 박혔다.

〈현명한 소액 대출 이지론〉

마치 좋은 상품을 광고하듯 세련된 카피와 가독성 좋은 필체로 인쇄된 포스터에는 누구나 가능하다는 문구가 또렷하게 쓰여 있었다.

'캐피탈이면 뭐…… 대출 회사 같은 건가?'

유권의 회사도 무슨 캐피탈이라고 했다. 소액이라는 문구가 머릿속을 솔깃하게 간질였다. 어차피 복학하면 그 집을 나와서 알바라도 할 계획이었다. 소액 대출이라면 이자도 그렇게 비싸지 않을 테니 어떻게든 갚을 수 있을 것이다.

그런 생각을 하며 태석은 깨끗한 유리문을 밀고 안으로 들어갔다.

5장

"여기야?"

윤은 태석이 안내하는 집 안으로 들어서며 의아한 기색을 감추지 못했다. 복층으로 이루어진 꽤 넓은 오피스텔 원룸. 세련된 인테리어에 모든 가구와 집기들이 채워져 있는 풀 옵션이다. 아무리 대학교 근처라 시세가 저렴한 방들이 많다고는 해도 이런 시설의 방값이 저렴하리라고 생각되지는 않았다.

"그런데…… 혼자 지내기엔 너무 크지 않아? 혹시 룸메이트 구했어?"

누나의 물음에 태석은 그런 것을 왜 구하냐는 표정으로 웃으면서 고개를 가로저었다.

"아니? 나 혼자 쓸 거야."

침대는 복층인 위층에 있었고 욕실과 거실은 아래층에 있었다. 거실을 안락한 분위기로 꾸며 주고 있는 소파는 틀림없이 질 좋은 소가죽으로 만들어진 것이다. 에어컨과 최신 기능이 탑재된 드럼 세탁기, 커다란 가스레인지를 비롯해 웬만한 가정집 이상으로 시설이 잘 갖춰진 싱크대를 살펴본 윤이 고개를 갸우뚱했다.

"월세라고 했지? 얼마야?"

아무리 대학가라 해도 이런 집이 쌀 리가 없다. 노련하게 세상 물정을 파악할 정도는 아니었지만 윤 역시 그 정도는 알고 있었던 것이다. 그냥 넘어가지 않고 자꾸 캐묻는 윤의 반응에 태석은 몇 번 헛기침을 했다.

"그렇게 안 비싸다니까? 왜 자꾸 그래. 내가 그 정도도 제대로 못 할까 봐?"

이 집은 지난번 잔액을 확인하고 돌아오다가 발견한 캐피탈 회사에서 대출받은 돈으로 구한 것이었다. 보증금이 낮은 대신 월세가 꽤 있었지만, 태석은 개의치 않았다. 어차피 이제 복학도 했으니 알바도 할 것이고 아직 통장에 남은 돈도 조금 있었다. 그것을 여유자금으로 두고 알바까지 하면 앞으로 충분히 꾸려 갈 수 있을 것이다. 태석은 어렵고 복잡할 것은 아무것도 없다고 생각했다.

"그래도…… 혼자 살기엔 너무 넓다. 공과금이나 다른 지출도 꽤 있을 텐데, 이제."

혼잣말처럼 중얼거리는 윤의 말에 태석의 안색이 불퉁해졌

다. 사실 오늘 집을 보여 주면 누나가 좋아할 줄 알았다. 혼자
서 이렇게까지 한 자신을 대견해할 줄 알았던 것이다. 그러나
전혀 뜻밖의 소리만 잔소리처럼 늘어놓는 모습에 기분이 상했
다.

"누나도 여태까지 그 집에서 잘 지냈을 것 아냐? 그 집 공
과금은 뭐 누나가 내?"

생각 없이 이르는 말에 윤은 고개를 돌려 태석을 바라보았
다.

"그런 건 아니지만, 이제 혼자 지내려면 더 꼼꼼해야 하잖
아."

유권과 함께 지내고 있었지만 윤이 아무것도 하지 않고 그
냥 화병에 꽂아 놓은 보기 좋은 꽃처럼 붙어 있는 것은 아니
었다. 유권이 하는 일에 감히 비할 수는 없었지만 윤은 집에
돌아온 그가 아무런 불편도 겪지 않도록 애쓰고 있었다. 또한
곁에 아무도 없는 사이 병원에 있는 부모를 돌봤던 것도, 태
석이 돌아와서 다른 것에 신경 쓰지 않아도 될 만큼 안배해서
남은 살림을 꾸려 온 것도 모두 윤이 한 일이었다.

"나도 알아. 내가 애인가?"

하지만 그런 속사정을 모른 채 단지 윤이 건넨 것을 받기
만 한 태석은 예전과 달라진 자신들의 형편이 그저 짜증나고
답답할 뿐이었다. 가족 중에서도 가장 어린 막내였던 태석에
게 공과금이니 생활비니 하는 것들은 평생 제대로 들어 본
적도 없고 자기 몫이 될 것이라고 여겨 본 적도 없는 단어들

이었다.

"아, 그러지 말고 집 구경 다 했으면 밖에 나가자. 응? 내가 기념으로 한턱 쏠게!"

분위기가 처지자 태석은 금방 표정을 바꾸며 쾌활하게 윤을 이끌었다. 윤은 불퉁하게 굴다가 금방 밝게 변하는 태석의 모습에 알 수 없는 기분이 되었다가 스르르 풀어졌다. 잘 하고 있겠지. 윤은 막연하게 그렇게 생각했던 것이다.

본인 말대로 태석도 이제 어린아이가 아니었고 사정이 전과 달라졌다는 정도는 이해할 수 있는 나이였다. 여전히 예전 버릇에 젖어 자기 마음대로 활개를 치고 있을 줄은 전혀 상상도 하지 못하는 윤이었다.

"오늘 다녀왔는데, 괜찮았어요."

그날 저녁, 유권은 태석의 새 자취집을 보고 온 윤이 조잘대는 소리를 편안한 배경음악처럼 듣고 있었다.

"그런 방을 어떻게 구했는지……. 계약도 혼자서 다 하고."

주방에서 음식을 준비하는 윤과 그것을 지켜보며 하루 일과에 대해 듣는 유권의 모습은 이제 맨션에서 일어나는 일상이 되어 있었다.

"그래?"

윤의 말을 귀 기울여 들으며 유권은 별생각 없이 덧붙였다.

"잘 하고 있는 모양이네."

"그런 것 같아요. 사실 걱정스러웠는데."

유권에게 대꾸하는 윤의 목소리는 모처럼 활기차고 명랑해져 있었다. 윤이 다 끓은 찌개를 식탁으로 가져오자 유권은 소파에서 일어나 식탁 의자에 앉았다.

"다 됐어요."

정갈하게 차려진 저녁 식탁을 바라보던 유권이 문득 윤을 바라보며 한마디 했다.

"너도 정말 익숙해졌다."

"그런가?"

유권은 이런 평범한 대화가 무엇보다 마음에 들었다. 더 좋아지는 것은 바라지도 않으니 이 상태 그대로 더 악화되지만 말기를. 유권은 때때로 그런 생각을 하곤 했다.

"맛은 어때요?"

"좋아."

유권의 대답에 윤은 수줍게 웃었다.

"윤아."

"네."

한동안 식사를 하다가 유권이 문득 고개를 들며 물었다.

"넌 뭐…… 갖고 싶은 것 없나?"

갑자기 갖고 싶은 것을 묻는 유권의 말에 윤은 어리둥절해졌다.

"갖고 싶은 거요? 어떤 거?"

"아니 뭐, 여러 가지가 있을 수 있잖아. 가방이든 신발이든 옷이든, 뭐든지."

"딱히……."

유권이 말한 것들을 꼽아 보던 윤은 딱히 당장 사야 할 것들이 없었기에 고개를 가로저었다.

"그래? 없다고? 정말?"

없다는 윤의 말이 자기 예상과 달라서 당황한 것인지 그렇게 되물으며 흠흠 하던 유권이 잠시 뜸을 들이다가 다시 물었다.

"이번 주말에, 시간 되나?"

"주말이면 토요일이요? 괜찮아요."

일정을 꼽아 보던 윤이 곧 고개를 끄덕이자 유권은 잘됐다는 표정으로 다시 덧붙였다.

"그날 같이 갔으면 하는 곳이 있어."

"어딘데요?"

"가 보면 알 거야."

선뜻 대답해 주지 않는 대신 유권은 옅게 미소를 지었다.

날짜가 흘러서 돌아온 토요일. 유권은 점심때가 갓 지난 이른 오후에 윤을 회사 앞으로 불러냈다. 오늘을 위해 유권은 일부러 며칠 전부터 스케줄을 조정해서 시간을 비워 두기까지 했다.

"일단 차 타자. 집에 들르는 것보다 이편이 빠를 것 같아서 나오라고 한 거야."

"어디 가는데요?"

유권의 손에 이끌려 그가 문을 열어 주는 차에 올라타며 윤이 어리둥절해서 물었다. 왠지 오늘 유권이 조금 들뜬 것처럼 느껴졌다. 윤을 뒷좌석에 태우고 그 옆으로 유권이 올라타자 이미 정해진 목적지가 있는지 승용차는 지체 없이 출발했다.

"그런데 정말 어디 가는 거예요?"

오늘따라 화창한 날씨. 차창 밖으로 지나치는 차들의 반사광이 특히 눈부시다고 생각하며 윤은 유권에게 물었다. 운전대를 잡고 있던 용진은 룸미러를 통해 미소 짓는 유권의 표정을 볼 수 있었다.

"쇼핑."

그 대답대로, 유권이 윤을 데리고 도착한 곳은 내로라하는 명품관이었다. 윤 역시 예전에 엄마와 함께 가끔 들러서 구경하곤 했었다.

"여긴 다 모여 있으니까 편리하잖아."

다 모여 있다는 유권의 말대로 이곳에는 옷에서부터 가방, 신발, 화장품에 이르는 모든 것이 한 건물 안에 총망라되어 있었다. 세련된 것을 넘어 품위까지 느껴지는 디스플레이를 바라보며 윤이 의아하기 짝이 없다는 얼굴로 물었다.

"필요한 것 있어요?"

"응."

"뭔데요?"

"네가 입을 옷."

자기가 입을 옷을 사러 왔다는 대답에 윤은 그만 벙찌고 말았다. 쇼윈도를 둘러보던 유권은 어안이 벙벙해진 윤을 향해 다시 말했다.

"며칠 있다가 모임이 하나 있는데, 네가 동행했으면 해. 거기에 지금처럼 입고 갈 수는 없잖아."

한신 캐피탈의 대표 자격으로 참석해야 하는 금융가들의 모임이었는데 혼자 가기 애매한 자리였던 것이다. 유권의 말에 자신의 옷차림을 내려다본 윤은 아, 하고 수긍하듯 탄성을 흘렸다. 어제와 별반 다르지 않은 캐주얼한 차림새. 이런 옷차림으로 중요한 자리에 나갈 수는 없을 것이다.

"그러니까 골라 봐."

그러나 오늘 유권이 윤을 데리고 여기까지 나온 이유는 단지 그날 입을 옷을 골라야 하기 때문만은 아니었다. 유권은 아끼는 여자에게 해 줄 수 있는 것들을 우르르 안겨 주는 남자의 모습을 흉내 내 보고 싶었던 것이다. 물론 그런 것으로 여자의 호감이나 마음을 얻어 낼 수 없다는 것은 알고 있었다. 하지만 남자라는 생물이 가진 유치한 과시욕이라고 해도 좋으니, 오늘만은 윤에게 마음껏 안겨 주고 싶었다.

"그리고 뭐, 꼭 그날 필요한 것이 아니라도 좋으니까 그냥…… 맘에 드는 것 있으면 고르고."

무심한 듯 퉁명스럽게 말하고서 유권은 윤의 기색을 살폈다. 그의 말을 들었는지 못 들었는지 쇼윈도를 살피던 윤이 문득 유권의 팔을 잡으며 물었다.

"중요한 자리예요?"

"뭐? 음, 그렇다고 할 수 있지."

유권의 대답에 잠시 생각해 보던 윤이 다시 물었다.

"그럼 내가 오빠를 도와주는 거라고 할 수도 있어요?"

"흠…… 그렇지."

별로 깊게 생각해 보지 않고 유권은 고개를 주억거리며 대답했다. 그 대답에 윤이 활짝 웃었다.

"그럼 좋아요."

어째서 그런 질문을 한 것인지는 모르겠지만, 좋아하는 것 같은 윤의 모습에 유권은 내심 마음을 놓았다.

"이건 어때요?"

우아한 분위기로 치장된 쇼윈도를 바라보다가 들어선 매장에서 스스럼없이 옷을 골라 보여 주는 윤의 모습에 유권은 왠지 마음이 뿌듯해졌다. 알 수 없는 보상을 받은 기분이었기 때문이다.

"입어 봐. 그래야 어울리는지 알지."

매장들 안에서 자유롭게 물건들을 구경하고 때로 괜찮아 보이는 것을 찾아 집어 드는 윤의 행동은 자연스럽기 그지없었다. 그 모습을 지켜보며 유권은 속으로 고개를 끄덕였다.

윤은 원래 부잣집의 영양이었고 정식은 사교계에서도 활발하게 활동하는 사람이었으니 아내와 딸을 대동하고 여러 자리에 참석하는 때가 잦았다. 윤 역시 부모와 함께 간혹 그런 자리에 참석하면서 어떤 준비가 필요한지 자연스럽게 알게 된 것이다.

"그래도 단정하고 깔끔한 것이 좋을 것 같아요."

"뭐든 원하는 걸로 해."

유권과 함께 명품관 매장들을 돌아다니며 윤은 무척 신중하게 하나하나 옷을 고르기 시작했다.

"구두는 어떤 것으로 하시겠어요?"

"뒤축에 장식이 된 것도 있나요?"

"그럼요."

점원들에게 이것저것 묻기도 하는 윤을 바라보며 유권은 감상에 젖었다. 지금 백화점 내에 붐비는 사람들은 자신들에게 관심이 없겠지만, 설사 눈여겨본다고 해도 함께 쇼핑을 나온 연인 그 이상으로는 생각하지 못할 것이다. 유권은 그것이 마음에 들었다. 자신과 윤이 비겁한 제약이나 어쩔 수 없는 사정 때문에 묶인 것이 아니라 그저 남들처럼 평범해 보일 수 있다는 것이 기분 좋았다.

"이거 어때요?"

윤이 최종적으로 고른 것은 목까지 올라오는 칼라에 무릎 살짝 위에서 끝나는 길이를 가진 레이스 원피스였다. 진주색 원단 위에 같은 색의 레이스가 덧씌워진 모양으로 목과 쇄골, 팔은 안감 없이 투명하게 들여다보였다. 여자의 몸이 가진 굴곡을 아름답게 드러내는 선을 가졌지만 절묘한 패턴 때문에 섹시한 느낌 대신 우아하고 정숙한 분위기가 물씬 풍기는 옷이었다.

"아, 괜찮은데."

"그래요? 이 정도면 자리 분위기에 어긋나지는 않겠죠?"

유권이 마음에 들어 하자 잘 고른 것 같아서 미소 지으며 윤은 고개를 끄덕였다. 윤은 고르고 고른 끝에 레이스 원피스에 어울릴 만한 작은 핸드백과 구두도 찾아냈다.

"겉에 걸칠 것을 하나 하는 건 어때? 원피스만 있으니 좀 허전해 보이는데."

유권의 말에 옆에 있던 점원이 싹싹하게 끼어들었다.

"마침 어울릴 만한 제품이 있는데 보여 드릴까요?"

"네."

그러자 점원이 들고 온 것은 연한 파스텔 톤의 색깔을 가진 얇은 숄이었다. 섬세한 조직감과 진주색인 원피스와도 조화로울뿐더러, 윤에게도 아주 잘 어울리는 것이었다.

"좋아요?"

"괜찮아. 이걸로 할래?"

윤에게 어울리는 옷과 구두를 고른 유권은 이내 다른 매장으로 향했다. 화장품을 고르기 위해서였다. 화사한 색깔을 가진 새도우와 립스틱들을 살펴보는 윤을 바라보던 유권은 마침 윤이 시험 삼아 발라 보고 있는 립스틱 색깔이 단박에 시선을 사로잡자 고민할 필요 없이 말했다.

"그 색깔 예쁘다."

"그, 그래요?"

무의식중에 튀어나온 말에 두 사람은 동시에 쑥스러워졌다. 유권은 한 번도 윤에게 지금처럼 직설적으로 표현했던 적이 없었고 윤 역시 그에게 이런 식으로 솔직한 찬사를 들어 본 적이 없었다는 걸 느꼈기 때문이다.

　"물든 것 같아서 자연스러워."

　유권의 말에 윤은 방금 발라 본 것을 내려다보았다. 촉촉한 질감의 립스틱은 보라색과 분홍색이 적절하게 섞인 꽃잎 같은 색깔이었다. 방금 산 옷과도 잘 어울릴 것 같다.

　"그럼 이걸로……."

　윤은 그 색깔의 립스틱을 골랐다. 입술에 색을 입힌 얼굴이 스스로도 어색하긴 했지만, 유권이 괜찮다니 정말 괜찮은 것 같았다. 필요한 것들을 구입하고 명품관 내부를 구경하던 윤은 어느 매장의 진열대 한쪽에 장식 삼아 놓아둔 소품을 발견하고는 유심히 살펴보기 시작했다.

　"예뻐?"

　어느새 뒤로 다가와서 묻는 유권의 목소리에 윤은 장식품을 내려놓고 그를 돌아보았다.

　"나중에 장식해 놓으면 예쁠 거 같아서……."

　"집에?"

　"아뇨. 가게요."

　"가게?"

　무의식중에 털어놓은 윤은 반문하는 유권의 표정에 웃으며 손사래를 쳤다.

"아니에요. 그냥 생각나서."

갑자기 가게라니. 의아해하면서도 그러려니 하던 유권은 얼마 지나지 않아 짚이는 것이 있었다. 언젠가 윤이 얘기했던 적이 있었다. 자기 꿈은 나중에 자기만의 가게를 차리는 것이라고.

"아직 구상 중인 거야? 네 가게."

유권이 그렇게 얘기하자 윤은 그를 돌아보며 고개를 갸우뚱했다.

"내가 말했었어요?"

"그래. 예전에. 비밀이라면서."

윤은 태연하게 말하는 유권을 한동안 말없이 바라보았다.

"근데 무슨 가게야? 네가 열고 싶다는 거."

윤은 유권이 그렇게 묻자 갑자기 쑥스러워졌다.

"내가 샌드위치를 좋아하니까, 샌드위치 가게였음 좋겠다고 생각은 했지만…… 아직 못 정했어요."

"샌드위치?"

반문하는 유권을 보며 윤 역시 오래전 그에게 꿈에 대해 처음으로 털어놓았던 때가 떠올랐다. 마냥 생각만 하던 그때부터 조금씩 구체화를 시켜 가고 있긴 했지만, 아직 무엇이라고 확실하게 결정을 내린 것은 아니었다. 어떻게 만들고 꾸려 갈지 계산하고 궁리하지 않아도, 그저 생각하는 것 만으로도 기분이 좋아지는 일이었다.

"그래도 꿈이니까……."

유권은 흐리게 웃으며 중얼거리는 윤을 바라보았다. 감상에 잠긴 옆얼굴은 고요해 보였지만 아직 놓지 않은 꿈을 갖고 있는 눈빛은 단단했다. 순간 유권은 예전처럼 스스럼없이 농담을 건네고 싶어졌지만, 차마 그럴 수는 없었다.

"미안합니다만, 이 물건 판매처를 알 수 있을까요?"

갑자기 직원에게 묻는 유권의 태도에 윤은 깜짝 놀라서 그를 바라보았다. 다가온 직원은 다소 난감해하면서도 친절한 얼굴로 응대하기 시작했다.

"죄송합니다. 고객님, 그 제품은 판매처가 따로 있는 것이 아니고 저희가 진열을 위해 특별히 제작한 소품이라서요."

"그래요? 어떻게 구할 수 있는 방법이 없을까요? 이걸 제작한 곳에 주문을 넣을 수 있다면 하고 싶은데."

포기하지 않는 유권의 요구에 직원은 잠시 고민하다가 어딘가로 전화를 넣었다. 직원이 뭔가를 알아보는 동안 윤은 그의 팔을 잡으며 고개를 내저었다.

"그만해요. 그렇게 해서까지 갖고 싶은 건 아니라고요."

"그래도, 네가 마음에 든다고 했잖아."

하지만 유권은 태연한 얼굴로 그렇게 대구했다. 오늘 옷과 다른 물건들을 고르는 내내 윤은 자기와 동행한다는 자리에 어울릴 것들만 선택했다. 갖고 싶은 것이 있으면 골라도 된다고 했지만 그런 것이 없었는지 자기를 위해 고른 것은 아무것도 없었던 것이다. 그랬기에 유권은 윤이 눈여겨보고 마음에 든다고 말한 장식품을 할 수 있는 한 구해 주고 싶었다. 그것이 파는 물건인지 아닌지는 나중 문제였다.

"네, 고객님. 알아본 결과 주문 가능하다고 합니다. 주문하시겠습니까?"

통화를 마무리하고 다시 다가온 직원이 이르자 윤은 얼른 끼어들었다.

"아, 아뇨. 괜찮아요."

하지만 유권은 황급히 거절하는 윤을 바라보더니 여전히 여유로운 태도로 직원을 향해 말했다.

"그럼 저 제품으로 포장해 줘요. 새로 주문하는 대금은 지불할 테니까. 그래도 되겠죠?"

"네. 알겠습니다."

주문해서 받아 보기까지 윤이 며칠 기다는 것도 싫었기에 유권은 그냥 진열된 것을 가져가기로 마음먹었다. 유권의 말에 유권의 방식에 거기까지는 생각 못 한 윤이 한숨을 내쉬는 사이 직원은 깔끔하게 포장한 오브제를 쇼핑백에 담아 건넸다. 팔지도 않는다는 물건을 기어코 손에 넣은 유권은 뭐가 그렇게 좋은지 평소답지 않게 싱글싱글 웃으며 건네받은 쇼핑백을 다시 윤에게 내밀었다.

"자, 받아."

윤은 쇼핑백을 받아 들면서 안에 든 물건과 기분이 좋아 보이는 유권을 번갈아 바라보았다.

다음 날 아침, 출근 준비를 하고 있던 유권은 윤이 씻으러 간 사이 살짝 방문을 열어 보았다가 윤의 책상 한편에 곱게 놓여 있는 소품을 발견하고는 옅게 웃었다.

✳

연회장으로 들어서기 전 윤은 자기도 모르게 긴장해서 손을 꽉 쥐었다. 이제 자기와는 관계없어졌다고 믿었던 세계였다. 슈트 상의의 단추를 잠그며 윤의 곁에 서던 유권은 긴장한 분위기를 읽어 내고는 자연스럽게 윤의 손을 잡아 자신의 팔에 걸었다.

"괜찮아. 걱정할 것 없어."

용진은 천장에 거대한 샹들리에가 밝혀져 있는 연회장으로 들어가는 두 사람을 나름의 감상을 안은 채 바라보았다. 죽었다 깨어나도 입 밖으로 말할 수 없을 테지만, 두 사람의 뒷모습이 잘 어울린다는 생각이 들었다.

"아, 서 실장."

이미 적당히 분위기가 무르익은 연회장 내부에는 꽤 많은 사람들이 모여 있었다. 한 쌍이 된 윤과 유권이 안으로 들어서자 누군가가 금방 알아보고 인사를 건네 왔다. 유권은 자연스럽고 정중한 태도로 노신사의 인사를 받으며 환담을 나누는 것을 시작으로 본격적으로 사람들을 만나기 시작했다.

연회장은 근엄하고 장중하게 차려입은 사내들과 그들의 곁을 아름답고 우아한 모양새로 치장하고 있는 여인들로 가득했다. 아내나 연인이 대부분이었지만 간혹 그렇지 않은 경우들도 있었다. 남자의 곁을 당연하게 차지하고 있지만 아내나 연인 같이 공인된 칭호로 부를 수는 없는 여인들. 하지만 아무도 그것에 개의치 않는다. 모든 것을 다 갖춘 사내들은 이런 여인 역시 내가 가진 것으로 얻은 것이라고 과시하듯 당당하게 굴었다.

"배고프지 않아?"

꽤 시간이 흐르고 만날 사람들과 적당히 다 만났을 때 한숨 돌리며 유권이 물었다. 연회장에는 음식이 차려져 있었지만 분위기상 뭔가를 먹는 사람보다는 유리잔을 하나씩 들고 삼삼 오오 모여서 담소를 나누고 있는 사람들이 더 많았다.

"괜찮아요."

윤은 웃으며 고개를 끄덕였다. 유권의 일에 대해 자세히 알지 못하는 만큼 주도적으로 대화를 이끌어 나갈 일은 없었지만, 그냥 이 자리에 있는 것 자체로 긴장이 됐다.

"이제 곧 끝날 거야. 만날 만한 사람들은 다 만났거든."

유권의 말에 윤은 고개를 끄덕였다. 많은 사람들 사이에서 보는 유권은 왠지 평소와 다르게 보였다. 윤은 그가 일하는 모습을 본 적이 거의 없었다. 유권이 회사로 불러 낸 적도 없었고 회사로 찾아가야 할 일도 거의 없었으니까.

연회라고는 하지만 여기 모인 모든 사람들에게 이 자리는 자기 사업의 연장인 셈이다. 사적이면서도 공적인 면모를 갖춘 채 서로를 대하는 사람들의 모습은 당연스럽기도 하고 이질적이기도 했다.

윤은 그 가운데에 서 있는 유권을 바라보았다. 정중하고 깔끔한 태도로 사람들과 인사하고 대화를 나누는 그의 모습은 집에서 보던 것과는 또 다른 모습을 하고 있었지만, 그런 면들까지 모두 서유권이라는 사실은 변함이 없었다.

"……윤이 아니냐?"

조금 떨어져서 유권을 지켜보고 있는데 누군가가 와서 알은척을 하자 윤은 깜짝 놀라서 고개를 돌렸다.

"네?"

윤에게 다가온 것은 머리가 희끗희끗한 노신사였다. 어리둥절해하던 윤은 곧 자신을 바라보고 있는 얼굴이 누구인지 알아보고는 마찬가지로 놀란 얼굴이 되었다.

"아저씨……."

예전, 집안이 건재할 때 아버지와 절친하게 지냈던 사람이었다. 그때까지만 해도 어느 투자사의 임원이었던 노신사는 윤이 자신을 알아보자 많은 감정이 섞인 미소를 지었다.

"그래. 오랜만이라 하마터면 못 알아볼 뻔했다."

"저도요. 잘 지내셨어요?"

반가운 마음에 안부를 묻는 윤을 바라보는 노신사의 눈동자에 일말의 죄스러운 빛이 떠올랐다. 한때 절친한 사이었던 정식과 그의 회사가 어떻게 되었는지 알고 있었기 때문이다. 업계에서 그것을 모르는 사람은 아마도 없을 것이다.

"어쩌다 보니 아직은 그럭저럭 버티고 있구나. 저…… 그 얘기는 들었다. 지낼 만은 한 것이야?"

노신사의 말에 윤은 애써 웃으며 고개를 끄덕였다.

"저는 괜찮아요."

"아버지는?"

"아직……."

말꼬리를 흐리는 윤의 목소리에 노신사는 고개를 주억거리며 손을 내저었다.

"그래, 그랬구나."

"……."

"그래도 이런 곳에서 다시 보다니, 다행이다."

누구 못지않은 차림으로 연회장에 있는 윤의 모습에 노신사는 듣던 것만큼 형편이 나빠지지는 않은 모양이라고 막연하게 여길 뿐이었다. 대화를 끝내고 다시 돌아오고 있던 유권이 윤의 곁에 서서 얘기를 하고 있는 노신사를 발견하고는 살짝 안색을 굳혔다.

"권 상무님."

윤과 몇 마디 더 대화를 나누고 있던 노신사, 권 상무는 정중하게 다가오는 목소리에 고개를 돌렸다가 유권을 발견하고는 흠뜩 놀라서 한 걸음 물러서고 말았다.

"여기서 뵙는군요."

"아, 서 실장…… 윤이랑 함께 온 건가?"

그제야 윤이 누구와 함께 이곳에 왔는지 감을 잡은 권 상무를 향해 유권은 옅게 미소 지으며 윤의 팔을 잡았다.

"예. 그렇습니다."

"그래? 아, 그, 그렇구먼."

유권의 존재를 확인한 권 상무는 몹시 당황했는지 횡설수설하더니 자리를 피했다. 허둥지둥 멀어지는 뒷모습을 바라보며 유권은 속으로 마뜩잖게 숨을 내쉬었다. 지금 S&P 캐피탈 산하에 있는 권 상무는 예전 정식의 편에 서서 경영권 방어를 도와주겠다고 나섰다가 후에 변심하여 매입한 저축은행의 주식을 광렬에게 넘긴 사람들 중에 한 명이었다.

"아는 사람이야?"

"예전에. 아버지랑 가까우신 분이라 몇 번 뵌 적이 있었어요."

"그래? 무슨 얘기 했어?"

"그냥 안부 같은 거요. 지내기 어떻느냐고."

나직한 윤의 대답에 유권은 속으로 코웃음을 쳤다. 몰락하는 데 일조할 때는 언제고 이제 와서 회한이라도 느끼는 양 동정이란 말인가. 그러나 다음 순간 뭔가 직감한 유권의 표정이 설핏 굳었다.

"한신 캐피탈 서 실장님 아니십니까?"

윤이 서 있는 쪽에서 들려오는 광렬의 목소리에 유권의 고개가 휙 움직였다. 윤 역시 고개를 돌려 그가 바라본 곳을 향하는데 웃음기 어린 표정으로 자신들을 바라보고 있는 광렬과 시선이 마주쳤다.

"송 대표님."

유권은 자기도 모르게 목소리에 힘을 주며 대답했다. 송광렬. 지금까지 윤과 자신이 겪어야 했던 모든 상황을 만든 시 발점이 유들유들하게 웃으며 서 있었다.

"뵙는 것은 처음입니다."

"그렇군요."

먼저 악수를 건네는 광렬의 손을 유권은 별다른 내색 없이 마주 잡았다. 오늘 광렬이 참석하는 줄 알았다면 윤을 대동하지 않았을 것이다. 뒤늦은 후회가 뒤통수를 때렸지만 별수 없었다.

"얘기 많이 들었습니다. 앞으로 종종 보십시다. 하하하."

욕망과 욕심, 그리고 시건방진 것을 불쾌하게 여기는 빛을 유쾌한 호의로 치장한 광렬의 눈동자가 유권을 향했다. 그의 속내를 가볍게 꿰뚫어 보며 유권 역시 미소 지었다.

"그러죠."

✾

유권은 아까부터 뭔가가 마음에 들지 않는 얼굴로 의자 등받이에 기대 앉아 있었다. 연회가 있던 날, 일부러 자신에게 다가와 알은척을 하던 광렬의 모습이 뇌리에서 떠나지 않았다.

그동안 자신이 회사의 주식 지분을 조금씩 매입해 온 것을 알고 있었을 테니 일부러 그런 것인가? 충분히 가능한 일이었지만 지금 유권이 지난 일을 신경 쓰고 있는 이유는 윤에

게 머무르던 광렬의 눈빛이 심상치 않다고 느꼈기 때문이었
다.

광렬은 능력이 아니라 혈통에 의해 그 자리에 앉게 된 사람
이다. S&P 그룹뿐만이 아니라 혈연을 통해 지도층이 배출되
는 많은 기업들이 그런 것처럼, 그런 부류에게 비뚤어진 특권
의식이 흔하다는 것은 유권 역시 잘 알고 있었다. 그런 자들
이 자기에게 도전하는 것들을 어떻게 여기는지까지도.

그중에서도 광렬은 전형적이라고 할 수 있을 만큼 그런 의
식이 팽배한 사람이었다. 자신의 의도를 눈치채면 그가 개미
를 밟아 죽이려는 사자처럼 광분하리라는 것을 유권은 잘 알
고 있었다.

그날 윤을 데리고 가지 말 것을.

단지 윤에게 많은 것들을 안겨 주고 싶다는 것에만 몰두한
나머지 다른 것을 생각하지 못했다. 그날 윤은 광렬이 누구
인지 알지 못했지만, 아버지의 회사를 집어삼킨 곳이 어디인
지는 알고 있었다. 광렬이 그 회사의 대표였다는 것을 알았
다면 어제 표정 관리는커녕 평정을 유지하지도 못했을 것이
다.

앞으로 섣부르게 윤을 외부에 노출시키는 것은 자제하리라
마음먹으며 유권은 상념을 털어 버렸다. 하지만 윤에게 뭐든
해 주고 싶은 생각은 변함이 없었다. 연회가 있던 날 자신의
눈에는 숨막히도록 아름다웠던 윤을 떠올리며 유권은 옅게 웃
었다.

지이잉.

그때 책상 위에 올려놓았던 휴대폰이 진동하기 시작하자 유권은 다소 놀란 얼굴로 손을 뻗었다. 유권의 개인 휴대전화 번호를 아는 사람은 별로 없었다. 몇몇 중요한 사람을 제외하고 이 번호로 자유롭게 전화를 걸 수 있는 것은 윤뿐이다.

"여보세요? 무슨 일이야?"

액정에 뜬 윤이라는 글자를 확인하자마자 통화 버튼을 누르며 유권은 지체 없이 물었다.

[유권 오빠…….]

휴대폰 너머에서 들려오는 윤의 목소리는 무슨 일인지 몹시 떨리고 있었다. 유권은 본능적으로 미간을 찌푸리며 기대고 있던 등을 바로 폈다.

"무슨 일이야?"

[저…….]

윤 역시 의지와 상관없이 떨리는 목소리를 진정시키기 위해 애쓰는 듯했다. 더듬더듬 이어지는 윤의 목소리에 유권의 얼굴이 점점 다른 빛으로 물들었다.

"아빠!"

눈에 눈물이 그렁그렁한 채로 윤이 불렀지만 정식의 눈은 흐리멍덩하기만 했다. 격해진 감정 때문에 겨우 서 있는 윤의 곁에는 그녀를 지탱해 주고 있는 유권이 서 있었다. 놀라거나 경악하는 표정이 쉽게 나타나지 않는 그의 얼굴에도 지금만큼은 복잡한 감정들이 드러나 있었다.

오랫동안 불명이었던 정식의 의식이 돌아온 것이다.

"김정식 씨."

병실에는 윤과 유권, 급하게 달려온 태석을 제외하고도 여러 명의 의료진들이 자리하고 있었다. 오랫동안 의식불명 상태에 빠져 식물인간이나 다름없었던 환자가 다시 정신을 차린 것은 몹시 이례적인 일이었기 때문이다.

담당의사는 정식의 상태를 확인하며 주변에 선 간호사와 다른 의료진들에게 알아들을 수 없는 단어들로 점철된 지시들을 내렸다. 정식의 코에는 영양 공급을 위해 삽입해 놓은 튜브가 여전히 길게 이어져 있었다.

유권은 자신의 팔을 아프도록 꽉 붙잡은 채 떨고 있는 윤을 바라보았다. 태석은 이런 순간이 견디기 어려운지 문 근처에 서서 섣불리 아버지를 향해 시선을 돌리지 못하고 있었다.

간병을 위해 짧게 깎은 머리와 오랫동안 누워 있기만 하는 사이 어딘가 모르게 인상이 달라진 정식의 모습은 낯익으면서도 괴상하게 이질적인 느낌을 주었다. 유권은 마른침을 삼키며 다리에 힘을 주었다.

"아빠…… 나 보여요?"

담당의가 손짓하자 윤은 겨우 걸음을 떼어 정식의 침대로 다가갔다. 여전히 초점이 없는 정식의 눈동자는 자신을 향해 다가오는 딸에게 돌아가지 않았다. 그의 눈동자가 고정되어 있는 곳은 침대의 발치 너머, 벽을 등지고 서 있는 유권이었다.

순간 초점 없는 눈의 눈꺼풀이 깜빡이자 의사는 놓치지 않고 그것을 체크했다. 마치 어떤 놀랄 만한 것에 느리게 반응을 보이는 것처럼, 침대 위에 오랫동안 힘없이 놓여 있기만 하던 정식의 손가락들이 조금 꿈틀거렸다.

"네, 아빠. 유권 오빠예요. 오빠도 같이 왔어요."

그렇게 말하며 윤이 조심스럽게 손을 잡는 순간, 오래되어 빛이 바래고 구겨진 종이 뭉치 같던 정식의 눈동자에 이채가 스쳤다. 유권의 손가락이 주먹을 쥐며 꽉 말려들어 갔다. 정식이 자신을 바라보고 있었던 것이다.

허망하게 벌어져 있던 입술이 뭔가를 쥐어짜 내려는 것처럼 움직였다. 그러나 오랫동안 사용하지 않았던 근육과 성대는 쉽게 소리를 만들어 내지 못했다. 그동안 간호 요령까지 배운 윤이 틈날 때마다 찾아와서 주무르고 팔다리의 근육이 굳지 않도록 애썼지만, 자체적으로 힘을 잃고 있었던 근육과 관절은 자유롭게 움직이지 못했다.

유권의 등골이 서늘하게 굳으며 반사적으로 발걸음이 뒤로 물러났다. 정식은 분명히 자신을 바라보고 있었다. 그리고 자신은 그의 눈빛을 받아 내는 것이 힘들었다.

물러서던 유권은 등에 벽이 닿고 나서야 걸음을 멈췄다. 그러나 병실을 나갈 수는 없었다. 아직도 문 쪽에 서 있던 태석이 반응을 보이는 정식의 모습에 참지 못하고 달려왔다.

"아빠!"

지금 방 안에 있는 사람 누구도 희게 질린 유권의 기색과 그를 향하려고 애쓰는 정식의 눈짓과 손짓을 알아채지 못했다. 더 이상 피할 곳이 없었던 유권은 고개를 숙이며 마음 깊은 곳에서 치솟는 반감을 꿀꺽 눌러 삼켰다. 왜, 나한테 무슨 말이 하고 싶은 거야?

"검사를 해 봐야 알겠지만……."

정식의 의식이 회복된 이후, 일단 급한 것들을 먼저 체크하고 나서 담당의사는 신중하게 운을 떼었다.

"환자께서 다소 의식을 회복하신 것은 분명해 보입니다."

확정적으로 나온 의사의 진단에 윤과 태석의 표정이 급변했다.

"그럼, 다시 예전처럼 돌아올 수 있는 거죠?"

서둘러 나온 윤의 질문에 의사는 고개를 흔들었다.

"알 수 없습니다. 그동안 살펴온 담당의로서 말씀드리자면 그럴 가능성은 오히려 낮습니다. 물론 자세한 것은 손상되었던 뇌기능이 어느 만큼 회복되었는지 진료해 본 후에야 알 수 있겠습니다만, 애초에 환자분께서 의식불명에 빠지게 된 이유가 뇌출혈이었던 만큼 아무런 후유증도 없으리라고는 장담하기가 힘듭니다. 가벼운 경우에는 일상생활에 지장이 없을 정도까지 회복될 수 있지만, 그렇지 않은 경우에는 언어장애나 부분적인 기억상실, 또 오랫동안 의식불명 상태였던 만큼 운신에도 장애가 남을지 모릅니다. 냉정한 말씀입니다만 그런

면에 대해서도 대비를 하시는 것이 좋을 겁니다."

차분한 의사의 설명에 들떴던 윤의 표정이 다소 가라앉으며 침울해졌다. 유권은 위로하는 것처럼 윤의 손을 꽉 잡았지만, 기실 그의 속마음은 안도하고 있었다.

6장

　의사의 선고는 마냥 긍정적인 것은 아니었지만, 윤에게는 꺼져 가던 희망이 다시 일어난 것이나 다름없었다. 정식의 의식이 회복세에 접어든 이후, 윤은 거의 틈만 나면 병원으로 달려가서 아버지의 곁을 지켰다. 정밀검사를 받은 결과 앞으로 재활에 전념하면 혼자서 움직일 수 있을 정도로 회복할 수 있을 것이라는 진단이 나오자 윤은 더욱 열심이었다.

　아버지의 회복은 미래에 대해 기대할 것이 없던 몇 년을 보냈던 윤에게 그 자체로 전환점이 되는 일이었다. 완벽하게 예전처럼 돌아가지는 못해도 최소한 가족이라는 울타리는 다시 견고해질 수 있다는 희망이 생겨난 것이다. 아버지에 이어 선주까지 건강을 회복하면 다시 든든하던 예전으로 돌아갈 수 있으리라.

예전에는 자신과 태석이 부모님의 보호를 받았지만 이젠 태석도 자신도 성장했다. 이젠 서로가 서로를 지지하는 받침대가 되어 줄 수 있었다. 윤이 바라는 것은 옛날 화려하던 모습이 아니라 네 가족이 다시 식탁에 둘러앉을 수 있게 되는 것이었다.

"점점 좋아지고 있대요."

그리고 유권은 기대에 부풀어서 그렇게 말하는 윤을 말없이 지켜보고 있었다.

유권은 알 수 없었다. 회복한 정식이 사리판단을 할 수 있을 만큼 온전해져서 지금의 상황을 파악하게 되면 자신을 어떻게 여길지. 위태로워진 회사를 미련 없이 버리고, 귀하게 키운 보물 같은 딸을 무단으로 점한 품종 좋은 사냥개를.

"그래?"

하지만 그런 괴로움과 불안감의 이면에는 정식이 무사히 회복하기를 바라는 또 다른 유권이 있었다.

마지막 결재 서류에 서명을 하던 유권은 소파에 앉아서 자신을 기다리고 있는 윤을 힐끗 바라 보았다. 지금 윤이 집무실 소파에 앉아서 업무가 끝나기를 기다리고 있는 이유는 유권이 오늘 함께 저녁을 하자고 제안했기 때문이다. 지난번 함께 쇼핑했을 때 샀던 레이스 원피스를 입고 나온 윤은 혼자서도 별로 지루해하지 않고 유권을 기다리고 있었다.

"기다리는거 심심하지 않아?"

"괜찮아요. 안 심심해요."

그의 시선은 이내 대답하는 윤에게로 되돌아갔다. 원피스 아래로 뻗어 있는 다리는 스타킹에 감싸여 있고 스타킹을 신은 매끈한 다리 끝, 작은 발에 신겨져 있는 에나멜 슈즈가 조명에 반짝이는 것이 퍽 예쁘다. 긴 머리를 핀 하나로 정리하고 있는 윤은 오늘 한층 더 유권의 시선을 사로잡았다.

유심하게 지켜보고 있던 유권의 입매가 어느 순간부터 느릿하게 알 수 없는 표정을 그렸다. 정식을 생각하며 혼란스럽던 마음 한 가닥이 확실하게 선을 정했다.

설사 그가 내게 격분한다 해도 너는 안 놓쳐.

상황을 파악한 정식이 자신을 파렴치한에 배은망덕한 패륜아라고 몰아붙인다 해도 유권은 윤을 놓지 않을 생각이었다. 자신의 선택을 이해하는 사람이 아무도 없다고 해도 상관없었다. 서류철로 시선을 내린 유권은 서명을 마무리하고 탁 덮으며 손목시계를 확인했다. 아직 레스토랑 예약 시간까지는 시간이 꽤 남아 있었다.

"다 했어요?"

"응. 책상만 정리하면 돼."

다 했다는 말에 윤은 미소 지으며 일어서서 유권에게 다가왔다.

"도와줄까요?"

"그래 주겠어?"

요새 항상 들뜬 기분인 윤은 유권의 말에 순진하게 책상으로 다가와 여기저기 널려 있던 서류철을 한곳에 모아 잘 정리했다. 유권이 건네는 만년필까지 펜꽂이에 정리해 둔 윤은 이제 다 됐다는 의미로 그를 돌아보려다가 자신이 유권과 책상 사이에 갇혀 버렸다는 것을 깨달았다.

"오늘 아주 예쁜데."

의자 등받이에 기댄 채 그렇게 중얼거리며 유권은 손을 뻗어 윤의 레이스 치맛단을 만지작거렸다. 손끝에 살짝 닿는 스타킹의 감촉이 벌써부터 퍽 유혹적이라 유권의 미소를 짙어지게 만들었다.

"이제 출발해요."

남자로서 꿈틀대기 시작한 유권의 기색을 눈치챈 윤이 빠져나가려고 그의 손을 살짝 밀어냈다. 하지만 유권의 손은 밀려나지 않고 더욱 다가와서 윤의 다리를 지분거리듯 쓰다듬었다.

"우리 둘뿐이야."

원피스 끝에 닿은 손이 떨어지지 않고 다리를 부드럽게 감싸자 윤은 얼굴을 붉히며 그의 손을 잡았다. 윤이 주춤거리는 사이 유권은 그 틈을 놓치지 않고 윤을 돌려세웠다. 이어 나직하고 확고한 유권의 목소리가 윤의 귓가에 속삭이기 시작했다.

"해가 졌잖아."

"하, 하지만 여기는……."

"내가 장소를 정한 적이 있었던가? 내가 걸었던 제약은 시간뿐이다."

당혹한 윤의 머릿결을 쓰다듬으며 유권이 확고하게 말했다. 토를 다는 것 따위는 용납하지 않겠다는 투였다. 주춤거리는 윤의 다리를 쓰다듬으며 유권은 눈을 들어 커다란 눈망울을 마주 보았다.

그래, 너는 안 놓쳐. 무슨 일이 있어도.

모든 것을 감수하면서 곁에 있게 만든 윤이다. 정식이나 다른 누가 반대하고 방해한다 해도 유권은 상관없었다. 그것이 설사 윤에게까지 잔혹한 일이 되더라도. 그렇게 마음을 잡으며 유권은 짧게 일렀다.

"치마 올려."

"하지만, 하지만 여긴……."

"둘뿐이라는 확답이 다시 필요해?"

완고한 억양에 더 이상의 항변이 통하지 않으리라는 것을 직감적으로 깨달았지만 윤은 가까스로 다시 일렀다.

"예, 예약 시간 늦으면 안 되잖아요."

등 뒤에서 유권이 작게 웃는 소리가 들려왔다.

"상관없어."

그러니 해가 진 시간에 따르라는 듯이 유권의 손이 윤의 등허리에 닿았다. 한참을 머뭇거리던 윤의 손이 천천히 섬세한 레이스 치맛자락을 끌어 올리기 시작하자 유권의 입술에 미소가 번졌다. 윤은 짙은 초콜릿색 책상에 살짝 엎드리는 것처럼 상체를 숙인 채 느리게 치맛자락을 걷어 올렸다.

"흠……."

허벅지를 감싸는 밴드 스타킹이다. 크림색 옷감 속에 감춰져 있던 연분홍빛 속옷이 드러나자 유권의 눈매가 가늘어졌다. 검은색이나 짙은 빨강이 일으키는 섹시함과는 달랐지만 청초한 것도 얼마든지 관능적일 수 있다. 충분히 유혹적인 뒷모습을 바라보던 유권은 손을 뻗어 윤의 허벅지 윗부분을 감싸고 있는 스타킹의 밴드 부분을 매만지면서 가라앉은 목소리로 속삭였다.

"속옷, 내려야지."

윤은 주춤거리며 망설였다. 그사이 등 뒤로 올라온 유권의 손은 원피스의 칼라를 뒤에서 잠그고 있는 단추를 풀고 있었다. 섬세한 조직감을 가진 여자의 옷은 언제나 손에 착 감기는 것 같다. 잠겨 있던 단추가 모두 풀리고, 원피스의 지퍼가 아래로 끌어 내려지며 지이익 하는 소리가 길게 울렸다.

단추와 지퍼가 풀어져 느슨해진 옷자락 사이로 보이는 윤의 브래지어는 아래 속옷과 같은 디자인의 연분홍색이었다. 앙증맞다고 여기면서, 유권은 윤의 브래지어 어깨끈을 끌어내리며 낮게 숨을 내쉬었다.

"어서."

유권의 중저음은 강압적이지는 않았지만 거절을 용납하지 않는 투였다. 원피스의 치맛자락을 올려 잡고 있는 윤의 손이 주춤거렸다. 책상에 엎드리다시피 숙이고 있는 지금 자세에서 속옷을 내리면 유권의 눈앞에서 자신이 어떤 모습이 될지 머릿속으로 선하게 그려졌다. 참을 수 없이 얼굴이 붉어졌지만

180

달짝지근하게 속삭이는 유권의 목소리는 거부하기가 어려웠다.

결국 이기지 못한 윤은 천천히 손을 움직여 팬티로 가져갔다. 골반에 걸쳐진 속옷의 옆자락을 잡고 머뭇거리다가 천천히 끌어 내리자 세밀하게 주름이 잡힌 속옷의 고무줄 밴드 부분이 엉덩이를 긁으며 내려가는 것이 느껴졌다.

"좋아."

입술에서는 미소의 여운이 사라지지 않고 있었지만, 윤의 뒷모습을 바라보는 유권의 눈동자는 이제 천천히 달아오르고 있었다. 유권의 손이 다가와 겨우 엉덩이 절반까지 내린 속옷을 아래로 확 잡아당기자 깜짝 놀란 윤의 다리가 움찔거렸다. 느슨해진 연분홍빛 팬티가 가느다란 발목으로 툭 떨어져 내렸다.

"아주…… 좋아."

장난기가 사라지며 착 가라앉는 유권의 목소리에 윤은 눈을 감았다 떴다. 엉덩이에 닿은 그의 손이 완만한 곡선을 음미하듯 쓰다듬는 것이 느껴졌다.

유권은 지금까지 스스로에게 성적인 기호 같은 것은 딱히 없다고 여겼었다. 이를테면 스타킹을 신은 다리의 매끈한 각선미나, 높은 힐을 신은 발이나, 단정한 차림새가 흐트러지는 것을 상상하며 욕구를 불러일으키는 취미 따위는 없었던 것이다. 하지만 그것이 윤에게 적용되자 전혀 달랐다.

유권은 지금 스타킹에 감싸인 윤의 매끈한 다리와 힐을 신은 발을 눈여겨보느라 정신이 없을 정도였다. 손바닥으로 쓸고 있는 엉덩이의 감촉이 미칠 것만 같다. 하지만 일단 스스로를 한풀 꺾으며 유권은 자신이 지퍼를 열고 밖으로 드러나게 만든 윤의 어깨에 입을 맞췄다.

뒤에서 윤에게 겹쳐지듯 몸을 숙인 채로 유권은 엉덩이를 쓰다듬고 있던 손을 움직여 윤의 더 내밀한 곳으로 향했다. 다소 차가운 유권의 손끝이 여성에 닿자 윤의 피부에 찰나적으로 소름이 돋았다. 그러나 유권은 성급하게 윤의 다리 사이를 마구 탐하는 대신 아직 메마른 꽃잎을 조금씩 더듬어 나가며 브래지어의 후크를 풀었다.

"아……."

지퍼가 내려간 원피스에서 팔을 빼내고 후크가 풀린 브래지어까지 벗겨 내자 윤의 상체는 간단하게 맨몸이 되었다. 유리가 깔린 초콜릿색 책상에 그 맨몸이 거울처럼 비쳤다. 윤은 브래지어에서 벗어난 자신의 젖가슴을 유권이 천천히 움켜쥐는 것을 책상에 비치는 그림자로 지켜보았다.

"부드러워."

막 손에 넣은 젖무덤이? 아니면 다른 손으로 만지고 있는 꽃잎이 그렇다는 것일까. 유권은 지그시 눈을 내리깐 채 윤의 귓가에 속삭였다.

"넌 항상 너무 연약하고 좁아 보여. 너한테 내 전부를 싣는 건 가혹한 짓이라는 생각까지 들 정도였지."

유권의 검지 손가락 끝이 아직 메마른 윤의 균열 사이를 왕복하며 살짝 문질렀다.

"그런데……."

유권은 거기까지 속삭이고 더 이상 말을 하지 않았지만 윤은 그가 삼킨 뒷말이 무엇인지 알 것 같았다.

연약하고 좁아 보였지만 그렇지 않다는 것을 알지. 지금까지 숱하다는 말로 부족할 정도로 여러 번을, 그 연약해 보이던 곳을 자신의 남성으로 채우고, 채우고 또 채우면서 마음껏 느꼈었으니까.

유권은 눈을 내려 자신이 애무하고 있는 윤의 깊은 곳을 내려다보았다. 여전히 연약하고 함부로 할 수 없을 만큼 소중하고 아끼게 되는 곳이었지만, 그의 머릿속은 윤의 여성이 자신을 빡빡하게 머금을 때의 모양을 떠올리고 있었다. 뜨겁게 조여 오던 내부와 흘러넘치던 체액으로 반짝이던 그 모습은 언제나 드라마틱했다.

"엎드려."

나직한 목소리에 윤은 숨소리를 가라앉히려 애쓰며 책상 위로 상체를 완전히 숙였다. 유권의 손바닥 안에서 애무를 받던 뽀얀 젖가슴이 유리에 눌리며 이지러졌다. 곧이어 허리띠 버클이 풀어지는 소리에 윤은 심박수가 상승하는 것을 느끼며 눈을 감았다.

반쯤 발기한 페니스를 꺼내던 유권의 눈이 가늘어지더니 그의 손이 윤에게 다가가 옷으로서의 역할을 하지 못하게 된 원피스를 완전히 아래로 끌어 내려 벗겨 냈다. 발목에 걸려 있던 속옷까지 전부 벗겨 낸 유권은 그것들을 책상 한쪽에 내려놓고 구둣발로 윤의 발목을 건드려 어깨 넓이로 벌렸다. 이제 윤의 몸에 걸쳐져 있는 것은 투명한 스타킹과 발에 신겨져 있는 에나멜 슈즈가 전부였다.

유권의 손이 책상에 딸린 서랍 속에서 콘돔을 꺼냈다. 잠시 후 빈 콘돔 포장지가 애나멜 슈즈 곁으로 떨어져 내렸다. 매끈하게 한 겹 감싸인 유권의 페니스 끝부분이 진분홍 꽃잎에 머리를 비볐다.

"핫!"

낯익은 존재감이 속살에 닿는 순간 윤은 달뜬 숨을 토했다. 그러나 유권은 바로 삽입하는 대신 자신의 남성으로 윤의 여성을 느긋하게 애무하기 시작했다. 균열을 따라 귀두를 문지르며 음핵을 건드려 보기도 하고, 밀착시킨 채 균열을 따라 조금씩 아래위로 움직이기도 했다. 그러는 사이 윤의 꽃잎 내부에는 점차 이슬이 비치고 있었다.

"어쩔 수 없어."

난 수컷이지, 하는 말을 삼키며 유권은 윤의 등을 한 번 부드럽게 쓰다듬었다.

"유권 오빠……."

윤의 속삭임을 들으며 유권은 귀두를 입구 안으로 살짝 밀어 넣었다. 애무를 하는 동안 그의 페니스는 완전히 발기한 참이었다.

"네가 날 느끼는 게 좋아."

그렇게 중얼거리며, 유권은 양손으로 윤의 허리를 잡고 힘줄이 불거진 자신의 기둥을 단숨에 끝까지 밀어 넣었다.

비명 같은 교성이 집무실을 가득 채웠다. 버티고 서 있는 윤의 다리가 금방이라도 풀려질 듯 덜덜 떨렸다.

"이런 자세로 널 맛볼 수 있는 것도, 이런 식으로 널 가득 채울 수 있는 것도, 전부 나뿐이지. 그건 누구도 어쩔 수 없어. 알겠어?"

유권의 하체가 윤의 엉덩이에 맹렬히 부딪치는 소리가 자극적으로 들려오기 시작했다. 윤의 가느다란 허리를 다소 우악스럽게 움켜쥔 채, 유권은 눈동자를 내려 자신이 차지하고 있는 윤의 중심을 내려다보았다. 그곳이 지금 빠듯하게 버티고 있다는 것은 시각적으로도, 촉감으로도 느낄 수가 있었다.

순간 유권은 다른 상상을 해 보았다. 윤이 자기 아닌 다른 남자와 이렇게 열정을 나누는 광경이 떠오른 것이다.

윤이 다른 남자의 앞에서 여자가 된 모습을 떠올리자 유권의 가슴 깊은 곳에서 기이한 열기가 치솟았다. 설사 먼 훗날에 자신 아닌 남자가 윤의 남편이나 연인이 된다고 해도 윤은 자신을 잊을 수 없을 것이다. 왜냐면 그렇게 만들고야 말 것이었으니까.

"아, 아얏……!"

유권이 격하게 하체를 밀어붙이자 윤의 고개가 쳐들리며 가느다란 몸이 바르르 떨었다. 침실 아닌 곳에서, 그것도 서서 하는 후배위는 처음이었다. 한동안 맹렬하게 밀어붙이며 윤의 꽃잎색 립스틱을 바른 입술 사이로 교성을 뽑아내던 유권은 어느 순간 윤에게서 자신을 분리해 냈다. 여자의 내부에서 남자의 성기가 빠져나가는 습기 어린 소리가 들려왔다.

"하아⋯⋯."

유권은 완전히 책상에 엎드린 채 할딱이고 있는 윤을 일으켜 자신을 마주 보도록 돌려세우고는 뒤로 살짝 밀어 윤이 엉덩이를 책상에 걸치고 아슬아슬하게 걸터앉도록 만들었다.

상기된 윤의 뺨을 확인하고 조소 같은 미소를 지으며 유권의 손이 책상 끝에 걸터앉은 윤의 한쪽 다리를 거침없이 옆으로 벌려 들었다. 그의 의도를 깨달은 윤이 반사적으로 자신의 어깨를 잡는 순간 유권은 자신의 기둥을 다시 윤의 젖은 입구에 잇대었다.

"아직 멀었어."

다음 순간 유권은 아래에서 위로 찍어 올리듯이 윤의 안을 단숨에 차지했다.

새된 숨소리와 함께 윤은 책상을 침대 삼아 눕는 것처럼 몸을 뒤로 젖히며 흐드러졌다. 눈앞에서 흔들리는 젖가슴을 유권의 손이 움켜잡았다. 입에 물면 상큼할 것 같은 붉은색 유두는 윤의 흰 피부와 언제나 조화롭게 어울렸다.

윤의 다리를 자신의 허리에 감으며 유권은 리드미컬하게 움직였다. 윤의 안쪽 깊숙이 닿을 때마다 움찔거리며 조이는 움직임이 느껴졌다.

자신의 움직임을 따라 흔들리는 윤의 몸을 내려다보던 유권은 천천히 윤의 위로 몸을 포개며 꽃잎색 립스틱으로 물든 윤의 입술을 탐했다. 그 순간 쳐들린 다리 끝에서 달랑거리고 있던 에나멜 슈즈가 흔들림을 이기지 못하고 바닥으로 떨어졌다.

지금 차를 출발시켜도 제시간에 레스토랑에 닿기에는 무리인 시각, 유권은 초콜릿색 책상에 하얗게 드러누운 윤의 허리를 잡은 채 절정을 맞이하고 있었다. 윤은 안쪽 깊은 곳에서 폭발하는 유권의 떨림을 느끼며 비에 흠뻑 젖은 풀처럼 나른하게 늘어져 있었다. 유권보다 한발 앞서 그가 밀어 올린 절정에 다다랐기 때문이다.

열기의 여운에 취해 힘없이 널브러져 있는 윤의 모습은 유혹적일 때와는 다른 느낌으로 유권의 시선을 즐겁게 했다. 사정한 후, 잠시 여운을 즐기던 유권은 슈트 재킷 안주머니에서 곱게 접힌 손수건을 꺼내며 느리게 윤에게서 빠져나왔다.

흐트러졌던 옷을 수습하고 유권이 의자에 앉을 때까지 윤은 여전히 흐드러진 채였다. 의자에 앉은 유권은 폭풍처럼 몰아치던 잠시 전과는 딴판이라 여겨질 만큼 자상한 손길로 자신이 내내 차지하고 있던 윤의 다리 사이를 수습하기 시작했다.

환한 조명 아래, 방금 나눈 정사의 흔적이 역력한 윤의 둔덕은 유권의 눈앞에 비경이 되어 펼쳐져 있었다. 윤은 자신을 부드럽게 닦아 내는 유권의 손길을 느끼며 눈을 감았다.

"옷 입어."

잠시 후 그렇게 말하는 유권은 이미 완벽하게 깔끔한 모습으로 돌아가 있었다. 차가운 책상에서 몸을 일으킨 윤이 바닥을 딛고 서려다가 그만 중심을 잃고 털썩 주저앉았다. 아직도 몸이 후들거리는 데다가 조금 전의 서슬에 한쪽 구두가 벗겨진 것을 미처 파악하지 못했던 것이다.

어두운 바닥재 위에 주저앉아 있는 윤은 유권의 눈에 여전히 자극적이었다. 하지만 그는 2차전을 시작하는 대신에 바닥에 떨어져 있는 윤의 속옷과 자신이 벗겨 낸 레이스 원피스를 하나씩 챙겨 들었다.

윤이 고개를 들어 유권을 바라보았다. 그의 손이 다가와 팔을 잡아 일으켰다.

"내가 입혀 줄까?"

태연하게 묻는 말에 윤의 입술이 달싹이려다가 멈췄다. 돌아서 달라는 말을 할 뻔했지만, 그런 것은 상관없는 상황이라는 것을 절감한 것이다. 구두에서 내려선 윤은 유권의 시선 앞에서 다시 옷을 입기 시작했다.

그의 손이 끌어 내렸던 팬티가 다시 매끈한 허벅지를 타고 올라 잠시 전 낱낱이 드러났던 여자의 둔덕과 심연을 가리고, 유권의 손과 입술이 집요하게 머물렀던 가슴이 다시 브래지어 컵에 받쳐지며 봉긋하게 솟아올랐다. 마지막으로 레이스 원피스가 윤의 몸매를 커다란 흰 꽃잎처럼 감싸자, 유권은 웃음기가 감도는 입술로 자신이 끌어 내린 지퍼를 다시 올려 주고는 목 뒤의 단추까지 얌전하게 채워 주었다.

"좋아."

그렇게 중얼거리며 유권의 입술이 레이스에 감싸인 윤의 어깨에 살짝 닿았다가 떨어졌다.

"집으로 갈 거죠?"

흐트러졌던 윤의 긴 머리를 손으로 쓸어 넘기며 유권이 대답했다.

"무슨 소리야? 저녁 먹으러 갈 예정이었잖아."

느긋하게 말하며 둘도 없는 신사인 양 윤의 어깨에 숄을 걸쳐 주는 모습은 아까와는 전혀 다른 모습이다.

"하지만……."

한차례 절정을 겪고 난 후였기에 윤은 그저 집에 가서 쓰러지고만 싶었다. 그런 자신의 상태를 뻔히 알면서 저렇게 말하는 유권이 순간 도저히 통제할 수 없는 사람처럼 느껴졌다.

"좀 늦었지만, 상관없어."

그렇게 뇌까린 유권은 태연하게 윤의 어깨에 팔을 두르고 집무실을 나섰다. 윤은 집무실 앞 데스크에 아무도 없는 것이 다행스럽게 느껴졌다. 조금 전 일을 치르며 흘렸던 교성이 밖까지 들리지 않았다고 확신할 수가 없었기 때문이다.

엘리베이터에 올라탄 유권은 살짝 고개를 숙이고 있는 윤을 돌아보았다. 엘리베이터 거울에 비치는 윤의 모습은 아름답고 우아해 보였다. 설사 누군가와 마주친다고 해도 조금도 눈치채지 못할 것이다. 이 여자에게 잠시 전 어떤 일들이 있었는지.

늦게 도착한 레스토랑에서도 유권은 태연자약했다. 이곳에 오기 전, 지금 마주 앉아 있는 여자를 어떻게 대했는지 짐작조차 할 수 없을 정도로 여유롭고 느긋하게 식사를 끝낸 유권은 이제 집으로 향하기 위해 윤과 함께 레스토랑 엘리베이터에 올라탔다. 힘이 빠진 채로 높은 구두를 신고 있는 바람에 살짝 비틀거리는 윤을 마치 다정한 연인처럼 부축하며, 유권은 엘리베이터의 좁은 공간 안에서도 오직 윤의 귓가에만 들릴 만큼 작고 은밀하게 속삭였다.

"집에 가서 같이 샤워하자."

❊

"바쁜 거야?"

몇 번을 걸었던 끝에야 겨우 연결이 되었다. 아쉬운 듯이 물었지만, 휴대폰 너머에서 들려오는 태석의 목소리에는 여유가 없어 보였다.

[응. 휴일 뺄 수가 없어.]

아버지가 회복된 뒤로 같이 병원에 가자고 여러 번 말했지만, 태석은 처음 몇 번만 같이 갔을 뿐 갈수록 병원에 가는 횟수가 줄어들고 있었다. 일하는 곳에서 시간을 뺄 수가 없다니 어쩔 수 없는 것은 이해했지만, 그래도 김이 빠지는 것은 어찌할 수가 없었다.

190

"그래? 그럼 다음 휴일은? 괜찮나?"

윤이 자꾸 태석을 데리고 병원에 가려고 하는 것은 얼굴을 자주 보면 아버지의 의식 회복에 조금이나마 더 도움이 되지 않을까 싶어서였다.

[나도 잘 모르겠어. 그때 가서 봐야 될 것 같아.]

"그렇구나……."

자취를 시작하고 얼마 지나지 않아 태석은 어떤 가게에서 일을 구했다고 했다. 일하는 모습 보여 주기 쑥스럽다고 어디인지 정확히 알려 주지 않는 통에 가 보지는 못했지만, 그래도 성실하게 다니고 있는 것 같았다.

"알았어, 그럼. 열심히 하고."

[응.]

태석과 통화를 마무리한 윤은 이번에도 자기 혼자 가야겠다고 생각하며 낮게 한숨을 내쉬었다.

한편 윤과 통화를 끝낸 태석은 누워 있던 소파에서 일어나 앉은 자세로 머리를 쑤석였다. 자고 있다가 갑자기 전화를 받은 통에 뜨끔했지만 다행히 누나는 별다른 것을 눈치채지 못한 것 같았다.

"에이 정말……."

여러 가지가 합쳐져 치밀어 오르는 짜증에 태석은 자리를 박차고 일어나 냉장고 문을 열었다. 먹을 것이 있나 뒤져 보았지만, 냉장고 안에는 물병 하나와 유통기한이 다 지나서 슬슬 악취가 풍기고 있는 식재료 몇 개뿐이었다. 대충 물병을 꺼내 병째로 들이키던 태석은 물병을 다시 냉장고에 넣는 대신 아무 데나 내려놓고서 한숨을 푹 내쉬었다.

일을 그만둔 지 벌써 보름이 다 되어 간다.

그만두던 날의 기억이 떠오른 태석은 짜증스럽게 얼굴을 구겼다. 열심히 한다고 했는데 배우는 와중에 작은 실수를 해 버렸다. 태어나서 처음 해 보는 일인데 실수 따위야 당연히 할 수도 있는 것 아닌가? 그런데 계속 뭐라고 하는 것에 자존심이 상했다. 누가 일부러 그런 것도 아니고, 다 수습도 했는데 왜 계속 타박을 주느냐 말이다. 결국 참지 못하고 그만둔 태석은 그날부터 지금까지 학교 출석만 하고 그 외의 시간에는 집에서 놀고 있었다.

그만두기 전까지 일한 돈은 받았지만 그것은 이미 통장을 스쳐 갔을 뿐이다. 월세를 낼 돈도 아슬아슬했고, 생활비는 말할 것도 없었다. 이런 상황에 병원은 무슨 병원이란 말인가.

'어쩌지……'

머리를 굴려 보았지만 딱히 무슨 수가 떠오르는 것은 아니었다. 어떻게든 되겠지. 태석은 그냥 그렇게 넘겨 버렸다. 조금 있다가 친구들을 만날 예정이었으니 지금은 그것만 생각하고 싶었다.

그날 오후, 오전에 태석과 통화하며 바쁘다고 들었던 것이 마음에 걸린 윤은 반찬거리 몇 가지를 싸 들고 태석의 원룸 건물로 들어섰다. 태석은 집에 없었지만, 비밀번호를 알고 있었기에 출입하는 데는 아무 문제가 없었다.

지금 태석이 친구들을 만나서 신나게 놀고 있으리라고는 상상도 못 하고, 윤은 그저 일하느라 바쁜 남동생을 생각하며 안쓰러운 마음에 집 안을 둘러보았다. 예상대로 집 안은 너저분하게 어질러져 있었다.

"아이고."

일단 싸 온 반찬거리들을 냉장고에 넣으려고 문을 열었던 윤은 대번에 눈살을 찌푸렸다. 아무리 남자 혼자 살면서 바쁘다고는 해도 이게 뭐란 말인가. 냉장고에 들어 있는 것들의 유통기한을 확인한 윤은 더욱 인상을 찌푸리며 못 먹게 된 것들을 밖으로 꺼냈다. 같이 두었다간 새로 만들어 온 반찬들까지 금방 상해 버릴 것이다.

냉장고 정리를 끝낸 윤은 이왕 손을 댄 김에 정리를 해 두자고 생각하며 쓰레기봉투를 찾아내어 본격적으로 청소를 하기 시작했다. 여기저기 뱀 허물처럼 널려 있는 옷가지를 모아 세탁기에 넣고, 못 먹게 된 것들을 모아 음식물 쓰레기통에 가져다 버리고, 더러워진 냉장고 안을 뜨거운 물로 닦고 나서 침실과 거실도 쓸고 닦고 하다 보니 시간이 훌쩍 지나갔다.

다 돌아간 빨래만 널어 놓고 그만 가야겠다고 생각하며 윤이 쑤셔 오는 허리를 두드리고 있을 때였다.

"안에 있어요? 문 열어 봐요."

바깥에서 현관문을 두드리며 말하는 목소리에 윤은 의아해하면서 문으로 다가갔다.

"누구세요?"

"오, 있었네. 문 열어 봐요. 나 집주인이야."

집주인이라니. 무슨 문제라도 있는 것일까? 윤이 문을 열자 평범한 중년 여인이 다소 놀라며 물었다.

"친구예요? 여기 총각은 어디로 가고?"

"아, 저는 누나예요."

"아아."

누나라는 말에 집주인은 그럼 더 잘됐다는 투로 운을 떼었다.

"동생이, 월세가 밀렸어요. 그래서 이번에도 제때 못 내면 그때는 보증금에서 까여. 그러기 전에 이번에는 제날짜에 내라는 말 하려고요."

"월세가 밀렸다고요?"

집주인의 말에 윤의 눈이 휘둥그레 커졌다. 집주인은 그동안 쌓인 것이 많았는지 윤이 놀라건 말건 말을 이었다.

"그리고 젊은 학생이니까 내가 이해를 해 보려고 했는데, 친구들 데리고 와서 밤늦도록 시끄럽게 하는 것도 한두 번이지. 여러 사람 사는 건물에서 그렇게 민폐를 끼치면 어떻게 해요? 다른 집에서 항의하는 것 받아 주느라고 나도 아주 피곤해. 적당히 해야지."

윤으로서는 모두 금시초문인 얘기들이었다. 일단 죄송하다고 거듭 사죄하며 마무리 짓고 나서 윤은 한숨을 내쉬었다.

그제야 자신이 태석이를 너무 안일하게 방치하고 있었다는 것이 확 와 닿았다. 태석이 하는 말만 듣고 당연히 그렇겠거니 생각하며 의심조차 하지 않았던 것이다. 어떻게 된 일인지 당장 확인해 봐야겠다고 다짐하며 윤은 빨래가 탈수되는 동안 마지막으로 쓰레기통을 비우기 시작했다.

이 자식, 뭐가 어떻게 된 일인지는 몰라도 그동안 허투루 지내고 있었으면 가만 안 둬. 그런 생각을 하며 윤은 거실 탁자에 쌓여 있는 종이 무더기들을 차곡차곡 정리하기 시작했다. 음식점 광고지부터 뭔가를 사고 나서 던져 둔 영수증까지 별의별 것이 다 쌓여 있었다. 아무리 살림을 해 본 적이 없어도 그렇지 이렇게 살다니.

"……."

버릴 것을 골라내던 윤의 손이 멈칫거렸다. 처음에는 그저 카드 고지서나 휴대폰 요금 청구서인 줄 알았다. 하지만 낯익은 이름이 찍힌 종이 봉투와 그 안에 들어 있던 종이의 내용을 확인하는 순간 윤의 눈이 확 커졌다.

〈S&P 캐피탈 – 채무 독촉 고지서〉

"너, 이게 뭐야?"

그날 밤, 얼큰하게 취해서 집으로 들어서던 태석은 안에서 기다리고 있다가 대뜸 그렇게 묻는 윤의 모습에 깜짝 놀랐다.

"뭐, 뭐야? 누나 있었어?"

윤은 취기가 올라 비틀거리는 태석이 그대로 자신을 지나치자 벌떡 일어나서 동생에게 다가갔다.

"여기 와서 앉아 봐. 그리고 설명해 봐. 너, 이게 뭐야?"

누나가 내미는 종이를 확인한 태석의 눈동자에 낭패감이 흘렀다. S&P 캐피탈에서 빌린 돈을 제때 상환하지 못해 날아온 독촉장이었던 것이다.

"내 거 뒤졌어?"

독촉장을 보고도 딴소리만 하는 태석의 반응에 윤의 표정이 단호해졌다.

"너, 여기서 돈 빌렸어? 왜? 내가 준 건 어쨌니?"

자신이 관리해서 태석에게 넘겨준 돈은 결코 적은 액수라고 할 수 없었다. 그런데 그것은 다 어쩌고 돈을 빌렸단 말인가.

"아…… 어쩌다 보니 그렇게 된 거야. 그동안 잘 갚다가 어쩌다 한 번 밀린 건데 보낸 거라고!"

오히려 성마르게 짜증을 내며 태석은 윤의 손에 들린 독촉장을 탁 낚아챘다.

"그게 문제가 아니잖아! 너, 그런 데서 대출받는 것이 어떤 건지는 알고 그런 거야? 그게 얼마나 무서운 건데! 돈이 필요했으면 나한테 말이라도 했어야지!"

윤이 태석에게 이렇게 진지하게 화를 냈던 적은 없었다. 자신이 잘못했다는 것은 알았지만, 태석은 처음으로 엄하게 나오는 누나의 반응에 왠지 모르게 억울해졌다.

"뭐? 말했으면 어쩔 건데? 해 줄 수도 없었잖아?"

"그걸 말이라고 해? 아르바이트는? 그건 어쩌고 술 취해서 들어온 거야?"

"그만뒀어!"

버럭 소리치는 태석의 고함에 윤은 움찔했다. 놀라서가 아니고 그만뒀다고 거침없이 말하는 태석의 반응이 어이가 없었기 때문이다. 순간 태석이 자신의 동생이 아니라 전혀 다른 낯선 사람처럼 느껴졌다.

"언제? 아니…… 그건 언제 말할 생각이었니? 그래서 아빠 병원 안 간다고 한 거구나. 그래? 너 저 회사가 어떤 곳인지 알아?"

"함부로 말하지 마. 그럴 만한 사정이 있었다고!"

"사정? 어떤 사정? 뭔데? 말해 봐!"

다그치는 윤의 모습에 자기도 화가 나서 머리를 쑤석이던 태석은 순간 피식 웃었다.

"그러는 누나야말로 나한테 그렇게 말할 자격 있어? 누가 보면 누나는 그동안 혼자 엄청 열심히 살았는지 알겠네?"

"뭐라고?"

경악하는 윤을 향해 태석은 술김인지 홧김인지 모를 소리를 내뱉기 시작했다.

"서유권한테 붙어서 호의호식하고 있었던 것 아냐? 그 집 구석 아주 번듯하게 잘 꾸며 놨던데 왜. 그 남자한테 붙어서 편하게 지냈으면서 왜 나한테는 이래라저래라야?"

상상도 하지 못한 말을 지껄이는 태석의 모습에 윤은 그만

멍해졌다.

"아빠 회사 망한 거? 그래, 나도 알아. 그런데 그게 내 잘 못인가? 아니잖아. 그런데 왜 나한테 뭐라고 하는 거야? 서유권한테나 가서 따지라고! 아빠가 그 인간한테 퍼부어 준 것만 도로 받아 내도 이렇게 안 살아도 될걸? 그 자식이 누구 덕에 지금 그렇게 사는데! 보잘것없이 뒹굴던 것 데려와서 먹이고 입혀 줬더니 그 자식이 어떻게 했어? 아빠 회사 망하자마자 다른 데로 붙었지! 배은망덕한 자식, 개자식이라고! 욕 먹어야 되는건 그 새끼란 말야!"

말하다 보니 점점 감정이 치솟는지 태석은 이제 고래고래 소리를 지르고 있었다. 예기치 못한 태석의 반응에 멍해져 있던 윤이 겨우 정신을 차렸다.

"함부로 말하지 마. 유권이 오빠는……."

"누나야말로 정신 차려. 아니면, 그 자식을 좋아하기라도 하는 거야? 하긴, 누난 예전부터 그랬지. 이상하게 그 자식이라면 사족을 못 썼어. 그래서 아무렇지 않게 그놈 곁에 붙어 있었던 거지? 엄마랑 아빠도 병원에 있었으니 누가 말릴 수 있었겠어? 그러면서 나한테는 무슨 혼자서 힘들었던 척……."

짝, 하는 소리와 함께 태석의 얼굴이 한쪽으로 비틀거리며 내뱉던 말이 중간에 끊겼다. 윤이 반사적으로 태석의 뺨을 후려친 것이다.

"김태석…… 너 어떻게 그런 말을 해? 네가 뭘 제대로 안다고!"

"설교 좀 집어치워!"

처음으로 누군가에게 따귀를 맞은 충격과 흐트러진 감정이 폭발한 태석이 막무가내로 고함을 지르며 팔을 휘둘렀다.

"악!"

휘둘러지는 팔에 거칠게 떠밀린 윤이 뒤로 넘어지며 비명을 질렀다. 쓰러지며 장식장을 건드리는 바람에 그곳에 쌓여 있던 물건들이 윤을 향해 와르르 떨어졌다.

"누나!"

홧김에 밀쳤을 뿐인데 벌어진 의외의 사태에 술이 확 깬 태석이 소리쳤지만 한발 늦었다. 비틀거리다가 아예 넘어가는 장식장이 본능적으로 머리를 감싸안은 윤의 팔 위로 쓰러졌다.

"누나! 괜찮아?"

다가온 태석이 황급히 쓰러진 장식장을 들어내고 깔려 있던 윤을 꺼냈다. 술기운은 온데간데없었고 손이 덜덜 떨렸다. 어쩔 줄 모르는 태석의 눈에 거실로 들어서 있는 구둣발이 들어왔다. 진회색 정장. 구둣발에서 시작해 점점 위로 올라간 시선이 분노로 이글대는 눈동자와 마주치는 순간 태석은 자기도 모르게 마른침을 삼켰다. 격분해서 갈기가 일어선 짐승 같은 모습으로, 유권이 서 있었다.

7 장

　머리 위로 쓰러지는 장식장을 팔로 막아 낸 덕분에 뼈에 금이 가긴 했지만, 수술이 필요할 정도의 골절은 아니었다. 깁스를 하기 전까지 일단 뼈가 더 벌어지지 않도록 하기 위해 윤의 오른쪽 팔에는 두툼하게 붕대가 감겨 있었다.

　치료와 안정을 위해 입원을 결정하고서, 유권은 안정제를 처방받고 깊이 잠든 윤을 확인하고 나서 태석과 함께 병실을 나섰다. 복도를 지나서 윤의 병실로부터 멀어지며, 착 가라앉은 유권의 목소리가 잔잔하게 이어졌다.

　"내가 널 어쩌지 않는 것은, 네가 윤의 피붙이이기 때문이다. 네가 어떻게 되면 윤이 슬퍼할 테니까. 그렇지?"

　태석의 집에 간다고 하더니 밤늦도록 돌아오지 않아 데리러 간 참이었다. 현관 밖에까지 들려오는 두 사람의 고성을 듣고 있다가 와장창 하는 소리에 안으로 들어서자 펼쳐져 있는 광경이 가관이었다. 뒤에 따라오고 있는 태석을 돌아보며 유권은 나직하게 일렀다. 평탄하고 조용한 억양이었기에 그의 말투는 자상하게 설명해 주는 것처럼 들렸다.

"그 접점이 아니었으면, 넌 지금 그렇게 서 있지 못했을 거야."

여전히 평탄하게 이르는 말에 태석은 걸음을 멈췄다. 가슴을 짓누르는 것같이 두려움이 밀려왔다. 유권의 말은 모두 진심이었던 것이다. 윤을 다치게 만든 것은 물론 자신도 충격이었지만, 태석은 유권에게만은 저런 소리를 듣고 싶지 않았다.

"당신이 나한테 그런 말 할 자격 있어? 당신이나 누나 곁에서 떨어져!"

유권은 그래도 지지 않으려고 발악하는 태석을 천천히 돌아보았다. 그 눈동자에는 경멸과 짜증, 비웃음과 가소롭다는 감정들이 이리저리 뒤섞여 있었다.

"나보고 없어지라고?"

"그래! 너 때문에…… 네가 배신만 안 했어도!"

윤의 사정을 모르고 아직도 멋대로 말하는 태석의 반응에 유권은 화도 나지 않았다. 단지 저 치기 어린 행동을 자신이 받아 줘야 된다는 사실에 답답해졌을 뿐이다.

"그래, 내가 없어진다고 해 보자. 그럼 윤과 네 부모 두 사람까지 네가 책임질 수 있나?"

"뭐? 그야 당연……."

"제 아버지 회사를 집어삼킨 곳에 가서 돈이나 구걸하는 한심한 쓰레기 자식아."

말허리를 자르며 명치를 걷어차듯이 씹어뱉는 유권의 말에 태석의 입술이 뚝 굳었다. 유권은 오가는 사람 없는 병원 복도에 서서 우두커니 굳어진 태석을 벌레처럼 바라보았다.

"윤이…… 네 누나가 여태껏 어떻게 지냈는지 너는 관심도 없지? 부잣집 도련님 행세에 취해서 걸레 같은 것들이랑 어울리는 데 환장한 놈이 잘도 떠드는구나. 네가 책임져? 뭘? 넌 지금 네 몸뚱이 하나도 건사하지 못해. 당장 며칠만 지나도 네가 구걸한 그곳에서 개떼같이 달려들 거다. 네 아버지 회사 뺏어 간 곳에서 빌린 돈으로 술 처먹으니 좋았냐?"

유권은 거칠게 쏘아붙였다. 한때 친동생처럼 여겼던 태석이 었지만, 지금은 곱게 말해 줄 기분도 아니었고 그럴 생각도 없었다.

"네가 군대로 피신한 동안 혼자 남은 네 누나가 난장판이 된 집안을 어떻게 건사했는지, 남은 것이라도 지켜 보려고 얼마나 애썼는지, 아무것도 모르고 자기연민에나 빠진 팔푼이 자식아, 그게 너다. 그런데 뭘 책임지겠다고? 마주하기 두려워서 아버지 얼굴도 보려고 하지 않는 새끼가 뭘 어쩐다고?"

그렇게 뇌까리며 유권이 한 걸음 다가오자 태석은 무서운 것이 다가오기라도 한 것처럼 비틀거렸다. 한 걸음씩 다가간 유권은 팔을 뻗어 태석의 멱살을 움켜쥐었다. 순식간에 숨이 막혀 시뻘개지는 태석의 얼굴을 코앞으로 끌어당긴 유권은 진짜 살의가 담긴 눈빛으로 뇌까렸다.

"네 아버지도, 네 어머니도, 너도! 아무도 윤 곁에 없었어. 너는 나한테 사라지라고 말할 자격이 없어. 너뿐만 아니라 그 누구도 없지. 한 번만 더 나한테 그런 소리를 했다간 죽여 버리겠다."

숨이 막힌 태석은 컥컥거리면서도 자신을 꿰뚫어 보는 유권의 눈빛에서 두려움을 느꼈다. 그가 거칠게 팔을 뿌리치자 허우적대던 태석은 볼썽사나운 모습으로 비틀거리다가 결국 병원 복도에 주저앉았다.

"쑤셔 박은 네 현실은 네가 책임져야지. 어디서 뒈져 버리든 상관없으니까 꺼져!"

차갑게 뇌까리는 유권의 목소리를 듣고 나서야 태석은 조금 정신이 들면서 상황 파악이 되었다. 자기가 지금 어떤 현실에 처했는지 자각된 것이다. 생각 없이 지냈던 날들이 주마등처럼 스쳐 지나갔지만 돌이킬 수 없었다.

주저앉은 태석을 뒤로하고 유권은 윤의 병실 문을 열고 들어갔다. 윤은 여전히 깊게 잠들어 있었다. 닫힌 문 너머로 주춤대다가 멀어지는 태석의 발소리가 들려왔다. 좁은 의자에 앉아서, 유권은 오래된 흙먼지를 토해 내는 것처럼 한숨을 내쉬었다.

"태석이는요?"

거의 하루가 지나서 정신을 차린 윤이 가장 처음 한 말은 그것이었다. 그때까지 윤의 병상 곁을 지키고 있었던 유권은 눈을 뜨자마자 태석부터 찾는 윤의 모습에 눈살을 찌푸렸다.

"신경 *끄고* 회복에나 집중해."

유권의 대답에 병실을 둘러본 윤은 태석이 없다는 것을 확인하고는 대뜸 몸을 일으켰다. 하지만 다시 다가온 유권의 팔이 일어서려는 윤의 어깨를 내리눌렀다.

"다시 누워. 넌 환자야."

그렇게 말했지만 윤은 그치지 않고 자신의 휴대폰을 찾았다. 곁에 안 보이니 전화라도 걸 요량인 모양이다. 유권은 그럴 줄 알고 미리 챙겨 놓았던 윤의 휴대폰을 꺼냈다. 링거 꽂힌 팔이 다가왔지만, 휴대폰을 쥘 수는 없었다.

"어디 갔어요? 어떻게 됐어요?"

"자기 일이니 자기가 알아서 하겠지."

냉정하게 자르는 말에 윤의 표정이 침울한 듯 복잡다단한 색으로 물들었다.

"전화기 줘요."

"아니, 안 돼."

유권은 다시금 칼로 긋듯이 일렀다. 윤은 한쪽 팔에는 두툼하게 붕대를 감고 다른 한쪽 팔에는 링거가 꽂힌 채로 유권에게 다가오려고 움직이며 다시 말했다.

"전화기 줘요. 제발요!"

"안 된다고 했잖아!"

순간 터져 나오는 울화를 참지 못한 유권이 벽력같이 고함을 지르며 들고 있던 윤의 휴대전화를 집어 던졌다. 시멘트 바닥에 부딪힌 휴대전화는 작은 폭죽이 터지는 것처럼 박살 나며 사방으로 파편을 뿌렸다.

"이 멍청아, 그만 좀 해!"

휴대폰이 부서지는 소리가 여운이 되기도 전에 유권은 화가 치밀어서 소리쳤다. 윤은 찡그린 얼굴 그대로 유권을 바라보았다. 수척한 볼에 다치면서 입은 생채기가 남은 흔적을 보며 유권은 부아가 치밀었다.

"왜 그렇게까지 하는 거야. 그런다고 예전으로 돌아갈 수 있을 것 같아?"

잔인한 말이라는 것은 알았지만 유권은 그대로 내뱉었다. 윤에게 이런 식으로 비수를 꽂는 스스로가 싫었다. 자신은 그동안 윤이 어떻게 지냈는지 누구보다도 잘 안다. 심지어 그녀의 가족들보다도 더 자세하게. 그렇게 잘 알고 있었기에 이 순간 그런 말이 튀어나왔다. 유권은 상기된 얼굴로 윤의 어깨를 붙잡았다.

"제발 네 생각부터 해라. 지금 네 상태를 보라고! 이게 뭐야. 왜 항상 너만 애쓰는 거냐고. 너 혼자서만 노력한다고 뭐가 된다는 거야! 사실은 너도 알잖아. 그런데 왜 그만두질 못해!"

알고 지냈던 시간 전부를 통틀어서 유권이 이렇게 감정을 터트렸던 적은 없었다. 윤은 형언할 수 없는 눈길로 유권을 바라보았다.

자신에게 쏟아 낸 유권의 말은 사실 자신이 그에게 해 주고 싶었던 말이기도 했다. 원래 유권이 어떤 사람이었는지 윤은 알고 있었다. 본의 아니게 전개된 상황 때문에 그는 가면을 뒤집어쓰고 잔인하게 굴고 있었지만, 그렇게 굴 때마다 자기 스스로도 상처 입고 있었다. 그것이 지금 윤이 보고 있는 유권이었다.

"싫어요."

눈을 들여다보며 똑똑하게 대꾸하는 윤의 대답에 유권의 턱에 힘이 들어갔다. 어깨를 잡고 있는 그의 손에 아프도록 힘이 들어갔지만 윤은 찡그리지 않았다.

"차라리 내가 오빠를 미워했으면 가만히 있었을 거예요. 미워하고 있었다면 오빠가 얼마나 힘들었든지 무시했을 텐데! 그렇지 않아서 그럴 수가 없어요."

설혹 유권이 원하는 것이라 해도, 언제까지 그를 상처투성이 방패로 삼을 수는 없었다. 단지 인간적인 마음이나 양심 때문이 아니라 그를 좋아하는 마음 때문에 그랬다.

"엄마가 오빠를 어떻게 생각했는지 알아요. 그땐 몰랐지만, 어른이 되고 나서 알았어요."

암묵적으로 누구도 얘기하지 않던 것을 끄집어내는 윤의 입술이 심하게 떨렸다. 맹세코 윤은 자신의 엄마가 친아들처럼 돌봤던 유권을 결정적인 순간에 어떻게 취급했는지 알지 못했다. 고등학생이었던 그때의 윤은 관계 속에 숨어 있는 복잡한 사정들까지 파악하기에는 너무 어렸고 단순했기 때문이다.

하지만 성인이 되고 언젠가부터, 정확하게는 한국의 가족들과 선을 긋는 유권의 태도를 지켜보면서 윤은 자연스럽게 깨달았다. 모두가 아무런 부족함 없이 행복했다고 믿은 과거의 시절이 사실 그렇지만은 않았다는 것을.

엄마의 행동을 이해하지 못할 것도 없었지만, 악의가 없었다고는 해도 유권은 그로 인해 깊이 상처받았으리라는 것을.

"옛날에 나는 오빠가 어른이 되면, 아빠 회사에 취직해서 우리가 영원히 같이 지낼 수 있을 줄만 알았죠. 의심도 안 하고 너무 당연하게. 그래서 엄마가 오빠를 어떻게 여겼는지 깨달은 다음에…… 오빠가 영원히 우릴 위해서만 있을 거라고, 그렇게 당연하게 생각했던 것이 너무 미안했어요. 나도 엄마랑 다를 바가 없었으니까."

이미 정해진 어떤 법칙처럼 당연하게 유권이 곁에 있을 줄 알았다. 내가 그를 좋아하고, 그도 우리를 좋아했으니까. 그래서 유권은 언제나 오빠이자 형, 그리고 아빠를 돕는 역할을 하면서 머물 것이라고 생각했다. 하지만 그것은 얼마나 이기적인 생각이었던가. 유권 스스로 살고 싶은 인생이 있었을 텐데 그저 자신이 좋아하는 모습을 유지하는 것이 당연하다고 여겼던 것이다.

"예전으로 돌아가고 싶어서 이러는 줄 알아요? 아뇨. 이것보다 더 오빠한테 기대고 싶지 않아서 이러는 거예요."

최소한 그가 지켜 주지 않아도 될 만큼 건사할 수 있게 되면 유권은 자유로워질 것이다. 어울리지 않는 짓을 하며 스스로 상처받을 일도 없어지겠지. 유권이 냉정함을 가장하며 자신을 지켜 주려고 애쓰는 것을 알았기에, 윤은 그가 애쓸 필요 없는 상황을 만들고 싶었다.

"난 무슨 일이 있어도 계속 노력할 거예요."

꿈에도 몰랐던 말을 듣게 된 유권의 표정이 금이 가는 성벽처럼 꿈틀거렸다. 자기의 눈을 똑바로 마주 보며 또박또박 뇌까리는 윤의 눈빛은 벽돌처럼 단단해 보였다. 목구멍 근처로 뜨겁게 뒤엉킨 것이 치받아 올라오는 순간 유권은 소리를 질렀다.

"그럴 필요 없이 내가 막아 준다고 하잖아. 그냥 너 혼자만 평화롭게 지낼 생각만 하면 되잖아!"

"싫어요. 날 일부러 짓밟는 척하지 말아요. 그럴수록 자기도 상처받으면서!"

처음으로 소리치는 윤의 말에 유권은 순간 가슴이 철렁했다. 굳어진 그를 향해 윤이 소리쳤다.

"난 다시 예전으로 돌아갈 거예요. 그래서 내가 알던 서유권을 다시 마주하고 말 거야!"

감정이 복받친 윤은 그렇게 소리를 지르는 것과 동시에 눈물이 솟구치는 것을 막지 못했다. 항상 자신만 유권에게 무게를 더해 주는 상황이 싫었다.

"그때도 지금도 어째서 항상 나만, 나만 오빠한테……."

그렇게 내뱉으며 울음을 터트리는 윤을 바라보며 유권은

아무 말도 하지 못했다. 가슴속에서 뭔가가 떨어져 나가는 것 같았다.

"그렇지 않아. 그렇지 않다고!"

가장 먼저 마음을 비집고 튀어나오는 말을 내뱉으며 유권은 윤을 끌어안았다.

"그러니까 울지 마, 제발……!"

✽

"뭐야?"

비서를 통해 새로 들어온 보고에 광렬의 눈썹이 거꾸로 꿈틀거렸다. 회사의 오너였다가 합병 때문에 S&P 캐피탈의 임원이 된 부장이 사표를 냈다는 소식을 접한 것이다.

"또?"

회사가 덩치를 불리기 시작한 후, 합병으로 들어온 외부인사가 사의를 표한 것은 벌써 놀랍지도 않을 만큼 자주 일어나는 일이 되어 있었다.

"예. 어떻게 할까요?"

비서의 물음에 광렬은 잠시 생각해 보다가 심심하게 대답했다.

"수리해."

"예."

지체 없이 대답한 비서는 아직 못다 한 말이 있는지 다시 입을 떼었다.

"저…… 그런데 문제가 있습니다. 사표를 내기 전에, 그가 자신이 갖고 있던 우리 회사의 주식을 다른 사람에게 양도했다고 합니다."

"뭐?"

뜻밖의 설명에 광렬의 표정이 일그러졌다. S&P 캐피탈은 회사들을 흡수하면서 임원이 된 인사들에게 자기 회사의 지분을 일정량씩 나누어 주었다. 회사가 합쳐진 후에 다시 일어날지 모르는 이탈을 막고 동질감을 부여해 충성심을 끌어낸다는 전략으로 행해진 일이었지만, 그렇게 받은 주식을 다른 사람에게 양도하고 그만둬 버리면 결국 지분이 빠져나가는 것밖에 되지 않는다.

"누구한테? 알아봤어?"

"한신 캐피탈 서유권입니다."

다시 등장하는 서유권이라는 이름에 일그러졌던 광렬의 표정이 희한하게 굳어졌다. 그동안 나름 조사를 했는지 비서는 그치지 않고 계속 일렀다.

"파악을 해 보니, 그동안 사직한 임원들 중에서도 서유권 측에 자기 지분 넘긴 경우가 있었습니다. 재직 중인 인물들 가운데서도 자기 지분 중에 일부를 넘긴 경우가 있고요."

"……."

"서유권 측에서 전(前) 오너였던 우리 회사 임원들과 접촉을 하고 다니는 모양입니다."

비서의 말을 듣고 있던 광렬은 허, 하고 헛웃음을 내뱉었다. 그렇지 않아도 유권이 S&P 캐피탈의 주식을 사들이고 있다는 보고를 받은 후부터 거슬리던 참이었다. 그런데 그만둔 임원들의 지분까지 넘겨받고 있었다니.

"지시한 것은 더 알아봤나?"

"예."

보고하라며 고개를 주억거리는 광렬의 눈짓에 비서는 유권에 대해 파악해 두었던 사실들을 정리하기 시작했다.

"서유권이 한신 캐피탈을 지금 규모로 성장시킨 후에, 황여옥 대표가 자신이 갖고 있던 저축은행 지분을 넘겨줬다고 합니다. 황 대표는 우리가 김정식 대표의 저축은행을 합병할 때 지분을 넘겨 달라는 요청에 응하지 않은 인물이었죠. 하지만 김정식 대표를 도와준 것도 아니어서 의아했습니다. 저축은행이 합병되어 우리 회사로 흡수되면서 황 대표가 갖고 있던 저축은행 주식도 우리 회사 것으로 변경이 되었기에, 서유권이 처음으로 인수한 우리 회사의 지분은 황 대표가 갖고 있던 몫만큼이었습니다."

"……."

"이것은 조사하다 보니 나온 결론입니다만, 서유권이 애초에 황여옥 대표 밑으로 들어간 것이 아마도 우리 회사의 지분 확보가 목표였던 것 같습니다. 그 후로 꾸준히 우리 회사의 지분을 확보하고 있는 것만 봐도 알 수 있고요."

"왜 그러는 것 같아? 자기 회사 다시 찾겠다고?"

광렬의 물음에 비서는 자기 생각을 정리한 대로 답을 올렸다.

"김정식 대표의 저축은행이 합병된 만큼…… 반격을 한다 해도 개인으로서는 불가능했을 테니까요. 서유권이 김 대표의 후계자 격 인물이었다고 했으니, 아마도 황여옥 대표를 도와주는 대가로 손을 잡은 것이 아닐까요."

그럴듯한 결론이었다. 설명을 듣고 난 후 내려지는 광렬의 결론도 비서와 크게 다르지 않았다. 잠시 말이 없던 광렬이 문득 뭔가를 떠올리고는 다시 입을 열었다.

"왜 그날, 그놈 옆에 여자애 하나 있었지?"

광렬의 물음에 잠시 지난날을 되새겨 보던 비서는 곧 고개를 끄덕였다. 광렬은 지난번 연회가 있던 날 유권과 마주쳤을 때를 말하고 있었던 것이다.

"아, 예. 김정식 대표의 딸이라고 합니다."

"그래?"

레이스 원피스가 청순하게 잘 어울리는 것이 어쩐지 그저 그런 여자 같지는 않더라니, 몰락한 회사 대표의 딸이었다는 말에 광렬은 피식 웃었다. 이제야 유권이 왜 그런 거슬리는 짓을 하고 있는지 앞뒤가 맞는 느낌이었다.

원래 자기가 다스리게 될 예정이었던 회사도 다시 찾고 여자도 얻겠다는 심산인가. 어쩌면 정식의 딸이라는 그 여자 역시 그것을 노리고 유권 옆에 붙어 있는 것일지도 모른다.

"천한 놈이 주제도 모르고……."

자기가 세상을 보는 가치관대로 결론을 내린 광렬은 피식 웃으며 고개를 흔들었다. 그냥 깔짝대는 따라지 사채업자인 줄 알았더니, 그래도 나름 가닥은 있는 모양이다. 언제가 될 지는 모르겠지만 덤빌 때가 온다면, 확실히 밟아서 뿌리까지 뭉개 버려야 할 것 같았다.

"됐고, 그만 나가 봐."

"저……."

뭔가 더 할 말이 있어 보이던 비서는 말허리를 자르고 손사래를 치는 광렬의 행동에 망설이다가 집무실을 나섰다. 사실 그룹 본사에서 자본금 회수에 대한 엄포가 내려온 참이었지만, 마음에 거슬리는 얘기를 들으면 폭발하는 광렬의 성질머리를 감당하는 것이 엄두가 나지 않았던 것이다.

"확인했습니다."

집무실에서, 유권은 누군가와 전화 통화를 하고 있었다. 회사 전화나 명함에 찍힌 번호가 아닌 그의 개인 휴대폰으로 하는 대화였다.

"감사합니다."

이어지던 휴대전화 너머의 목소리가 유권의 인사에 잠시 끊어졌다.

[아니, 그렇게 말할 필요 없네.]

전파를 타고 들려오는 노신사의 목소리는 많이 지친 듯했 지만 동시에 무거운 것을 털어 버렸다는 홀가분한 기색이 묻어나고 있었다.

[진작 그런 결정을 내려야 했어. 난 그때 물러났어야 했네……. 결국 후회만 남기게 됐구먼.]

노신사가 말하는 그때란 아마 자신의 회사가 막대한 영향력을 가진 금융그룹 산하의 계열사로 강제합병 당하던 때를 가리키는 것이리라. 유권은 아무 첨언도 없이 오랫동안 지켜 왔던 일선에서 물러난 노장의 마지막 읊조림을 듣고 있었다.

[내가 그때 송가(家) 측의 제안을 받아들였던 것은, 합병한 후에도 우리 직원들의 고용승계를 약속했었기 때문이네.]

그렇게 이른 노신사는 잠시 말을 끊었다가 다시 이었다.

[내가 몇 년만 나이를 덜 먹었을 때였다면…… 그게 부질없다는 것을 알아봤을지도 모르겠지만, 그땐 그것이 유일한 선택처럼 여겨졌다네.]

"이해합니다."

유권의 억양은 정중했지만 감정은 제외되어 있었다. 그러나 그와 통화를 하고 있던 노신사는 유권이 그렇게 얘기하는 순간 휴대폰 너머에서 옅게 미소를 지었다.

[아니, 설사 소용없다는 것을 알아보았다 한들 뭘 어쩔 수 있었겠나.]

광렬이 합병 제안을 했을 때 노신사의 작은 회사는 어려운 상태였다. 그때 합쳐지지 않았다고 해도 오래 버틸 가능성은 그렇게 높지 않았다. 하지만 광렬의 제안을 받아들여 회사를 인수하며 오너에서 일개 임원으로 옷을 갈아입은 것은, 그동안 자기를 위해 열심히 일해 주었던 직원들의 고용과 모든 복지 조건을 맞춰 주겠다는 인수 조건이 있었기 때문이다.

그러나 대대적인 합병 행진이 끝나고 얼마 지나지 않아 S&P 캐피탈에서는 실적 악화를 이유로 합병한 회사의 직원들을 우선으로 정리해고를 실시했다.

[내가 거기서 사임하며 자네에게 지분을 넘긴 것은, 이제 와서 입바른 소리를 하고 싶어서가 아니야. 더 이상 버틸 수 없어 그만두고 물러나는 마당에 그런 것이 무슨 소용이 있겠나. 다만, 이제 내가 할 수 있는 마지막 선택에서 그나마 나은 쪽을 고르고 싶었다네.]

외부에서 쉽게 알아보기는 어려웠지만, 바다로 흘러든 강물처럼 줄기를 타고 모여든 막대한 자금이 매일같이 오가는 이 세계는 야생의 그것을 닮았다. 양복 입은 짐승들로 이루어진 먹이사슬이 존재하고 있었던 것이다.

야생의 논리가 짐승의 성정에 상관하지 않는 것처럼, 기업가들의 논리 속에서 철학이나 경영이념 따위는 때때로 무시되고 아무 상관도 없는 것처럼 여겨진다. 오히려 그런 것을 갖고 있는 것이 안일하고 물정 모르는 것으로 치부되기도 한다. 육식동물의 발톱처럼, 인간적으로 약한 부분을 뚫고 들어오는 공격을 막아 내기가 어렵기 때문이다.

지금 유권과 대화를 나누고 있는 노신사는 자기 영토를 잃고 떠돌다가 다른 맹수를 만나 자신에게 마지막 남은 육신을 물어뜯긴 늙은 사자나 마찬가지였다.

[잘 아는 사람에게 이런 말 하는 것도 우습네만…… 조심하게.]

한때 자신의 영토를 호령했지만 결국 모든 것을 잃고 쓰러진 사자의 육신이 흙으로 돌아가는 것처럼, 이제 기업가의 옷을 벗어 버린 노신사는 거리에 흔한 평범한 노년으로 돌아갈 것이다.

"명심하겠습니다."

그렇게 대꾸한 유권은 다소 착잡해진 마음으로 통화를 마무리하고 한숨을 내쉬었다. 조금씩, 조금씩이었지만 이제 광렬을 위협할 정도로 지분을 확보해 가고 있었다. 아직은 시기상조였으나 승산은 낮지 않다. 광렬은 유권이 단순하게 빼앗긴 저축은행을 다시 찾으려고 하는 줄 알고 있었지만 사실 유권의 계획은 그것이 아니었다. 광렬이 많은 이들에게 썼던 방법으로 그에게서 전부를 빼앗는 것이 유권의 진짜 목표였다.

"잠깐 들어와."

잠시 감정을 정리한 유권이 인터폰을 통해 용진에게 지시했다. 문이 열리며 안으로 들어서는 용진을 향해 유권은 평소대로 돌아온 얼굴로 물었다.

"신변 파악했다고 했지?"

"아, 네."

질문의 요지를 파악한 용진이 얼른 대답하자 유권의 표정이 마뜩잖게 구겨졌다.

"데리고 와."

"알겠습니다."

집무실을 나선 후 한두 시간 정도 흘렀을까. 다시 회사로 돌아온 용진이 집무실로 들어서자 유권은 바라보고 있던 서류철에서 고개를 들었다. 용진의 뒤에는 바람 빠진 풍선처럼 쪼그라든 모습의 태석이 따르고 있었다.

"수고했어."

용진은 유권을 향해 고개를 끄덕하고는 밖으로 나갔다. 태석이 무슨 짓을 했는지 밝혀지고 사달이 났던 날, 유권은 윤에게 냉정하게 굴면서 태석을 내쳐 버렸지만 내쫓긴 태석의 신변에 대해서는 비서실을 통해 파악하고 있었다.

"잘 지낸 것 같지는 않네."

유권의 말에 태석은 아무 대답도 하지 못했다. 용진의 보고에 의해 유권은 태석이 그동안 친구들 사이를 전전하며 돌아다녔다는 것을 알고 있었다. 자기 아버지의 회사를 빼앗아 간 캐피탈에서 빌린 돈으로 구한 자취집은 그날부터 지금까지 쭉 비워져 있었던 것이다.

"이제 네 처지가 어떤지 자각이 되지?"

유권의 말에 태석의 고개가 힘없이 떨어졌다.

"⋯⋯누나는요?"

한참 후에야 면목 없이 돌아오는 태석의 첫 물음에 유권의 얼굴에 잠시 노여움이 스쳤다.

"퇴원했다."

윤은 병원에서 의식을 회복한 후 하루 더 안정을 취한 끝에 지금은 퇴원한 상태였다. 윤 역시 심경에 변화가 있었는지 이제 더 이상 태석을 찾겠다고 막무가내로 나서지는 않고 있었다.

"도망 다닌다고 해결될 문제가 아니라는 것을 이제 알겠나?"

유권의 물음에 태석은 주먹을 꽉 쥐었다. 지금 자신에게 향한 도망이라는 말의 의미는 단지 친구 집을 전전하며 대출 독촉 전화와 연락을 피하는 것만을 가리키는 것이 아니었다.

애초에 태석이 일찍 군 입대를 했던 것은 집안에 불어닥친 위기를 피하기 위해서였다. 그러나 집안에 닥친 상황은 몇 년 몸을 피한다고 해결될 수준이 아니었다. 그동안 피해 있기만 했던 태석은 그것을 받아들일 기회가 없었던 것이다.

하지만 이제 확실히 깨달았을 것이다. 회피한다고 그냥 넘어갈 수 있는 일은 세상에 아무것도 없다는 것과, 그동안 자신이 어떤 보호막 안에 감싸여 있었는지를.

"어떻게 할 거냐."

유권의 말에 태석은 얼른 대답하지 못했다. 자기가 생각해봐도 답이 나오지 않는 상황이었던 것이다. 아버지의 회사를 뺏어 간 곳에서 돈을 빌렸다는 자괴감보다 그 돈을 상환할 능력이 자신에게 없다는 현실감이 더 차갑게 다가왔다.

"일단…… 집부터 빼고……."

우물쭈물하는 태석의 대답을 유권은 아무런 동요 없이 듣기만 했다. 사실 태석이 늘어놓는 방법들은 어디까지나 급한 불을 끄는 정도일 뿐이었고, 전체 금액의 상환은 졸업이 한참 남은 대학생 신분인 태석에게는 해결할 방도가 아득한 것이었다.

"그다음은?"

유권의 반문에 태석의 말문이 다시 막혔다. 그다음은 어찌해야 할지 자기 스스로도 알 수 없었다. 태석은 그동안 돈이라는 것이 가진 무게를 한 번도 생각해 본 적이 없었다. 그런데 이런 상황이 닥치고 나서야 그것이 얼마나 무거운 것인지 자각이 된 것이다.

"갚아야……."

"어떻게?"

태석의 목소리가 다시 끊어졌다. 유권은 자리에 앉아서도 그의 다리가 떨리고 있는 것을 볼 수 있었다. 유권의 입꼬리가 착잡하고 답답한 모양으로 살짝 움직였다.

"그래, 갚을 수 없겠지. 지금 네 능력으로는 말이야."

유권은 모두가 아는 사실을 다시 확정 지었다.

"내가 이렇게 하는 것은 널 위해서가 아니라 네놈 때문에 그 회사를 내 가까이 두고 싶지 않아서다."

태석의 구겨지는 자존심 따위는 유권이 알 바가 아니었다. 깨끗하게 인쇄된 종이 한 장이 태석의 앞으로 내밀어졌다.

"서명해."

짧게 명령하는 목소리를 들으며 태석은 앞으로 내밀어진 종이를 내려다보았다. 맨 윗줄에 찍혀 있는 글자가 선명하다.

〈채무이행각서〉

딱딱하게 써 있는 제목 아래에는 미사여구는 조금도 없는 사무적인 투로 태석의 채무 금액과 최종 상환해야 할 금액 등등이 일목요연하게 정리되어 있었다. 경직된 눈빛으로 각서의 내용을 살펴보던 태석의 눈이 살짝 커졌다. 자신이 금액을 상환해야 할 채권자로 유권의 이름이 적혀 있었던 것이다.

"그 회사에 빌린 돈은 내가 처리해 주지. 대신 넌 내게 상환하는 거야."

"……."

"예전 인정 따윈 상관없어졌으니 봐줄 거라 생각하지 마라."

유권은 예전 인정사정없이 추심에 나서던 시절의 눈빛으로 을렀다. 태석은 자신에게 수학 문제를 가르쳐 주던 그 형은 이제 정말로 없다는 것을 깨달았다.

✼

유권의 엄포를 받고 나서 정신을 차린 것인지, 아니면 스스로 한 짓에 느낀 자괴감으로 오히려 자각하게 된 것인지 태석은 그럭저럭 얌전한 나날을 보내고 있었다. 단순히 평화로워진 것만이 아니라 기가 죽었다고 해야 할까.

분수에 맞지 않는 비싼 집에서 나온 태석은 이제 수중에 남은 돈으로 혼자 살 집을 구해서 다시 자취를 시작했다.

태석은 더 이상 윤에게 이유 없는 투정이나 비아냥을 하지 않았다. 속속들이 모든 사정을 알게 된 것은 아니지만 유권과 윤 사이에 자신이 함부로 말할 수 없는 것들이 있다는 것을 어렴풋이 느낀 것이다. 윤 역시 누나로서 태석을 챙기는 것 이상으로는 간섭하지 않았다.

겉으로 보기에는 평화로운 나날이었지만 유권은 점차 자기 계획에 가속을 붙이고 있었다. 광렬의 틈새를 어찌 찌르고 들어갈지, 그에게서 이탈하는 사람들을 어떻게 회유할지 골몰할 때는 그 생각뿐 다른 것은 생각할 틈도 없었다.

그러나 보이지 않는 창칼이 난무하는 전쟁터 같은 회사를 나서서, 집으로 돌아오는 차 안에 앉아 멍해질 때면 조금 전까지만 해도 할 필요 없었던 생각들이 뇌리를 뒤덮었다.

숙원을 이루고 마음먹은 대로 모든 것을 제자리로 돌릴 수 있게 된다면, 그때 윤과 나는 어떻게 될까.

어쩌면 변하는 것은 없을지도 모른다. 자신은 처음부터 윤이 감당해야 할 것들을 대신 처리해 주기로 하고 그녀를 차지했고, 광렬의 회사를 빼앗아 손에 넣는 것은 자신이 이룬 일이니 윤을 대신하여 갚아 준 금전들과는 별개였으니까. 그때가 온다고 해도 자신은 여전히 금전을 빌미로 윤을 곁에 묶어 둘 수 있다.

하지만 언제까지 그럴 수 있단 말인가. 평생? 지금이야 윤도 자신의 사정을 절감하고 있었기에 가만히 있는 것이겠지만 시간이 더 지나면 달라질 것이다. 돈을 미끼로 사람을 농락하며 곁에 붙잡아 두는 것이 비겁한 짓이라는 것을 깨달을 것이고 그러면 곁을 떠나려고 할 것이다.

"나 왔어."

현관을 여는 것과 동시에 유권은 안을 향해 다소 목소리를 높였다. 윤이 제때 돌아왔는지 거실에는 불이 밝혀져 있었다.

"왔어요?"

주방 쪽에서 나와 보는 윤을 발견한 유권의 눈살이 자기도 모르게 살짝 찌푸려졌다.

"뭐하고 있어?"

"저녁…… 이제 다 됐어요."

유권은 윤이 뭘 하는지 몰라서 물은 것이 아니었다. 오른팔에 깁스가 되어 있지 않은가. 안으로 들어서서 식탁을 바라보니 정말 거의 다 완성된 저녁 식탁이 눈에 들어왔다.

"어떻게 했어? 혼자서 했어?"

다친 팔로 혼자 애썼을 것이 신경 쓰인 유권의 표정이 굳어졌다. 하지만 윤은 대수롭지 않게 웃어넘겼다.

"괜찮아요. 아예 못 움직이는 것도 아니고."

"그렇다고 막 움직이다가는 회복 기간 길어진단 말이야. 움직일 때 통증은 없었어?"

"괜찮았다니까요. 옷 갈아입고 앉아요."

아무렇지 않게 말하며 방으로 등을 떠미는 윤의 행동에 결국 유권은 한숨을 쉬며 침실로 들어갔다. 유권의 목소리에는 감정이 가득했지만, 윤은 별로 기분이 상하거나 하지 않았다. 그가 정말 짜증이 나서 그런 것이 아니라는 것을 알았기 때문이다.

　잠시 후 마주 앉은 저녁 식탁의 분위기는 어딘지 모르게 전과 달라져 있었다. 말없이 식사를 하던 유권은 식사하는 내내 생각하고 있었던 것인지 어느 순간 불쑥 말을 꺼냈다.

　"깁스 풀 때까지는 사람 붙여 줄 테니까 이런 건 하지 마. 알겠지? 그리고……."

　윤이 고개를 들어 바라보는 시선을 느끼며 유권은 잠깐 뜸을 들였다.

　"태석이 일은 내가 처리했으니까, 더는 신경 쓰지 않아도 돼."

　윤의 표정이 살짝 굳었다. 들고 있던 젓가락을 내려놓는 것을 시작으로 식탁에 잠시 침묵이 찾아왔다.

　"그런 표정 지을 것 없어. 내가 채권자가 된 거니까. 너에게 한 것처럼."

　침묵의 끝에 유권이 짧게 뇌까렸다. 윤은 불쑥 털어놓고 다시 아무렇지 않은 투로 수저를 드는 유권을 바라보았다.

　그가 잔인하다거나 냉정하다거나 하는 생각은 조금도 들지 않았다. 윤은 유권이 태석의 일을 어떻게 처리한 것인지 감을 잡을 수가 있었다. 유권은 너에게 한 짓과 다름없다고 스스로의 행동을 깎아내렸지만, 그는 결국 태석이 저지른 일을 막아 주기로 한 것이다.

　"저……."

　"됐어."

유권은 짧게 끊는 것으로 윤이 고맙다거나 미안하다고 말하는 것을 막았다. 그런 말을 듣고 싶어서 한 일도 아니었고, 듣는다 해서 기쁘지도 않았던 것이다.

"애초에 내가 어리석었던 거예요."

한참 후, 조심스럽게 다시 잇는 윤의 말에 유권은 고개를 들었다.

"이제 어쩔 수 없었던 건데, 태석이까지 끌어안으려고 했던 것이 바보 같은 짓이었어요. 막연하게 잘할 거라고만 믿고…… 가족이니까 더 그럼 안 되는 거였는데."

태석을 마냥 무르게만 대했던 자신의 행동은 가족이라는 이유도 있었겠지만 챙겨 줄 존재이기만 했던 동생에게 독한 말을 하는 것이 쉽지 않았기 때문이기도 했다.

하지만 때론 마음이 안 좋더라도 냉정하고 현실적으로 나가는 것이 더 현명한 방법이다. 당장 마음이 안 좋더라도 태석에게 확실하게 말했으면 이런 상황은 오지 않았을지도 모른다. 누군가에게 모질고 독하게 대하는 것이 즐거운 사람은 없다. 그런데 자신이 안일했던 탓에 결국 유권이 그 일을 대신한 꼴이 되어 버린 것이다.

"나한테 미안하다는 말은 하지 마. 내가 채권자로 있는 것이 편하지만은 않을 거니까."

유권은 일부러 아무 내색도 하지 않고 말했다. 윤은 무심하게 중얼거리고 다시 입을 다무는 유권을 바라보았다.

생각해 보면 유권은 항상 지금 같았다. 모두에게 칭찬과 고

마음을 받을 일을 하고서도 항상 아무것도 하지 않은 것처럼 굴었다. 어렸을 때는 유권의 그런 성향이 어른스럽고 멋지게만 느껴졌었다.

물론 지금도 그런 느낌은 변치 않았지만, 윤은 그것에 더해 다른 감상을 갖게 되었다. 항상 묵묵한 유권이 안쓰러웠던 것이다. 만약 유권이 태석처럼 노력한 만큼의 응석과 어리광을 부릴 수 있는 환경에서 태어났다면, 지금보다 훨씬 밝고 유쾌한 모습이었을 것 같다고 윤은 가끔 생각하곤 했다.

"악착같이 받아 낼 거다. 너한테 그러는 것처럼."

유권은 문득 일부러 나직하게 죽인 목소리로 그렇게 말했다. 윤의 시선이 식탁으로 떨어졌다. 유권은 스스로가 가장 지독하고 집요해지는 해가 진 후의 시간들을 가리키고 있었던 것이다.

"그, 그건……."

얼굴이 빨개지며 우물쭈물하던 윤은 갑자기 달싹이던 입술을 지그시 다물었다. 자신에게는 유권을 잔인하고 파렴치하다고 여길 자격이 없었다. 또한 밤이 오면 드러나는 그의 행동들을 자신이 그런 식으로 여기고 있는 것도 아니다.

"그렇게 해요"

국을 떠먹던 유권은 품 하고 튀어나오려는 헛숨을 가까스로 삼켰다.

"뭐?"

"그렇게 하라고요. 아, 그러니까 나한테 하듯이 하라는……

그게 아니고. 오빠가 채권자로서 확실하게요. 태석이도 이제
알아야 해요. 이제 자기가 성인이라는 것을."

짓궂게 굴려는 것이 통하지 않았다는 것을 느끼며 유권은
피식 웃었다. 비꼬는 것이 아니라 정말 그냥 나온 웃음이었다.

"그래. 그럴 거야."

윤은 아무렇지 않은 얼굴로 다시 식사를 이어 갔다. 마음이
완전히 편해졌다고 하면 거짓말이겠지만, 방금 유권에게 했던
말대로 더 이상 태석을 받아 주기만 할 수는 없는 노릇이었다.

"윤아."

"네?"

자신의 부름에 별다른 것을 느끼지 못하고 고개를 드는 윤
의 모습에 유권은 하고 싶은 말을 잠시 망설였다.

"다음에…… 시간 되면 어디 갈래?"

"가다니, 어디요?"

"그냥 아무 곳이나."

"여행?"

"뭐가 됐든."

값비싼 양복을 입고 번듯한 책상 앞에 앉아 있지만 이것이
내가 정말 원한 것이었나. 손짓 하나로 사람을 부리고 마음에
안 드는 사람의 몸에 발길질을 하는 것 따위는 원하지 않았
어. 내가 원한 건 이런 것들이 아니었지만, 하지 않을 수도 없
었다. 끝까지 완수하지 않을 수도 없지.

"그래요. 좋아요. 오빠 한가해지면."

윤은 밝게 웃으며 가볍게 대답했다. 유권은 보일 듯 말 듯하게 미소 지었다.

"그러자. 한가해지면."

자신의 속내는 까맣게 모르고 편하게 대답하는 윤을 보면서, 유권은 순간 이대로 윤을 데리고 아무도 모르는 곳으로 가서 숨어 버리고 싶다는 충동을 느꼈다.

큰 회사도, 자신을 따르는 많은 직원들도, 사회적 지위도, 명예도, 자신이 진정 손에 넣고자 했던 것은 그런 따위들이 아니었다. 원한 것은 그냥 하나, 한 사람뿐이었는데. 다만 그 사람에게 향하는 계단을 하나씩 밟고 오르기 위해서 저 많은 것들을 손에 쥐어야 했을 뿐.

내가 원한 건 그냥 너 하나였어. 이건 감히 못 올라갈 나무를 넘본 대가인 건가? 난 너한테 당당한 남자이고 싶었지만 자신이 없었지. 내 뿌리가 어디 있는지 잘 알았으니까.

후원자의 마음에 들고 싶어서 노력했던 것도, 무리한 유학 길에 올랐던 것도 그 뿌리에서 벗어나고 싶었기 때문이었지만 뜻대로 되진 않았지. 자격지심에 열등감 덩어리. 널 안을 때마다 부끄러워. 하지만 그렇다고 해도 내가 원한 건 결국 너 하나야.

사랑하는 여자 옆에 있고 싶다는 단순한 마음이 전부였지.

8장

　유권이 한국에서 뭔가 안 좋은 일이 벌어졌다는 것을 어렴풋하게 짐작하게 된 것은 마음먹은 학업 계획을 거의 다 끝마치고 귀국만을 남겨뒀을 때였다. 뭔가 이상하다는 직감이 든 것은 타국 생활 내내 이어지던 정식의 연락이 점점 뜸해지다가 갑자기 끊어지면서부터였다.

　떠나오기 전 이제 별다른 지원은 필요 없다는 유권의 청을 존중하여 정식은 그때부터 유권을 한 사람의 성인으로 대해주었다. 그 점이 한편으로 고마웠던 유권이었지만, 사실 유권이 정식의 도움을 한발 먼저 거절한 것은 단지 어른스러워지고픈 마음 때문만은 아니었다.

　유학을 떠나오기 전 들었던 선주의 말이 싹트게 한 울분이 있었던 것이다. 타국 생활 내내, 힘겨운 순간이 닥칠 때마다 유권은 그날을 생각하며 이를 갈았다.

당신들의 도움, 그깟 것이 없어도 난 남들보다 더 뛰어나게 해내고 말 거라고 다짐하며 유권은 선주의 말에 복수라도 하는 것처럼 매진했다. 당신들이 사실 날 그 정도로 여겼던 것처럼, 나에게도 당신들이 그렇게 소중하진 않다고 되뇌면서. 윤의 곁에 섰을 때 그녀의 가족들을 포함하여 그 누구도 자신에게 감히 함부로 입을 놀리지 못할 만큼의 사람이 되는 것, 그것이 유권의 목표였던 것이다.

정식의 연락이 뜸해졌을 때도 그저 바빠서 그럴 것이라 짐작하며 크게 신경 쓰지 않았었다. 무슨 일이 생겼다 해도 별일 아닐 거라고 일부러 대수롭지 않게 여긴 것이기도 했다. 그냥 귀국해서 살펴보면 될 것이라고, 그때까지만 해도 유권은 그렇게 생각했다.

그러나 한국으로 돌아와서 예전에 머물던 집이 다른 사람의 소유가 됐다는 것을 확인하고 나서야, 유권은 뭔가가 크게 잘못되었다는 것을 깨달았다.

사정을 파악한 직후부터 동분서주했지만, 이미 유권이 할 수 있는 일은 별로 없는 상태였다. 정식과 함께 저축은행을 이끌고 있던 비서실장으로부터 자신이 모르고 있던 동안 일어난 일의 전말에 관해 들을 수 있었을 뿐이었다.

"솔직히 말하자면, 막막한 상황이다."

유권이 정식에게 어떤 의미를 가진 사람이었는지 알고 있는 인물 중 한명이었던 비서실장은 허심탄회하게 속내를 털어

놓았다. 근래의 상황 때문에 그 역시 몹시 지친 안색을 하고 있었다.

"지분 확보를 도와주겠다고 나선 곳들에서 모두 상대편으로 돌아서는 바람에, 손을 쓸 수가 없었어."

"어떻게 그럴 수가 있습니까?"

"상대쪽에서 워낙 공격적이었다. 너도 알다시피, 인수합병 전쟁에서 백기사가 흑기사로 돌변하는 것이 드문 일은 아니지 않니."

비서실장의 목소리에는 참담함이 짙게 깔려 있었다.

"이번 전쟁에서 살아남는다 해도 아마 법정관리에 들어가게 될 것이다."

"그 정도입니까?"

깜짝 놀라서 반문하는 유권을 향해 비서실장은 고개를 끄덕였다.

"그 정도로 지금 회사가 입은 피해가 막심하다……. 내가 할 말은 아니다만, 이미 가망이 없구나."

힘도 생기도 증발한 채 들려오는 비서실장의 목소리에 잠자코 있던 유권의 손에 힘이 꽉 들어갔다. 비서실장은 잠시 감상에 젖은 눈으로 유권을 응시하다가 혼잣말처럼 중얼거렸다.

"대표님이 네가 돌아올 때를 무척 기대하고 있었는데, 이렇게 돼서 안타깝구나."

"……."

"하루가 멀다 하고 네 얘길 하셨었지. 든든한 재목이라고 말이야."

유권의 가슴이 다시금 압착기에 짓눌리듯 고통스러워졌다. 형편과 출신을 떠나 자신을 진정으로 아껴 준 정식의 마음은 진심이었다. 선주 역시 크게 다르지는 않았을 것이다. 단지 그들에게는 윤의 부모라는 또 다른 입장이 있었을 뿐. 하지만 그런 사람들에게 돌려준 자신의 태도는 어땠는가.

"정말 아무 방법이 없습니까?"

"상대쪽에서 필요한 지분은 거의 확보를 했으니 임시 주주 총회에서 해임안을 내놓을 것이다. 이사진들도 소수를 제외하고는 이미 돌아섰어."

정식이 평생을 바쳐 일궈 낸 것이 무슨 사냥감처럼 난도질 당하게 된 현실이 믿어지지 않는지 비서실장의 목소리는 가늘게 떨리고 있었다.

"알려 주십시오. 누굽니까? 우호적이었다가 적대적으로 돌아선 주주들."

비서실장을 통해 내막을 상세하게 파악할 수 있었지만, 유권이 그 이상으로 할 수 있는 일은 없었다.

처음 정식에게 경영권 방어를 위한 지분 확보를 해 주겠다 며 우호적으로 나왔던 다른 중소 회사들은 금융지주의 자본을 앞세워 공략하고 들어오는 광렬의 공세에 밀려 결국 확보한 주식 지분을 그의 투자회사로 넘겨주었다. 이미 승기가 기울 었음에도 광렬의 공세에 넘어가지 않고 정식의 저축은행 지분을 보유하고 있는 회사는 한 곳뿐이었다.

〈한신 캐피탈〉

다만 지분을 보유하고만 있을 뿐 광렬 측에도, 정식 측에도 속하지 않으며 어떤 행동도 취하지 않은 덕분에 묘하게 중립을 고수하고 있는 모양새가 된 회사였다.

"얘기는 들었네. 자네지? 김 대표가 키웠다는 인재가."

무슨 수라도 있을까 해서 찾아간 한신 캐피탈 건물에서, 유권은 별다른 제재 없이 면담이 허락되자 내심 놀랐다. 그리고 안으로 들어간 대표의 집무실에서 자신을 기다리는 사람을 마주하고는 또 한 번 놀라고 말았다.

"그렇습니다."

그저 당연히 남자일 것이라고 믿었는데, 한신 캐피탈의 대표는 우아한 인상에 또렷한 눈빛을 가진 노년의 여성이었던 것이다.

"왜, 놀라운가?"

한신 캐피탈 대표, 여옥은 퍽 준수해 보이는 청년을 향해 미소 지으며 물었다. 여옥의 눈에 유권은 동물에 비유하자면 맹금의 수려함을 닮은 젊은이였다.

"아닙니다."

"괜찮아. 인사치레할 필요 없네."

여옥은 노년에 접어든 나이에 맞게 우아한 차림새를 하고 있었지만 온몸에서는 혼자 몸으로 일가를 일구어 낸 여성 특유의 강인하고 직선적인 분위기가 흐르고 있었다.

"하고 싶은 이야기가 있을 것이 아닌가? 그럼 해 보게."

여옥은 거추장스런 미사여구를 빼고 단도직입적으로 말했다. 유권은 다짐에 다짐을 거듭하고 왔으면서도 어쩔 수 없이 긴장하는 스스로를 느끼며 가까스로 운을 떼었다.

"대표님께서 보유하고 있는 우리 저축은행의 지분에 대해 말씀드리고 싶어서 왔습니다."

"……."

"갖고 있는 지분을 저에게 양도해 주십시오."

여옥은 유권의 말에 놀라지 않았다. 염치없고 무리한 요구인 줄 알면서도 자신에게 와서 그렇게 말할 수밖에 없는 사정이 된 젊은이를 바라보며, 여옥은 심심하게 운을 떼었다.

"김 대표는 너무 순진했어. 그렇게 오랫동안 돈을 갖고 놀았으면서 그렇게 주변 사람들을 믿다니. 그러니 그리 당할 수밖에 없지."

자신이 한 말과 전혀 상관없는 소리를 늘어놓는 여옥이었지만 유권은 말없이 듣고만 있었다. 여옥이 왜 저런 소리를 하는지 알 것 같았기 때문이다. 그녀가 갖고 있는 정식의 저축은행 지분은 전체 양에서 불과 2퍼센트 남짓이지만 금액으로 따지면 막대하다고 할 수 있을 정도이다. 게다가 이제 와서 지분을 넘겨준다고 저축은행 쪽에 유리해지는 것도 아니었다.

"내가 그 지분을 자네에게 넘겨주면 자네는 내게 뭘 해 줄

텐가?"

이미 유권의 속내를 들여다보고 있던 여옥이 그렇게 물었다. 유권은 망설임 없이 대답했다.

"도와드리겠습니다."

"무엇을?"

"대표님의 회사가 양지로 나설 수 있도록, 할 수 있는 모든 것을 다 할 겁니다."

유권을 응시하던 여옥의 눈빛이 흥미롭게 반짝였다.

"지금은 아니란 말인가?"

"대표님이 원하시는 만큼은 아니죠. 애초에 대표님께서 우리 저축은행의 지분을 매입하시고 아무 곳에도 넘기지 않은 이유가 궁금했습니다. 대표님께서는 우리 저축은행과 함께하시면서, 음지의 사채업자가 아닌 떳떳한 금융 기업인이 되고 싶으셨던 것이 아닙니까?"

아슬아슬했지만, 유권은 승부수를 던지는 심정으로 자신의 생각을 막힘없이 털어놓았다. 여옥은 무모한 청년을 향해 빙그레 웃어 보였다.

"그랬지."

캐피탈이라는 간판을 내걸고는 있지만 실상 여옥의 회사는 통상적인 금융회사와는 거리가 멀었다. 고리대금을 주로 하는 사채업자. 그것이 여옥이 등 뒤에서 들어 온 평가였다. 그 점을 정확하게 짚어 낸 유권이 여옥은 왠지 모르게 마음에 들었다. 인정으로 든 생각이 아니었다. 오히려 유권이 현실 그대로를 지목했기에 호감이 생긴 것이다.

"김 대표가 오래전부터 추진하고자 하는 일이 있었네. 자네가 돌아오면, 그때부터 시작할 것이라고 했었지."

"……."

"어쩌다 얼굴을 볼 때마다 자네 얘기를 하면서 무척 자랑스러워했었는데……."

여옥의 말에 유권의 속내가 아릿하게 욱신거렸다. 정식은 언제나 말없이 응원했을 뿐, 한 번도 자신을 자랑스러워하거나 신뢰한다는 것을 겉으로 표현한 적이 없었다.

"김 대표님이요?"

태연하게 되물었지만 유권의 분위기를 파악한 여옥은 알 수 없는 미소가 깃든 얼굴로 그를 돌아보았다.

"자네가 돌아오면, 더 다양한 사람들이 혜택을 볼 수 있는 새로운 상품들을 내놓고 싶다면서 즐겁게 얘기하곤 했었지. 자네도 알겠지만, 1금융권의 대출 문턱과 그 이하 금융권의 고리 때문에 어려운 사람들이 많지 않은가."

여옥의 말을 듣고 있는 유권은 점점 가슴이 뛰는 것을 자각하며 눈을 내리깔았다.

"그 사이에서 절충안을 찾고 싶다고 입버릇처럼 말했었네. 그때가 되면 자네가 큰 도움이 될 거라고, 멋지게 빛이 날 거라면서 늘 자랑스러워했지."

박동하던 유권의 심장이 여옥이 맺는 말을 듣는 순간 툭 떨어져 내렸다. 정식은 한 번도 그런 마음을 표현했던 적이 없었다. 하지만 표현하지 않아도 알 거라는 듯이 묵묵히 지켜보고 있었던 것이다. 뒤늦게 깨달아 버린 것에 울컥하는 마음을 가까스로 내리누르며 유권은 목을 가다듬었다.

"제가 드린 말씀에 대해 생각해 주십시오."

"지금 당장은 넘길 수 없어. 자네가 내게 보여 준 것이 아무것도 없으니까."

"……."

"자네가 내게 호언장담한 것처럼 내 회사를 양지로 끌어올려 주면, 그때 얻게 해 주지."

여옥은 노련한 사업가답게 조금의 손해도 보지 않으며 그렇게 결정지었다. 유권은 고개를 끄덕였다.

"예."

거래를 끝내고 한신 캐피탈 건물을 나서던 유권은 정수리를 때리는 햇살에 멍해진 듯이 콘크리트 벽을 짚으며 멈춰 섰다. 억눌렸던 감정들이 뒤늦게야 용솟음쳤다.

설사 자기가 한국에 계속 있었다 해도 오늘 같은 날이 오는 것을 막을 수는 없었을 것이다. 그러나 유권은 스스로에게 상황을 바로잡아야 할 책임이 있다고 느꼈다.

오랫동안 오해한 채 흘려보낸 시간들이 후회스럽게 다가왔다. 자신에게는 정식과 그의 가족들을 내버려 두고 그의 진심을 오해한 채 외면해 버린 잘못이 있었다.

그때부터 유권은 여옥의 회사에 몸을 담았다. 그리고 수단과 방법을 가리지 않고 할 일을 했다. 그러나 회사 하나를 성장시키는 것은 단기간 내에 해낼 수 있는 일이 아니었고, 시간이 흘러가는 동안 윤은 모든 것을 잃었다.

유권을 능력 좋은 선봉장으로 삼았던 여옥이었지만 그녀는 헛말을 하는 사람은 아니었다. 유권의 능력으로 자신의 회사가 정식 금융회사로 발돋움하자 약속한 대로 자신이 보유하고 있던 저축은행의 주식 지분을 넘겨주었던 것이다.

그러나 지분을 넘겨받고 나서도 유권은 여옥의 회사를 이끌고 있었다. 아무것도 남지 않은 상황에서 단지 최소한의 지분을 확보했다고 뭘 어찌할 수는 없었기 때문이다. 오히려 본격적인 시작은 지금부터였다.

혼자라는 사실이 낯설었던 적은 한 번도 없는 유권이었지만, 아무도 곁에 없이 혼자서 그 길을 걸어가야 한다는 것을 깨닫던 그때만큼은 두려웠다. 완벽하게 되찾게 되면 그때 떳떳하게 다시 보리라고 세웠던 결심을 무너뜨리고 윤에게 찾아가 제안을 하게 된 것은 아마도 그래서였을 것이다.

"네 가족들 사이에 껴서 지내는 동안…… 내가 가끔 어떤 것들을 느꼈는지 알면 넌 날 그렇게 못 쳐다봐."

윤에게 강요나 다름없던 선택지를 던져 주고, 그래도 아직 마음 한구석에 자신에 대한 믿음이 남아 있던 윤이 힘들게 찾아왔던 날 유권은 일부러 비웃음을 지어 가며 말했다. 두려움에 못 이겨 자격도 갖추지 못했으면서 널 찾아왔다고, 이런 나라도 받아 달라는 진심은 속 깊이 묻어 버리고 남은 것은 오직 욕망뿐인 척을 해 가면서.

"네 아버지가 날 그 환경에서 건져 올려 투자한 것이 순수한 호의 때문만은 아니었다는 걸 알잖아. 장차 써먹을 데가 있었으니까 그랬던 거였지. 무슨 품종 좋은 강아지 고르는 것처럼."

자신의 말에 충격을 받았는지 희게 질리는 윤의 얼굴을 바라보며 유권은 멈추지 않았다. 언젠가 그녀만을 위한 기사가 되고 싶다고 다짐했었지만 이제 그 다짐은 무색해졌고, 비뚤어진 마음으로 허상에 매달리듯 이를 갈았던 자신의 실수가 뼈아프게 다가왔다.

"어떻게 지냈냐고? 그걸 안 다음부터 열심히 노력했지. 그래서 너한테 그런 호의도 베풀 수 있게 됐고."

그래서 유권은 부끄러웠다. 다른 이들의 눈에는 번듯하고 빈틈없는 모습 속, 진짜 자신은 실수투성이였고, 소중해서 지키고 싶다고 다짐했던 스스로의 결심을 제 손으로 허물어 버린 나약한 인간이었기 때문이다.

❀

널 침대로 이끄는 지금이 우리가 정말 사랑을 나누는 시간이라면 좋을 텐데.

복잡하게 쌓인 상념을 끝내고 유권은 그런 바람이 담긴 손끝으로 윤을 더듬어 나갔다.

섬세한 접촉이 이어지자 고개를 돌리고 있던 윤은 눈을 질

끈 감았다. 발레리나의 발끝처럼 허벅지 안쪽을 섬세하게 지분거리며 안쪽으로 들어온 유권의 손끝이 여성에 닿는 것이 느껴졌다. 유권은 무례하고 거칠지 않게 윤의 꽃잎을 살짝 매만졌다. 마치 서예가가 한 번 종이에 댄 붓을 결코 떼는 법 없이 복잡한 글자를 유려한 필체로 완성하는 것 같은 움직임이었다.

그의 입술이 목에서 어깨로 이어지는 언저리에 닿으며 가볍게 키스하는 소리가 들려왔다. 지금 피부에 닿는 유권의 입술은 남자의 것이라고는 믿어지지 않을 만큼 부드럽고 말랑말랑했다.

적당한 온도의 방 안, 팔다리를 어떻게 움직여도 매트리스 밖으로 나가지 않는 크기의 침대 위에서 자연 그대로의 상태로 돌아간 모습으로 윤과 유권은 하나로 포개져 있었다. 더 정확하게 말하자면 윤은 편안하게 누운 상태로 유권의 애무를 받고 있었다.

집요하고 거칠게 휘몰아칠 때는 단순하게 성감을 이끌어 내는 자극에 휩싸였을 뿐 이렇게 세세하게 느낄 수가 없었다. 하지만 오늘 유권의 태도는 부드럽고 감미롭기만 했다. 마치 비단실로 씨실과 날실을 엮는 것처럼, 여자가 적당하다고 느낄 만큼만 키스하고, 매만지고, 윤의 부드러운 곳을 성급하지 않게 더듬는 것이었다.

오랫동안 남자와 포개진 자세를 유지하고 있었지만 윤은 여느 때처럼 힘들거나 뻐근하지 않았다. 유권은 베개를 끌어당겨 윤의 양 허벅지를 받쳐 놓는 것을 잊지 않았던 것이다.

불편한 것이라고는 조금도 없이 안락한 상태에서 받기만 하는 애무는 전과 다른 감각을 조금씩 일깨웠다. 그는 지금 윤의 몸이 온기를 잃지 않도록 그녀와 포개진 자세로 흰 살결을 마음껏 어루만지고 있었다.

가슴과 유두, 날씬하게 들어간 허리와 도드라진 골반뼈에 이미 그 손길들이 스쳤었다. 입술에 정열적으로 퍼부어지던 키스는 쇄골로 내려가며 얌전해지더니 젖가슴에 닿아서는 강아지가 할짝이는 것처럼 순진하게까지 느껴졌다.

애정 어린 입맞춤 속에서 타액으로 반들거리도록 젖었던 윤의 젖꼭지가 유권의 검지와 중지 사이에 잡혔다. 긴 손가락이 살짝 조이며 유두를 비비듯 움직이자 윤의 몸이 미세하게 움찔거리며 말랑해졌던 유두가 단단하게 고개를 들었다.

"헉……."

고개를 돌리고 있던 윤은 숨이 새어 나오려는 입술을 가까스로 다물었다. 오늘따라 유난히 부드러운 유권의 애무가 이어질수록 아랫배 깊은 곳이 일렁이면서 발끝이 찌릿거렸다.

지금 목덜미에 얼굴을 묻고 있는 유권은 숨소리가 조금만 달라져도 다 알아챌 것이다. 조금씩 진해지는 쾌감을 자각하며 윤은 당혹스러워졌다. 점점 부풀어 올라서 내리누르기 어려울 만큼 커지는 이 감각을 어떻게 해야 할지 알 수가 없었다.

동시에 자신이 유권과 나누는 시간에서 이 감각을 느낄 정도로 익숙해졌다는 것에 아득해졌다. 애초에 시작이 제안에 의한 것이었기에 이 시간은 사랑을 나누는 것이 아니라 그저 몸을 탐하는 것이다. 그런 지경에서 쾌감을 느끼게 되었다고 하면 그는 나를 어떻게 생각할까? 혹시 대책 없이 육욕에나 빠져 버린 이상한 여자로 여기게 되지는 않을까?

"읍!"

아래쪽에 관심을 쏟던 유권의 손끝이 꽃잎을 벌리고 음핵을 아래에서 위로 쓰다듬자 윤은 신음이 나오려는 입을 반사적으로 꽉 다물며 허리를 뒤로 빼려고 달싹였다.

그의 움직임이 조금이라도 덜 미치게 하기 위해서였지만, 오히려 그 움직임에 마찰만 더해지며 찌릿한 감각이 전신으로 퍼져 나갔다. 다문 입술이 다시 열리지 않도록 힘을 주는 윤을 바라보고 있던 유권의 입술이 흥미롭게 호선을 그렸다.

"참는다고 내가 모르는 것이 아냐."

윤이 애써 내리누르기 전부터 감지하고 있었다는 듯 느긋하게 속삭이는 목소리에 윤은 감았던 눈을 떴다. 새까만 눈동자가 웃음기를 머금고 자신을 바라보고 있었다.

"숨길 수 있는 건 소리뿐이지."

그러면서 유권은 못 믿겠으면 알려 주겠다는 것처럼 윤의 붉은색 유두를 다시 살짝 쓰다듬었다. 자신의 젖꼭지가 별다른 자극이 없어도 내내 단단해져 있었다는 것을 깨달은 윤의 뺨이 그 빛깔만큼 붉어졌다.

유권은 작게 소리 내어 웃고는 손끝의 감각에 다시 집중했다. 그의 손끝은 공백 없이 윤의 중심에 닿아 있는 참이었다. 매끈하게 움직이는 촉감을 느끼며 윤은 자신의 여성이 젖어 들었다는 것을 깨닫고 급하게 숨을 몰아쉬었다.

"좋아."

안에서부터 조금씩 스며 나오듯이 풍부하게 젖어 든 윤의 입구를 세로로 살짝 파인 윤곽대로 더듬으며 유권이 속삭였다. 젖은 손끝을 한 마디쯤 안으로 밀자 본능적으로 움찔대는 윤의 내부가 느껴졌다. 어찌할까 잠시 고민하던 유권은 이내 손끝을 더 안쪽으로 밀어 넣어 윤의 내부까지 닿게 만들었다.

"앗, 아……."

달아오른 여성 안으로 옅은 충족감이 느껴지자 윤은 자기도 모르게 교성을 흘렸다. 스스로의 목소리였지만 낯설고 야릇했다. 반사적으로 입을 막으려는 윤의 손을 유권의 다른 손이 다가와 붙잡았다.

"나오면 그냥 질러."

"……."

"남자한테 자기랑 있는 침대에서 정신없어지는 여자의 모습만큼 기쁜 것도 없으니까."

그렇게 덧붙이며 내부를 빠르게 훑는 유권의 움직임에 윤은 허리를 들썩였다. 그의 손끝이 자신의 입구에서 미끌거리는 것이 느껴졌다.

처음으로 침대에서 교성을 흘리게 된 윤의 모습은 유권에게는 특히 유혹적이었다. 변함없이 부드러운 태도로 윤의 감각이 고조되도록 신경 쓰던 유권은 어느 순간 애무를 그치며 윤의 자세를 침대 위에 엎드리게 만들었다. 그가 어떤 자세로 결합하려 하는지 깨달은 윤은 침대 시트를 꽉 움켜쥐었다.

고양이처럼 엉덩이를 치켜든 자세는 아니었지만, 엎드린 여자의 안을 채우는 것은 언제나 남자의 정복욕을 자극한다. 위에서 내려다보는 윤의 뒷모습은 바이올린의 곡선을 연상시켰다.

"윽…… 아앗!"

피가 몰려 뜨거워진 입구 안으로 유권이 진입하기 시작하자 윤은 다른 날보다 더 애틋한 소리를 흘렸다. 유권은 두 손으로 윤의 허리를 붙잡은 채 그녀의 안을 묵직하게 채웠다. 탄탄한 하복부가 복숭아 같은 엉덩이를 이지러뜨리며 단단하게 밀착되자 엎드려 있는 윤의 등에 잔뜩 힘이 들어갔다.

매트리스가 출렁이는 소리와 윤이 가까스로 내뱉는 교성이 묘하게 어우러졌다. 베개 위를 극적으로 수놓고 있는 검은 머리카락과 새근대는 숨소리, 척추의 윤곽이 아름다운 등과 잘록한 허리, 육감적인 느낌으로 부푼 골반과 엉덩이의 곡선을 따라 움직인 유권의 시선이 그 아래로 떨어졌다.

자신의 아랫배가 맹렬하게 부딪치고 있는 윤의 엉덩이가 시야에 아무 가림도 없이 노출되어 있었다. 유백색 조명 아래 윤의 피부는 더 하얀 진주빛으로 반짝이고, 자신의 하체와 합쳐져 있는 윤의 엉덩이 사이로 그녀의 심연을 가르고 있는 페니스가 보였다.

잠시 움직임이 멈추자 윤은 그때를 틈타 숨을 골랐다. 유권은 깊게 가라앉은 눈매로 윤과 자신이 연결된 부분을 바라보았다. 고운 붉은색을 가진 윤의 입구는 이미 더 이상 어찌할 수 없을 정도로 한껏 열려 있다. 열린 꽃송이가 다시 오므라들지 못하도록 거무스름한 남자의 기둥이 그곳을 빈틈없이 꽉 메우고 있었다.

지금 윤이 느끼고 있는 충족감의 정도를 가늠해 보며 유권은 시선을 고정한 채 무겁게 내리누르듯 윤의 안으로 다시 전부를 밀어 넣었다. 거무스름한 자신의 것이 고운 붉은색 속으로 남김없이 사라지며 따뜻하고 촉촉한 윤의 내부가 자신을 꽉 끌어안았다.

넘쳐흐른 애액은 이미 윤의 입구 주변까지 반짝이게 만들고 있었다. 유권이 다시 느릿하게 안으로 실리자 숨을 고르던 윤의 입술에 힘이 들어갔다.

마치 완급을 조절하는 것처럼, 고조되도록 이어 가다가 다시 움직임을 멈춘 채 유권은 팔을 뻗어 숨을 몰아쉬는 윤의 등을 부드럽게 쓰다듬었다. 손이 닿는 순간 움찔하는 반응이 사랑스럽다. 순간 그의 눈매에 짙은 아쉬움과 회한이 스쳤다.

윤은 어떻게 받아들일지 모르겠지만, 지금 유권은 그녀가 사랑스러워서 어찌할 바를 모를 지경이었다. 자신과 보내는 시간 안에서 진짜 쾌락에 눈을 뜬 여자에게 반하지 않을 남자는 없다. 그것이 이미 사랑하고 있는 여자라면 더더욱. 사랑이 계단처럼 하나씩 구분된 층이 있는 것이라면 그동안 몰랐던 새로운 층으로 한 발 더 올라선 것처럼, 새삼 다시 반하고 마는 것이다. 지금 자신이 그런 것처럼.

문득 유권은 지금 느낀 것들을 그대로 털어놓고 싶은 충동을 느꼈다. 이대로 윤의 귓가에 사랑한다는 말을 속삭이고 싶었던 것이다.

병원에서 윤은 자신에게 소리쳤었다. 예전의 서유권을 다시 마주하고 말 것이라고. 하지만 그게 가능할까? 설사 모든 일이 원하는 대로 흘러간다고 해도, 윤에게 각인된 서유권이라는 존재는 이미 망가져 버린 것이 아닐까? 적어도 윤이 말한 예전의 서유권은 이런 짓을 할 사람은 아니었으니까. 그것을 자각한 유권의 입매가 힘없이 뒤틀려졌다.

자상하게 몸을 어루만지던 손을 움직여 유권은 윤의 자세를 다시 바꾸었다. 머리를 베개에 묻은 채 하체를 치켜든 자세로 만든 것이다. 그러는 동안에도 윤의 내부에는 유권이 머금어져 있었다.

"움직여."

사랑한다는 말을 하지 못한다면 차라리 더 잔인해져 버리려는 듯이, 유권의 목소리는 나직하게 튀어나왔다. 제대로 듣지 못한 윤이 그대로 있자 유권은 허리를 잡고 있던 오른손을 움직여 윤의 토실한 엉덩이를 꽉 움켜쥐었다.

"움직이라고."

늘어져 있던 윤의 고개가 살짝 경직되며 커다란 눈망울이 그를 돌아보았다. 이내 유권의 명령이 무엇인지 깨달은 윤은 힘 빠진 팔을 겨우 추슬러 다시 상체를 들었다. 척추의 윤곽이 도드라진 등이 가볍게 떨었다. 윤이 머뭇거리자 그녀의 엉덩이를 쓰다듬고 있던 유권의 손에 다시금 꾹 힘이 들어갔다.

그의 신호에 움찔한 윤은 이내 자상하던 유권의 시간이 끝났다는 것을 자각했다. 그는 다시 평소로 돌아온 것이다. 집요하고 지독하게 휘몰아치는.

굳어 있던 윤이 조금씩, 조금씩 앞뒤로 움직이기 시작했다. 여자가 움직이는 후배위는 자극적이었지만 윤의 움직임은 한없이 어설프고 마치 이렇게 하는 스스로를 받아들이기 어려워하는 것처럼 경직되어 있었다. 유권은 조금 전처럼 억세게 윤의 허리를 잡는 대신 가볍게 손만 얹어 둔 채 여체의 움직임을 감상했다. 괜찮았지만, 만족스러운 정도는 아니었다.

"그렇게 해서는 오늘 밤이 다 가도 안 끝난다."

나직한 중저음에 움직이던 윤의 몸이 멈췄다. 어느새 가느다란 몸 전체가 조금씩 떨고 있었다. 움직임은 멎었지만 윤은 자신의 안에 있는 유권을 느낄 수 있었다. 그의 남성은 여전히 완강하게 힘이 들어가 있었다.

가늘게 떨고 있는 윤이 겨우 신경을 추슬러 자신을 깊게 삼키자 유권의 눈썹이 흥미롭다는 듯 까딱거렸다. 윤은 스스로 움직이면서 밀려들었다 다시 빠져나가는 그의 존재감에 고개를 숙인 채 숨을 삼켰다.

긴 머리카락이 침대 시트를 스치며 살랑살랑 움직인다. 자기 스스로 움직이면서 그를 안에 품는 것이 처음이어서일까.

그와 하나가 되어 비벼지는 곳의 감각은 몹시도 이질적이었다.

"못······하겠어요."

결국 얼마 가지 못해 윤은 다시 풀썩 쓰러지며 겨우 중얼거렸다. 눕고 싶었지만, 허리 아래는 유권의 수중에 있었기에 그럴 수가 없었다.

"그래?"

유권의 표정이 심드렁하게 변했다. 이어 그가 두 손으로 엉덩이를 움켜쥐어 옆으로 활짝 벌리자 윤은 혼몽 중에도 깜짝 놀랐다.

"이제까지 겪었으면 내가 어떤 취향이라는 건 알 텐데 아직 이런 것을 보면, 너도 익숙해지는 데 꽤 오래 걸리는 타입이야."

그가 다시 길고 깊게 진입하자 윤은 헉 하고 숨을 삼켰다. 유권은 더 또렷하게 눈앞에 드러나도록 만든 윤의 중심에 시선을 고정한 채 거침없이 허리를 움직였다. 자신의 움직임에 윤의 젖은 입구가 버거워한다.

그의 말에 지금까지 침실에서 벌어졌던 순간들이 떠올라 버린 윤은 눈을 감았다. 유권은, 지금까지 있었던 둘만의 시간에서 한 번도 감미롭고 부드러웠던 적이 없었다. 마치 굶주린 짐승이 눈앞에 놓여 있는 커다란 뼈에서 살점을 남김없이 발라내는 것처럼, 그는 서슴없이 노골적이었으며 자신이 원하는 것과 그것을 얻어내기 위한 방법을 알고 있다는 것을 절대로 숨기지 않았다.

"아니, 벌써 적응했다고 해야 하나?"

그렇게 덧붙인 유권의 손가락이 애액으로 젖은 입구 주변을 건드리자 윤은 침대 시트를 꽉 움켜쥐었다. 유권의 자극이 언제나 집요했기 때문인지, 그에게 시달리면서도 윤의 샘은 마를 줄을 몰랐다. 그는 윤 자신보다도 그녀의 육신을 잘 알고 있는 것만 같았다. 어디가 얼만큼 민감하고, 어떤 감촉으로 쓰다듬어 주기를 원하는지 모조리 파악하고 있었던 것이다.

"으응!"

엉덩이를 쥐고 있던 손이 겨드랑이 틈으로 파고들어 가슴을 감싸 쥐자 윤은 반사적으로 신음을 뱉었다. 그가 하체를 밀어붙인 채 왕복운동이 아닌 아래위와 양옆으로 움직이자 그만 머릿속이 하얗게 날아가 버렸다.

"아아!"

윤의 교성이 거의 비명처럼 침실을 울리자 유권의 입술이 살짝 비틀어졌다. 한동안 윤의 교성을 즐기던 그가 하체를 완전히 떼자 윤은 그대로 옆으로 쓰러졌다.

"하악, 하아……."

고개를 모로 기울인 채로 화살 맞은 사슴처럼 쓰러져서 헐떡이는 윤을 가만히 내려다보던 유권은 다시 손을 뻗어 멋대로 쓰러진 몸을 추슬러 반듯하게 눕혀 주었다. 그러나 이제 끝이었기 때문은 아니었다. 위에서 윤을 점하는, 남성상위로 바꾸고 싶어진 것이다.

힘 빠진 윤의 허벅지가 거의 끝까지 양옆으로 벌어졌다. 적당히 토실한 윤의 둔덕 아래 꽃봉오리는 조금 전까지 만개했던 흔적이 역력했다. 허벅지 안쪽의 민감한 피부를 감상하듯 쓰다듬는 유권을 올려다보며 윤이 간신히 속삭였다.

"언제나…… 이런 식으로 할 필요는 없잖아요."

그 목소리에 유권의 눈동자가 윤을 마주 보았다. 지나친 흥분으로 인해 감정이 격해졌기 때문일까. 그렇게 속삭이는 윤의 눈가에는 눈물이 고여 있었다. 관능적이면서도 왠지 안쓰럽다.

윤을 안을 때마다 유권은 언제나 그녀의 처음을 나누는 것 같다고 생각했다. 그녀와 첫날밤을 나눈 것은 이제 꽤 오래전의 과거가 되었는데도 여전히 윤은 자신에게 있어 그런 이상향을 갖고 있는 여자였다.

"그렇지."

하지만 무심하게 중얼거리며 유권은 손을 뻗어 울먹이는 윤의 뺨을 자상하게 쓰다듬었다.

"조금 전에 말했는데 잊어버렸나? 이 정도까지 됐으면, 내가 어떤 취향인지는 알아야지."

입구로 여전히 단단한 그의 페니스가 잇대어지자 윤의 미간이 아릿하게 구겨졌다. 단지 잇대어졌을 뿐인데 배 속이 화끈해진다. 미세하게 움찔거리는 윤의 내부를 느끼며 유권은 다시금 입매를 비틀며 미소 지었다.

"말은 그렇게 해도…… 네가 삽입에서 가장 크게 느끼는 건 알고 있어?"

비릿한 웃음기가 어린 유권의 속삭임이 충격적으로 다가왔다. 자신을 그렇게까지 꿰뚫어 본 그의 시선이 두려우면서도, 자신의 여성은 지금 조금씩 밀려드는 그를 더욱 안으로 빨아들이려는 것처럼 조여들고 있었던 것이다.

입구 근처의 좁다란 점막을 지나 본격적으로 묵직하게 파고드는 둔탁한 존재감에 윤은 입술을 벌렸다. 가슴이 멋대로 기복하기 시작했다. 별다른 애무가 없었는데도 유두가 아프도록 단단해진다. 숨결에 신음이 섞여 나오는 것을 막을 수가 없었다.

유권은 여자로서 남자를 향유하는 감각이 어떤 것인지 조금씩 알아가는 윤을 흥미롭게 지켜보았다. 그녀의 분위기만큼이나 아담하고 가냘픈 느낌을 가진 윤의 깊은 곳은 이제 익숙하게 서유권이라는 사내의 분신을 받아들인다.

윤에게 끝까지 밀어 넣은 유권은 몽실몽실한 젖가슴을 쓰다듬며 잠시 그대로 있었다. 새근거리는 숨소리와 기복하는 윤의 아랫배, 자신이 그녀의 일부가 되었다는 것이 자각되자 반듯하던 유권의 이마에 단번에 핏대가 솟았다. 젖가슴을 애무하던 손을 아래로 내려 둔덕 사이의 음핵을 문지르자 자신이 담겨 있는 윤의 아랫배 깊은 곳이 단박에 좁아졌다.

"큭……."

답답하게 터져 나오는 유권의 신음과 함께 윤의 숨소리가

새되게 치솟았다. 손끝의 도톰한 부분으로 젖가슴의 유두에
이어 농밀한 곳에 솟아 있는 윤의 세 번째 돌기를 애무하면서
유권은 움직이기 시작했다. 여자의 젖은 곳에 남자가 거듭 찾
아드는 소리가 침실을 울렸다.

상기된 채 신음하는 윤의 몸에 상체를 포개며, 유권은 움직
임을 멈추지 않은 채 윤의 목덜미에 얼굴을 묻고 그녀의 귓불
을 입술로 물었다. 윤의 몸이 꿈틀거렸다. 그가 움직이는 아
래쪽에서 시작되어 전신으로 퍼져 나가는 감각은 목덜미에 와
닿는 유권의 숨결보다 더 뜨거웠다.

"아앗!"

바로 귓가에 울리는 윤의 교성은 통증과 쾌감의 경계에 선
듯 아슬아슬했다. 유권은 잠시 어찌할 바를 몰랐다. 자신은
윤을 항상 이렇게 안는다. 시작은 다정하고 애정 어린 방식이
었을지 몰라도 시간이 지나면 그런 것 따위는 나랑 어울리지
않는다고 의식하는 것처럼 거칠어진다. 유권은 고개를 돌려
아릿하게 구겨져 있는 윤의 옆얼굴을 바라보았다.

어차피 나는 네게 어울리지 않는 인간이었어. 너와 사랑하
고 싶다는 내 바람은 허용될 수 없는 일이었지. 하지만 그럼
에도 불구하고 네가 좋았고, 파편이라도 좋으니까 너의 일부
라도 손에 넣고 싶었다.

난 남들처럼 정상적인 방법으로는 너를 얻을 수가 없었어.
내가 아니었다면 넌 평범하게, 이런 밤 따위는 맞이할 일 없
는 세상에서 누군가의 사랑스런 연인이 됐을 거야. 애정 어린

손길로부터 마음껏 사랑받으며 예쁘게 활짝 피어났겠지. 애틋하게 속삭이는 밀어를 들으면서.

그래서 난 부끄러운 거야. 이제 와서 너에게 그 시절의 착한 오빠 행세를 할 수 없다는 것을 아니까. 네 세상이 무너지고 나서야 그 틈으로 비집고 들어왔으니, 난 시작부터 너에게 비겁했던 거지. 그런 주제에 사랑하는 연인 행세를 할 수도 없잖아?

9 장

"어떻게 된 거냐?"

백부인 송 회장의 하문에 광렬은 고개를 들지 못했다. 자신의 집무실에서 제왕처럼 굴던 모습에 익숙한 이들은 상상조차 하지 못할 공손한 태도였다.

"면목이 없습니다."

"내가 너한테 그 말 듣는 것이 처음인 줄 알아?"

광렬의 큰아버지이자 S&P 금융그룹의 주인인 송 회장은 단단히 진노한 것 같았다. 그도 그럴 것이, 본사 입장에서도 적다고 할 수 없는 자금을 내주면서 성장시켰던 광렬의 캐피탈이 그만한 실적을 내지 못한 지 오래되었기 때문이다.

"돈 못 버는 것이야 둘째 치더라도, 네놈이 어떻게 하고 있기에 그런 소문들이 나도는 것이냐?"

송 회장이 말하는 소문이란 광렬이 캐피탈의 임원들을 마구잡이로 대하고 있다는 떠도는 풍문들을 가리키는 것이었다. 물론 그것은 풍문 따위가 아니라 사실이었지만, 아직까지는 확실하게 밝혀진 것 없이 공공연한 비밀 수준으로 나돌고 있었기에 송 회장은 악질적인 소문이라고 여기고 있었던 것이다.

"죄송합니다."

광렬은 고분고분하게 다시 사죄를 올렸다. 지금 그의 모습은 마치 우두머리 맹수 앞에 끌려 나온 서열 낮은 짐승과 같았다.

대그룹 내의 경영진들은 본사에서 계열사에 이르기까지 혈연으로 촘촘하게 묶여 있었지만, 그 구도를 그림으로 그리면 상하관계가 명확한 피라미드를 닮아 있었다.

아랫사람은 윗사람의 명령에 절대적으로 복종해야 한다. 왜냐하면 지금 자신이 누리고 있는 모든 지위와 권력은 그로부터 나눠 받은 것이었으므로. 만약 그 위계질서를 어겼을 때 돌아오는 것은 갖고 있던 것의 박탈뿐이다.

"네놈이 까먹고 있는 돈보다도, 네놈이 내가 세운 회사의 이름에 먹칠을 하는 것을 더 두고 볼 수가 없다."

송 회장은 회사의 실적이나 순이익만큼 평판에도 민감한 사람이었다. 지금은 타계한 동업자와 함께 세운 자신의 회사에 자부심이 있었고, 이렇게 성장한 기업이 매우 특별한 것이라는 의식도 있었다.

그랬기에 송 회장은 자신의 자식들과 다른 혈육들에게도 일찍부터 그런 의식을 심어 주며 훈련시켜 왔지만, 뒤집어 보면 특권의식에 젖은 광렬의 행동은 바로 일찍부터 주입받은 그런 의식에서 비롯된 것이었다. 자기가 가진 실력이나 능력을 갈고닦기 전에 자신은 남들과 다르고 그들보다 더 우위에 있다는 남다른 인식부터 갖게 되어 버린 것이다.

　"더 노력하겠습니다."

　침통해하는 광렬의 모습에도 송 회장의 일어선 눈빛은 가라앉을 줄 몰랐다.

　"그리고, 그 얘기는 또 뭐냐? 임원들이 빠져나가는 것으로 모자라 지분 이탈까지 일어나고 있다면서?"

　송 회장의 지적에 광렬의 얼굴이 드러나지 않게 일그러졌다.

　"그건⋯⋯."

　광렬이 막 항변을 시작하는데 노기 어린 송 회장의 음성이 그것을 가차 없이 깔아뭉갰다.

　"네가 그 자리에 앉은 이후로 제대로 돌아가는 것이 뭐냐? 분기가 지날 때마다 실적은 곤두박질치고 사람들은 빠져나가고 경영권은 잠식되고! 그런데 대비책도 없이 자리나 지키고 있어?"

　결국 터지고야 마는 송 회장의 호통에 광렬은 입을 다물었다. 자신의 과오들과 별개로 그는 지금 이 상황이 모욕적이어서 참을 수가 없었다.

"올해 안까지 수습하지 못하면 결단을 내릴 테니 명심하도록 해라."

송 회장의 말에 광렬의 표정이 확 굳어졌다. 결단이라는 것은 곧 계열 정리를 의미하는 것이 아니던가.

"명심하겠습니다."

그러나 아무 항변도 하지 못하고 물러 나온 광렬은 회장실의 문이 닫히고 나서야 얼굴을 구겼다. 밖에서 기다리고 있던 그의 비서 역시 안에서 있었던 일을 짐작하고 사색이 되어 있었다.

"대표님……."

자신의 안색을 살피며 조심스럽게 다가오는 비서를 향해 광렬은 잘근잘근 씹어뱉듯이 일렀다.

"서유권인지 뭔지…… 그 새끼 주변 전부 조사해서 나한테 가져와."

❀

"오빠는 요새 또 무슨 일인가 하고 있나 봐요."

휠체어에 앉은 정식의 곁에 앉아서 윤은 조용히 읊조리듯 말했다. 지금 나와 있는 요양원의 정원은 잘 가꾸어져 있었다. 양지바른 곳에 나란히 앉아 윤은 조금 전 깨끗하게 머리를 빗어 준 아버지의 얼굴을 바라보았다.

의식을 회복한 정식은 지금 재활에 전념하고 있었다. 처음

막 눈을 떴을 때와 비교하면 무척 호전된 상태였지만, 건강하던 예전에 비하면 여전히 나약하고 미약한 상태였다. 혼자서는 걷거나 움직일 수도 없었고, 말도 아직 제대로 할 수 있는 상황이 아니었다. 기억이나 지능에 어느 정도의 후유증이 남았는지도 예상이 불투명했다.

"또 바빠졌어요. 집에도 늦고…… 애쓰고 있나 봐요."

하지만 윤은 유권이 무슨 일 때문에 그렇게 바빠진 것인지 알지 못했다. 단지 그가 또 혼자서 무엇인가를 감당하기 시작했다는 것만 막연하게 짐작했을 뿐이었다.

"일이 끝나고 나면 여행 가기로 했어요."

"……."

"오빠가 얘기를 꺼내서요. 오빠가 먼저 그런 얘기 한 건 처음이에요."

"……."

"자기가 먼저 원하는 것이 있다고 말한 적은 여태까지 한 번도 없었는데……."

그렇게 말하던 윤의 말꼬리가 자연스럽게 스러졌다. 다른 사람들의 눈에는 강압적이고 위압적이기 짝이 없는 것처럼 보이는 유권이었지만, 그는 여태껏 윤에게 진심으로 원하는 것이 무언지 털어놓은 적이 없었다.

저축은행이 넘어가고 한신 캐피탈에 몸담은 뒤로 유권은 함께 보내던 시절을 자기 내면에 있는 상자 속에 넣고 봉인해 버린 듯이 전혀 다른 사람처럼 변했지만, 윤은 알고 있었다.

사실 유권이 달라진 것은 아무것도 없다는 것을.

"아빠…… 이런 말 들으면 아빠가 섭섭할지도 모르지만 예전부터 들었던 생각이 있어요."

"……."

"전 유권 오빠가 언젠가는 이 일을 그만뒀으면 좋겠어요."

철없는 여고생이던 그 당시에는 알지 못했지만, 윤은 성인이 된 후에 확실히 알 수 있었다. 아버지인 정식이 유권을 왜 후원했는지를. 물론 인간적인 호의가 가장 컸지만 그 이유가 전부는 아니었다는 것을 깨달았던 것이다. 그래서 윤은 지금 오래된 속마음을 털어놓으며 정식의 손을 잡았다.

"그래서 그냥 자기가 하고 싶은 일을 하며 지냈으면 좋겠어요."

윤은 정식의 손을 잡은 채 그렇게 말했다. 아버지의 손은 따뜻했다. 그러나 흐릿해진 눈빛에서는 여전히 아무런 감정도 읽어 낼 수가 없다.

지금은 수그러들었지만, 태석은 처음에 유권을 무슨 배신자보듯이 대했다. 아마도 유권에게 향하는 세상 대부분의 시선이 그럴 것이다. 유권이 그렇게 행동할 수밖에 없었던 이유가 밝혀진다면 그런 시선도 거두어지겠지만, 그때 가서 그게 무슨 의미가 있을까?

잡고 있던 정식의 손이 움직이자 윤은 고개를 들었다. 마음먹은 대로 잘 되지 않는 듯, 조금씩 손을 들어 올리고 있는 정식의 몸이 움찔거리면서 얼굴 근육이 꿈틀거리고 있었다.

"아빠?"

갑작스런 반응에 깜짝 놀란 윤이 부들부들 떨리며 움직이는 정식의 손을 덥석 붙잡았다. 그러나 정식의 움직임은 멈추지 않고 계속 이어졌다. 보통 사람에게는 무의식적으로 행하고도 남을 만큼 간단한 동작이었지만 지금의 정식에게는 무거운 역기를 들어 올리는 것만큼이나 힘든 일이었다. 겨우 들어 올린 손으로, 정식은 딸의 머리를 쓰다듬었다.

"아빠……."

처음으로 감정이 떠오르는 눈동자를 마주한 윤의 목소리가 뭉클하게 흔들렸다. 굳어 있던 정식의 입술이 희미하게 달싹였지만 목소리를 만들어 내지는 못했다. 그러나 윤은 아버지의 입술이 부르고자 모양을 내는 이름이 무엇인지 알아볼 수 있었다.

'유권이.'

윤의 표정이 확 밝아졌다.

"네, 아빠. 유권 오빠요. 유권이 오빠!"

회복된 후 처음으로 이렇다 할 감정 변화를 보이는 아버지의 모습에 기쁨도 잠시, 윤은 곧 의자에 앉은 채 비틀거리는 정식을 황급히 부축했다. 부랴부랴 병실로 돌아와 다시 침대에 눕히자 곧 잠드는 아버지를 지켜보면서, 윤은 착잡해하면서도 조금씩 좋은 쪽으로 변화하고 있다는 확신에 미소 지었다.

❀

"오빠가 가고 싶은 곳은 어디예요?"

그날도 역시 어제와 다름없이 늦게 귀가한 유권과 함께 저녁 식사를 하고 뒷정리까지 끝났을 즈음, 윤은 침실 대신 서재에 앉아 있는 유권을 지켜보다가 조심스럽게 물었다.

"뭐?"

"저번에 어디 가자고 했었잖아요. 생각해 본 곳 있어요?"

윤의 물음에 유권은 열중하던 일을 잠시 놓고 고개를 바로 들었다. 피곤하던 시야가 다소 풀어지는 기분이 들었다.

"당장은 갈 수 없어. 이 일을 끝내고 나면."

유권은 들여다보고 있던 것들을 손으로 짚으며 그렇게 대답했다. 자신이 말한 일이란 광렬을 쓰러뜨리는 것이었다. 단시일 내에 끝낼 수 있는 일도 아니었고 광렬을 무사히 거꾸러 뜨린다고 해도 헤쳐 나가야 할 것들이 켜켜이 쌓여 있었다. 무엇보다 그 일을 전부 해내게 된다고 해도 그때까지 윤이 곁에 있으리라고 확신할 수 없다. 유권은 씁쓸해졌다.

"그럼 천천히 생각해 볼 수 있겠네."

웃으면서 종알거리는 윤의 혼잣말에 유권은 자기도 모르게 상체를 앞으로 내밀었다.

"정말 같이 갈 거야?"

그렇게 반문하는 유권이 의아하다는 듯이 윤의 눈이 동그래졌다.

"같이 가자고 했잖아요?"

태연하게 되묻는 윤의 모습에 유권은 잠시 말을 잇지 못했다.

"오래 걸려도…… 그것이 엄청 나중이어도?"

네가 더 이상 억지로 내 곁에 묶여 있지 않아도 되는 상황이어도? 유권은 그렇게 묻고 싶은 것을 가까스로 삼켰다. 그 질문에 윤이 어떻게 대답할지 가늠할 수 없었기 때문이다. 만약 자신이 그렇게 물었을 때 윤의 표정이나 눈빛이 조금이라도 흔들리는 것을 본다면 그것만으로도 견딜 수 없을 것만 같았다.

"그럼요. 왜요?"

찰나에 복잡하게 흘러간 유권의 속내를 알 리 없는 윤은 아무렇지 않게 덧붙였다.

"오빠 어디 가야 해요? 그 전에?"

"아니, 그런 건 아냐."

윤은 그렇다면 아무 문제 될 것도 없다는 의미를 담아 미소 지었다. 그 표정을 바라보던 유권은 마치 윤이 마음을 바꾸지 않도록 설득하려는 것처럼 얼른 덧붙였다.

"그때 되면 가고 싶은 곳은 다 갈 수 있어. 하고 싶었던 것도 다 할 수 있고."

"……"

"더 이상 방해받을 필요도 없어."

그때가 정말 온다면 그렇게 될 것이다. 상황 때문에 휘둘릴 필요도 없고, 다른 이를 의식할 필요도 없고, 자기 자신의 괴로움과 열등감에 잠식당할 일도 없으리라.

"어디든지 가자. 응? 어디든지."

나지막하게 거듭 이르는 유권을 향해 윤은 웃으며 고개를 끄덕였다.

"응. 우리 그렇게 해요."

윤의 대답은 유권에게 마치 언제까지고 곁에 있겠다는 확답처럼 들렸다. 지금은 윤에게 일이 해결된 뒤에도 계속 곁에 있어 주겠느냐고 묻는 것조차 두려웠지만, 유권은 애써 미소를 지었다.

"오늘 아빠한테 다녀왔어요."

유권의 속내는 까맣게 모른 채 윤은 낮의 일을 떠올리며 웃는 얼굴로 말했다.

"아빠가, 오빠 이름을 불렀어요. 목소리는 나오지 않았지만 확실하게."

유권의 가슴 한구석이 찌르르 울렸다. 자신이 외면할 수 없는 또 하나의 사람이 있다면 그건 정식이었다. 아버지라고 할수는 없지만 아버지가 아니라고 하기도 어려운 사람.

"그래?"

"틀림없어요. 분명히 조금씩 회복하고 계신 거예요."

윤은 희망을 놓지 않는다. 유권은 그 모습을 동경한 적도 있었고 서글퍼한 적도 있었다. 그런 감상은 지금도 일부분 남아 있어 때때로 밤잠을 설치게 만들었지만, 유권은 바로 그런

면 때문에 자신이 윤을 사랑하게 된 것이 아닌가 생각했다.

"다시 건강해지시겠지."

"네."

고개를 끄덕이는 윤을 향해 유권은 물었다.

"그때까지 같이 있을 수 있을까?"

그 물음에 어떤 의미가 담겨 있는지 깊게 생각하지 못한 윤은 그저 가볍게 대답했다.

"지금도 같이 있잖아요."

평범하게 대답하는 윤을 하염없이 바라보던 유권의 입술이 어느 순간 다시 움직였다.

"그럼 하나만 대답해 줘. 그 전까지는 여길 떠나지 않겠다고. 약속할 수 있어?"

"그럼요."

아무렇지 않게 말하는 윤의 모습에 유권은 어쩔 수 없이 안도감을 느끼고야 말았다. 지금 윤의 대답 속에 얼마만큼의 의지가 들어 있는지는 모른다. 하지만 지금은 그것만으로도 좋았다.

❋

"현직 임원 중에 송광렬한테 반감 있는 인물들 집중 포섭해."

"예."

유권의 지시에 용진은 긴장한 표정으로 고개를 끄덕였다.

"이제 본격적으로 압박할 거다."

유권은 신중하게 중얼거렸다. 광렬에 대한 공세를 본격화해야 할 타이밍이었다. 지분은 충분히 확보된 상황이었고 S&P 캐피탈의 내부사정이 어떤지도 모두 파악한 상태였다. 이제 광렬을 그 자리에서 몰아내고 회사를 다시 찾기로 한 계획을 실행할 때였던 것이다.

그러나 광렬 역시 유권의 행동을 수수방관만 하고 있는 것은 아니었다.

"외부임원들 동향 파악하고 이사회랑 주주들에 사람 붙여."

광렬의 지시에 본사의 문책이 있던 날부터 내내 긴장하고 있던 비서는 머리를 숙였다. 광렬은 불쾌하기 짝이 없는 표정으로 머리를 쓸어 넘겼다.

사임한 오너 출신 임원들이 유권과 접촉했다는 사실은 알고 있었다. 유권이 이끌고 있는 한신 캐피탈 측으로 흘러든 자기 회사의 주식량은 상당했다.

몇 년 전 S&P 캐피탈에 흡수된 자기 회사를 되찾으려 하는 것이라는 예상이 맞다면 곧 공격이 들어올 것이다. 사람들의 이탈을 막고 이사회의 이사들이 보유하고 있는 지분을 지키려면 감시에 들어가야 했다. 회유나, 필요하다면 강제로 막는 것도 고려 중이었다. 물론 그런 조치가 취해질 예정이라는 것은 모두 비밀이어야 한다.

"위임장 못 쓰게 철저하게 감시해."

"알겠습니다."

한신 캐피탈이 아무리 탄탄한 회사라고 해도 운영할 수 있는 자본이 무한한 것은 아니기에 주식 매입만으로 지분을 차지하는 것은 한계가 있었다. 게다가 광렬이 본사의 송 회장에게 문책을 받은 이후 시장에는 한신 캐피탈의 서유권이 S&P의 송광렬을 타깃으로 삼았다는 소문이 돌면서 덩달아 주식 매수가 일어나 주가가 많이 올라간 상태였다. 유권과 광렬 모두 주식 매입으로 경영권을 공격하거나 방어하는 것에는 무리가 있는 상황이 온 것이다.

주주총회에서 영향력을 과시하려면 의결권이 필요하지만, 지금 유권이 확보한 지분으로는 절대적으로 힘을 행사하기에는 부족하다. 결국 위임장 전쟁으로 이어질 가능성이 컸다.

위임장이란 주주총회에 참석할 자격이 있는 주주가 자신의 보유 주식만큼 갖고 있는 의결권을 다른 이에게 위임한다는 것을 증명하는 종이였다. 더 이상 지분 매입을 할 수 없는 지금, 십중팔구 유권은 S&P 캐피탈의 주식을 보유하고 있는 다른 주주들에게 접근하여 위임장을 받으려고 할 것이다. 광렬이 주주와 이사들에게 사람을 붙이라고 명령한 것은 그것을 막기 위해서였다.

"조사해 봤나? 그놈 주변."

"예. 여기 있습니다."

광렬은 비서가 내미는 서류를 받아 들었다. 그 안에는 유권에 대한 사항들이 공사를 막론하고 정리되어 있었다.

"얼마 전에 조금 희한한 일이 있었습니다. 여기에 보시면……"

비서가 가리키는 곳을 읽어 내린 광렬의 눈빛이 묘해졌다.

"대출?"

"예. 얼마 전 저희 캐피탈 지점에서 소액 대출이 있었는데 그걸 상환한 것이 서유권이랍니다. 그와 함께 있다는 김 대표의 가족들을 더 조사하다가 알게 되었습니다."

"대출받은 사람이 누군데?"

광렬의 물음에 비서는 지체 없이 대답했다.

"김태석이라고, 김정식 대표의 둘째아들이랍니다. 지금 서유권과 함께 있다는 장녀의 남동생이고요. 그런데 왜 우리 쪽에서 돈을 빌렸는지 모르겠습니다. 대출 기록을 살펴봤더니 연체가 되다가 서유권이 상환을 했는데, 그걸 보면 서유권은 몰랐던 일 같습니다."

비서의 설명에 아리송해하던 광렬은 이내 감을 잡으며 피식 웃었다. 지난번 유권의 주변에 대해 들었을 때 알게 되었던 사실이 떠오르며 머릿속에서 아귀가 맞춰진 것이다. 합병된 후원자의 회사, 그러나 여전히 곁에 두고 있는 전(前) 오너의 가족들.

태석이 자기 회사에서 돈을 빌렸다는 사실을 다시 주지하며 광렬은 피식 웃었다. 자기 아버지의 회사를 집어삼킨 곳이 어디인 줄도 모르고 대출을 받다니 멍청한 놈이었던 모양이다. 하지만 유권은 그것을 해결해 주었다. 그리고 그의 옆에는 내내 한 사람이 있었다.

태석의 누나이자 정식의 딸이라는 여자. 아마 정식에게 그런 일이 일어나지 않았고 유권이 무사히 후계자 자리에 올랐다면 그의 배우자가 되는 것이 수순이었을 여자였겠지. 지난번 연회에서 예기치 않게 볼 수 있었던 윤의 모습이 떠올랐다.

"이 새끼 이거 난놈이구만. 자기 키워 준 사람 쓰러졌는데 제일 먼저 챙긴 것이 딸년이야……. 여자 때문에 이러는 거였어."

"그런 관계일까요?"

"아니면 뭐겠어?"

넘겨받은 종이를 테이블에 내려놓던 광렬이 문득 고개를 갸웃하더니 다시 일렀다.

"아들놈이 대출받으며 쓴 서류 가져와 봐."

"예? 그건 왜……."

반문하던 비서는 곧 스스로 말을 끊고 집무실을 나섰다. 잠시 후 전달받은 태석의 대출신청서를 살펴보던 광렬은 히죽 웃었다. 종이에는 태석이 직접 남긴 모든 인적사항이 고스란히 들어 있었다. 이 서류를 작성할 당시 머물던 곳의 주소까지도.

✳

"이제 시작할 건가?"

"예."

여옥의 물음에 유권은 확고하게 고개를 끄덕였다. 몇 년이 흘렀지만 여옥의 모습은 첫 대면의 그날과 별반 달라지지 않았다.

"다 끝내고 나면 자네는 어쩔 거지?"

여옥은 자못 부드러운 투로 물었다. 이제 한신 캐피탈을 이끄는 것은 유권이라고 해도 마찬가지였고, 한신 캐피탈은 유권과 한 배를 탄 것이나 마찬가지였다.

"거기까지는 아직 생각해 보지 않았습니다."

유권은 담담한 것 같으면서도 약간 경직된 투로 대답했다. 진심으로 유권은 광렬을 응징하고 난 후의 일을 생각해 보지 않았다.

지금은 오직 광렬을 쓰러뜨리고 그에게서 모든 것을 빼앗을 전략으로 머릿속을 채우고 있었다. 만약 그를 해치우고 난 이후의 일을 미리 상상해 보다가 안 좋은 생각이 들면 평정을 유지할 수 없을 것 같았기 때문이다.

"끝내고 나면, 그때야말로 행복하게 살 건가?"

"그럴 수 있다면 좋겠죠."

유권의 대답에 여옥은 미소 지었다. 그 모습을 보며 유권은 새삼스럽게 다시 깨달았다. 여옥을 처음 대면했던 날, 그녀는 정식이 너무 순진했다고 비꼬았지만 실은 여옥 역시 정식과 다르지 않은 꿈을 갖고 있는 사람이었다.

"대표님께는 늘 감사하고 있습니다."

그 말에 여옥은 미소 지었다. 지난날 정식에게 위기가 왔을 때 갖고 있던 저축은행의 지분을 정식에게도, 광렬에게도 넘기지 않았던 것은 그것을 무의미하게 만들고 싶지 않아서였다. 하지만 이제 유권을 만나 그것이 쓰임새를 찾게 되었으니 여옥은 아쉬울 것이 없었다.

"잘해 보게. 지원할 수 있는 것은 다 해 줄 테니까."

"감사합니다."

이번 일이 끝나면 유권은 더 이상 남의 밑에서 일하는 존재가 아니라 혼자서 일가를 이룬 사람으로 올라설 것이다. 그렇게 된 유권의 모습을 상상해 보며 여옥은 눈을 깜빡였다.

"김 대표 그렇게 된 후 남은 식솔들…… 자네가 챙기고 있었지?"

여옥의 물음에 유권의 눈빛이 다소 어둡게 변했다. 표면적으론 여옥의 말대로였다. 하지만 속사정을 들여다본다면 그것을 순수한 호의라고 할 수 있을까.

"안 좋게 여기지 말아."

절묘한 타이밍에 나온 여옥의 말은 마치 유권의 가슴 깊은 곳에 자리하고 있는 죄책감을 짚어 낸 것 같았다. 유권은 눈을 들어 다시금 여옥을 바라보았다.

"얘기는 나도 들었네. 아마 다 회복하고 나면, 김 대표도 고마워할 거야."

"그럴까요?"

그러기를 원한다는 의미가 조심스럽게 담긴 유권의 반문에 여옥은 긍정의 의미를 담아 고개를 끄덕였다.

유권이 여옥과 대담을 하고 있을 때와 같은 시각, 광렬은 송 회장의 앞에 잔뜩 긴장한 모습으로 서 있었다.

"내가 언제까지 네 스페어타이어 노릇을 해 줄 거라 생각지 마라."

송 회장의 선언에 광렬의 미간이 미세하게 꿈틀거렸다. 방금 송 회장은 유권과 광렬이 곧 접전한다는 소문을 접한 참이었다. 이런 식의 경영권 분쟁은 업계에서 흔한 일이었기에 별로 놀라운 일은 아니었지만, 송 회장은 자기 산하의 계열사가 공격을 받을 상황에 처했는데도 냉정했다.

"이참에 네가 어디까지 할 수 있나 증명해 봐라. 애초에 네 놈에게 증명 없이 그런 것들을 쥐여 준 내 행동이 실수였어."

서슴없이 쏟아지는 힐난에 광렬의 안색이 점점 굳어 갔다.

"실망시켜 드리지 않겠습니다."

애초에 송 회장이 광렬을 S&P의 캐피탈 대표 자리에 앉힌 것은 금융그룹으로서 구색을 갖추기 위해서였다. 광렬이 여러 중소 회사들을 인수하며 크기를 불릴 때 도와주었던 것도 초반에 자리를 잡게 하기 위해서였다. 캐피탈로 자리를 잡아서 어엿한 저축은행을 만들어 내는 것이 송 회장의 바람이었다. 하지만 그 후로 광렬은 실적을 내기는커녕 흑자를 내지도 못해서 오히려 부담만 주고 있었다.

"나가 봐."

송 회장의 축객령에 쫓겨난 광렬은 회장실을 나서서야 참 았던 숨을 몰아쉬었다. 이렇게 곤두박질쳐진 느낌은 태어나서 처음이었다. 송 회장에 대해 부아가 치밀면서도 마음 깊은 곳 이 불안해져 왔다.

본사의 지원 없이 유권의 공세를 막아 낼 수 있을지 확신이 없었던 것이다. 하지만 곧 광렬은 입술을 짓씹었다. 그깟 천 한 놈 하나쯤 마음만 먹으면 어찌지 못할 것도 없다는 엇나간 자신감이 있었던 것이다.

❊

"……."

윤은 아까부터 뭔가를 망설이는 표정으로 휴대폰을 바라보 고 있었다. 시간은 벌써 저녁때가 가까워 오고 있었지만 지금 윤이 서 있는 곳은 교정이었다. 조별 과제가 잡히는 바람에 갑자기 약속이 생겨 버린 것이다.

「오늘 늦을 것 같아요. 조별 과제가 생겨서 의견 조율하느 라……. 끝나면 바로 들어갈게요.」

망설이던 윤은 일단 유권에게 그렇게 문자를 보냈다.

"집에 연락했어? 오, 근데 폰 바뀌었어? 전에는 그거 아니 었잖아."

"어? 으응."

친구의 물음에 윤은 들고 있던 휴대폰을 바라보았다. 지금 쓰고 있는 휴대폰은 병원에서 유권이 박살 내 버린 이후에 새로 장만한 것이었다.

"가자. 오늘은 첫날이니까 그렇게 오래 안 걸릴 거야."

조별 과제는 여러 사람이 모여서 하나를 완성해야 하는 것이었기에 어렵다기보다는 까다로웠다. 같은 조가 된 사람들과 함께 학교 컴퓨터실로 향하는데 휴대폰에서 띠링 하는 소리가 들렸다. 문자가 도착한 것이다.

「몇 시에?」

유권이었다. 언제 끝날지 예상할 수가 없어 어떻게 답을 해야 할지 꼽아 보는 사이 매끈하게 빠진 액정화면에 다시 새 문장이 떠올랐다. 역시나 유권에게서 도착한 새 메시지를 읽은 윤은 막 자판을 찍으려던 손가락을 멈출 수밖에 없었다.

「데리러 갈게.」

데리러 온다니. 유권은 자신과 떨어져 있을 때가 거의 없었지만, 그렇다고 자신의 생활 반경 안에 모습을 드러내려 한 적도 없었다. 대학교 동기들은 윤에게 유권이라는 존재가 있다는 것도 모르고 있었다. 그가 알려지는 것을 원치 않았기 때문이다. 유권은 흡사 밝은 곳으로 나가면 사라지는 그림자인 것처럼 자신에게 바짝 붙어 있으면서도 동시에 떨어져 있었다. 그런데 난데없이 데리러 온다고?

「학교로요?」

「그래. 끝나면 시간 알려 줘.」

다시금 확고하게 돌아오는 유권의 대답에 어안이 벙벙해졌다.

"윤아, 뭐해?"

앞서 가던 친구의 부름에 윤은 휴대폰을 집어넣고 걸음을 재촉했다. 갑작스런 유권의 반응이 놀랍긴 했지만, 싫거나 부담스러운 것은 전혀 아니었다. 우르르 섞여 컴퓨터실로 향하면서 윤은 왠지 모르게 두근거리는 마음에 살짝 미소 지었다.

「앞으로 30분 정도면 끝날 것 같아요.」

컴퓨터실에서 시작한 자료 조사와 조사 범위 분배를 하고 프레젠테이션을 어찌할지 대충 가닥이 잡히고 나자 토의는 그럭저럭 마무리 분위기로 흐르기 시작했다. 파장 분위기에 유권에게 문자를 보낸 윤은 예상한 시간 안에 논의가 끝나자 가방을 챙겨서 일어섰다.

대학 교정의 구조상 모든 학과 건물에서 정문으로 향하려면 드넓은 주차장을 가로질러야 했다. 정문 바로 앞에 버스 정류장이 있어서 학교 앞은 늘 북적이는 편이었지만, 어느새 늦은 시간이 된 주차장에는 서 있는 차들도 별로 없었고 정류장으로 향하는 사람들도 윤의 일행 말고는 없었다.

"다음 시간까지 오늘 맡은 것 해 오면 되는 거지?"

"그렇지."

"야, 대답만 잘하지 말고 농땡이 치지 마라."

"뭐야?"

서로 장난삼아 옥신각신하는 동기들 틈에 끼어서 윤은 넓은 운동장처럼 뻥 뚫린 주차장으로 들어섰다. 어두워서 서 있는 차들의 모습이 눈에 잘 들어오진 않았지만, 유권의 것으로 보이는 차는 없었다. 아직 도착하지 않은 것인가 싶어서 동기들을 향해 먼저 가라고 막 운을 뗄 즈음, 헤드라이트를 밝힌 자동차 한 대가 정문으로 들어섰다.

"어?"

그냥 들어오나 보다 싶었던 자동차가 자신들을 향해 다가오자 동기 중에 하나가 반사적으로 걸음을 멈췄다. 윤의 표정이 자기도 모르게 밝아졌다. 유권이었던 것이다.

"끝났구나. 하마터면 엇갈릴 뻔했네."

적당한 거리에 차를 세우고 운전석에서 내리며 유권이 말했다. 회사에서 바로 왔는지 아침에 입고 나간 정장 차림 그대로였다.

"왔어요?"

잘빠진 자동차도 자동차였지만, 운전석에서 그보다 곱절은 더 멋지게 빠진 남자가 내려서 윤에게 알은척을 하자 동기들은 내심 놀라워했다. 그동안 애인이 있다 없다 하는 내색은커녕 그런 쪽으로 얘기조차 한 적이 없었던 윤이었기 때문이다.

"윤아…… 누구셔?"

조심스럽게 묻는 친구의 말에 윤은 아, 하더니 유권 곁으로 섰다.

"오래전부터 알고 지냈던 사람이야. 지금 같이 있어."

천만뜻밖의 대답에 동기들이 놀라는 사이 유권은 윤의 친

구들에게 가볍게 목례를 했다. 윤의 동기들은 처음으로 알게
된 윤의 다른 모습에 전부 어안이 벙벙해진 모습이었다.

"다 끝난 거야?"

"네."

유권은 친구들 앞에서 자연스럽고 아무렇지도 않게 자신을
소개하는 윤의 모습에 내심 놀랐다. 사실 그로서는 오늘 이렇
게 윤의 생활 안에 모습을 드러낸 것도 결심을 하고서야 실행
할 수 있었던 일이었다.

연인이라고 할 수도 없지만 아무 사이도 아니라고는 결코
할 수 없는 애매모호한 관계. 그래서 유권은 그동안 윤의 일
상에 침범하지 않았다. 사람들 사이에서 표면적으로 아무 흠
결도 없는 윤의 생활에 혹시라도 티끌을 묻히게 될까 봐.

"그럼 다음에 보자. 자료 빠짐없이 해 갈게."

"아, 으응……."

멍해져서 그렇게만 대답하는 친구와 동기들을 뒤로하고 윤
은 유권이 문을 열어 주는 조수석에 올라탔다. 왠지 가슴이
두근거렸고, 친구를 비롯한 다른 사람들이 자신을 어떻게 생
각하든지 전혀 상관없게 느껴졌다.

"괜찮아?"

"뭐가요?"

학교를 빠져나오면서 유권이 하는 말에 윤은 그를 향해 고
개를 돌렸다.

"처음이잖아. 내가 학교 온 거."

"고마워요. 끝나고 바로 온 거예요?"

"내 말은……."

정문을 나서서 교차로로 진입하는데 마침 신호에 걸리자 유권은 정지선에 멈춰 서서 윤을 바라보았다.

"네가 안 와도 된다고 하지 않아서, 사실 놀랐어."

어느새 차분해져서 이르는 유권의 말뜻을 이해한 윤의 표정이 그와 비슷하게 변했다.

"뭐 어때요? 숨겨야 할 것도 아닌데."

아무렇지 않게 돌아오는 윤의 말에 유권은 눈을 깜빡였다. 오늘, 여태까지의 태도를 버리고 윤의 학교에 와서 모르는 사람들 앞에 스스로 존재를 드러낸 것은 며칠 전 윤이 한 말에 왠지 모를 자신감을 얻었기 때문이었다.

지금보다 더 시간이 흘러도, 오래 지나도 옆에 있을 것이라는 윤의 대답이 늦을 것이라는 윤의 메시지에 데리러 가겠다는 답을 하게 만들었다. 그녀가 날 떠나지 않겠다고 했으니까, 그럼 나도 조금 더 떳떳해져도 되지 않을까. 우리의 관계가 어떤 형식이든 간에.

"그렇게 생각해?"

"네."

자신을 숨겨야 할 것이 아니라고 담담하게 말하는 윤의 대답이 다시금 그의 속을 건드렸다.

서유권이라는 존재는 태어나서 지금까지 떳떳할 수 있었던 적이 별로 없었다. 어렸을 때는 할머니에게 얹혀 있던 짐이었고, 그 후에는 후원자의 그늘 아래 살아가는 존재였으며 성인이 된 이후로는 키워 준 사람을 저버리고 다른 사람의 밑에서 하수인 노릇이나 하고 있다는 말을 들어야 했다.

전면에 나설 수 있었던 때도 없었고, 그러라고 해 준 사람도 없었다. 그런데 윤은 전혀 그렇지 않다고 처음으로 말해 준 것이다.

"근데…… 오빠 요새 무슨 일을 하는 거예요?"

"뭐?"

화제를 바꾸는 윤의 물음에 유권은 바뀐 신호에 따라 차를 출발시키며 반문했다.

"무슨 일인데 그렇게 매일 바쁜 거예요? 힘든 일이에요?"

"……"

마치 자신이 요새 어떤 것을 시작했는지 짐작하며 묻는 것 같은 윤의 질문에 유권은 대꾸하기가 어려워졌다. 사실대로 털어놓으면 윤은 틀림없이 만류할 것이다.

간혹, 윤은 자기 처지가 이제 예전과 달라졌다는 것을 이미 완연하게 받아들인 듯했다. 모든 것을 다 잃었는데도 예전에 살았던 때를 회상만 하며 지내지도 않았고, 그렇게 곱씹는 것이 무의미한 일이라는 것도 알고 있는 것 같았다.

물론 그것이 나쁘다는 것은 아니었다. 하지만 납득과 체념은 다른 것이 아닌가. 유권은 윤에게 그녀가 체념할 수밖에 없었던 것들을 다시 찾아 주고 싶었다.

"괜찮아."

그렇게 답하는 유권을 바라보는 윤의 눈빛이 조금 어두워졌다. 그가 또 혼자서 뭔가를 감내하려 한다는 것이 느껴졌다.

"언제 끝나요?"

말린다고 해도 그는 듣지 않을 것이다. 자신이 할 수 있는 것은 그때나 지금이나 별로 없다는 것이 윤을 서글프게 만들었다.

"조만간."

"……."

"그 후엔 다 좋아질 거야."

나직하게 덧붙이는 유권의 목소리를 들으며 윤은 그가 애처롭다고 생각했다.

광렬은 유권과의 접촉을 막기 위해 이사진과 외부 출신 임원들에게 사람을 붙였지만, 자신의 조치가 한발 늦었을 줄은 생각하지 못했다. 유권은 광렬이 사람을 붙이기 전부터 임원들 및 광렬에게 반감이 있는 이사들과 접촉하고 있었고, 한발 더 나아가 이미 퇴사한 전직 임원들과의 끈도 놓지 않고 있었다.

"상황이 안 좋아지면 본사에서 지원에 나설 가능성이 큽니다. 그럼 우리 쪽에서는 무리가 올 수밖에 없고요."

용진의 말에 유권은 고개를 끄덕였다. S&P 금융그룹의 송 회장이 냉정하기는 하지만 광렬이 자신의 혈육이기도 하거니

와 이미 캐피탈에 들어간 본사의 자금을 생각해서라도 그가 순순히 쫓겨나게 놔두지는 않을 것이다.

"증거 착실히 모아 두고 있지?"

"예."

하지만 유권은 그 어떤 유대관계 앞에서도 때론 비정할 정도로 냉정해질 수 있는 기업가의 생리를 잘 알고 있었다. 그 자신이 기업가였기 때문이다.

광렬은 처음부터 송 회장의 비호 아래 있었지만 언제까지고 그 그늘 아래 있을 수만은 없을 것이다. 적정선을 넘게 되면, 광렬의 의지와 상관없이 송 회장이 그렇게 두지 않을 것이다. 불리한 지경에 처하면 도마뱀이 자기 꼬리를 자르는 것처럼.

"이사와 임원들은 내가 직접 만나 볼 거다. 그러니 정보 관리 잘해."

"알겠습니다."

표면적으로는 양측 모두 더할 나위 없이 잔잔했지만 근래에 유권은 신경이 곤두서 있었다. 자신이 끌어온 모든 것을 걸고 한판을 나서는 상황이니 당연했다. 단지 광렬과의 일전을 떠나서, 유권은 앞으로 자기와 윤, 그리고 주변의 모든 것이 어떻게 달라질지 알 수 없는 대결을 앞두고 인간적인 부담까지 느끼고 있었다.

"주주총회 날짜 전까지 모두 완료해야 된다."

"알고 있습니다."

준비가 끝나면 유권은 자신이 확보한 지분을 근거로 임시 주주총회를 소집할 계획이었다. 그날 특별결의로 광렬을 대표 자리에서 해임시키고 자신이 S&P 캐피탈을 차지하여 S&P 그룹에서 빠져나와 독자노선을 걷는 것이 유권의 목표였다. 캐피탈을 차지한다고 해도 송 회장의 계열사로 있으면 마음먹 었던 것을 자유롭게 실행하기 어려웠기 때문이다.

"긴장 놓지 말고."

"네."

마지막으로 그렇게 이르고 유권은 집무실을 나서서 집으로 향했다. 오늘은 그렇게 늦지 않았지만 저녁때를 넘긴 지 한참 되었기에 윤은 이미 혼자 식사를 마치고 그를 기다리고 있었 다.

"이제 와요? 오늘은 그래도 빨리 왔네."

자신을 맞아 주는 윤의 모습에 유권은 그래도 얼굴에서 긴 장을 지우며 미소를 지었다.

"저녁은요?"

"아직."

"아, 그럼 빨리 옷 갈아입고 와요. 오빠 것 따로 해 뒀어요. 먹고 남겨 둔 것 아니고."

윤의 말에 한결 가벼워진 표정으로 방으로 들어간 유권은 편한 옷으로 갈아입고 거실로 나왔다. 그사이 윤은 음식들을 차리고 있었다.

"뭐 하고 있었어?"

"조별 과제 조사. 서재에서 책 좀 봤어요."

유권이 식사를 하는 동안 윤은 그의 맞은편에 앉아서 재잘재잘 말 상대를 해 주었다.

"노는 애는 없어?"

"다행히 없네요."

대꾸하며 윤은 헤헤 웃었다. 식사를 마치고 윤이 설거지를 하는 동안 유권은 서재로 향했다. 먼지 하나 없는 서재에는 윤이 이것저것 꺼내 본 흔적들이 남아 있었다. 책장 곳곳이 비어 있었던 것이다.

"뭐 하는지 봐도 돼?"

"아는 거면 도와주게요?"

히죽 웃으며 묻는 윤의 말에 유권은 피식 웃었다.

"그럴 수도 있고."

"방에 있어요."

이렇게 가볍게 농담을 주고받을 수 있게 된 것이 좋았다. 윤의 방으로 들어간 유권은 켜져 있는 컴퓨터와 그 곁에 잡다하게 펼쳐져 있는 책들을 살펴보며 미소 지었다. 왠지 자신의 대학 시절이 생각났다. 윤이 손글씨로 꼼꼼하게 정리해 놓은 노트를 들여다보며 잠시 그대로 있던 유권은 살짝 덜 닫혀 있는 책상 서랍을 무심코 잡아당겼다가 눈을 내리깔았다.

"봤어요? 식문화에 관한 거라 오빠는 잘 모를⋯⋯."

다시 거실로 나오는 인기척에 설거지를 끝내고 물에 젖은 손을 닦던 윤의 얼굴이 작은 종이 상자를 들고 있는 유권을 발견하고는 확 굳었다. 유권은 차례로 빈 칸이 남은 종이 상자 속의 은박지 포장을 꺼내며 윤을 향해 물었다.

"너…… 이런 거 먹고 있었어?"

유권의 손에 들려 있는 것은 복용 날짜가 반쯤 남은 피임약 포장지였다.

1 0 장

"그건……."

웃음기 남아 있던 윤의 표정이 어색하게 굳어졌다. 유권은
자신의 손에 들린 것에 퍽 충격적인 눈빛을 하고 있었다.

"어째서?"

"……."

유권은 여전히 손에 들고 있는 약 포장지를 만지작거리면
서 다시 말했다.

"내가 항상 조치하잖아."

그의 억양은 내가 충분히 방비하고 있었는데 네가 왜 이렇
게까지 하고 있었는지 이해가 가지 않는다는 투였다.

"그건 그냥 예방책이었어요. 아무 의미 없어요."

윤이 겨우 그렇게 항변했지만 유권은 믿지 않는 듯했다.

"언제부터 그랬어?"

입술을 달싹이면서도 아무 대답도 하지 못하는 윤의 모습을 바라보던 유권의 눈빛이 어느 순간 조소를 담은 채 구겨졌다.

"설마, 나한테 오던 그날부터?"

윤은 자기도 모르게 뒤로 물러섰지만 싱크대에 가로막혀 스테인레스로 이루어진 가장자리를 꽉 붙잡을 수 있었을 뿐이다. 유권의 눈이 조용히 내리깔렸다.

"왜…… 만에 하나 너한테 무슨 일이라도 생길까 봐?"

"……."

"아니면, 내 흔적이 네 몸에 남는 것이 그렇게 싫었냐."

내리깔렸던 유권의 눈이 다시 윤을 향했다. 약을 먹어서 피임 효과를 보려면 그날이 있기 전부터 복용해야 하고 당일이 되어서 한 번 먹는 것으로는 효과가 없다는 것은 유권도 알고 있었다. 남자라고 해서 그 정도 지식이 없는 것은 아니었으니까. 그렇다면 윤은 자신에게 오기 전부터 날짜를 정해서 이미 이런 것을 사용하고 있었단 말인가?

윤과 보냈던 첫날밤이 떠올랐다. 죄책감과 미안함, 독점욕과 소유욕이 들끓었던 그 밤. 유권은 자신이 윤을 희생양으로 삼아 파괴했다는 죄책감을 갖고 있었다. 자신 같은 인간은 마주칠 일 없이 밝고 평범하게 살아갈 수 있었던 그녀를 고의적으로 옴짝달싹할 수 없이 사로잡아 꺾어 버렸다고. 거기에 인간으로서 소중하게 남았어야 할 첫 경험을 그런 식으로 뭉개 버렸다는 죄악감도 있었다.

하지만 여태까지 희생자라고만 여겼던 윤이 사실은 자신에게 오기 전부터 철저하게 계산하여 이런 약으로 자신을 막고 있었다는 것을 알게 되자 알 수 없는 배신감마저 들었다.

"차라리 나한테 털어놓지 그랬어? 그래도 내가 안 된다고 할 것 같았냐."

물론 알고 있었다. 만에 하나 윤에게 결실이 생긴다면 그건 무엇보다 기쁜 일이었지만, 아직은 그럴 때가 아니라는 것을. 그래서 윤과 함께 할 때 늘 조치를 취했던 것 아니던가. 그런데 윤이 이런 생각까지 하고 있었을 줄은 몰랐다. 한동안 내려앉은 침묵 끝에 어느 순간 유권의 입술이 떨어졌다.

"언젠가 때가 오면, 붙잡힐 일 없이 떠나려고?"

비릿하게 뇌까리는 말에 윤이 발작적으로 소리쳤다.

"아니에요!"

유권은 한 걸음 다가오면서 모래를 넣고 갈아 낸 것 같은 목소리로 사납게 짓씹었다.

"그러면서 나한테는 언제까지고 곁에 있을 것처럼……!"

그동안 윤이 보여 줬던 모습이 주마등처럼 뇌리를 스쳤다. 언제나 곁에 있을 것처럼 얘기하며 친구들에게 자신을 아무렇지 않게 소개하던 모습, 항상 자신을 생각하고 배려하던 모습, 때로 유권은 윤의 그런 모습조차 자신이 강압적으로 나간 것의 결과인 것 같아 씁쓸했었다. 그런데 그 이면에는 이토록 냉정하게 계산하는 심산이 있었던 것이다.

나는 윤의 그 모습에 자신감을 얻었는데.

거기까지 생각한 유권의 입꼬리가 구겨졌다. 한심하긴. 시작을 그렇게 해 놓고 행복한 결말이 찾아오길 원하는 것이 어리석은 짓이지.

처음부터 네가 한 짓을 봐. 지금 이런 배신감을 느낄 자격도 없지. 이런 인간에게서 언젠가 벗어날 생각을 하고 있는 윤이 당연하지. 그게 잘못됐다는 거야? 어차피, 어차피 난 일 그러진 놈이었잖아.

"해가 졌군."

문득 유권이 읊조리는 말에 윤은 섬짓해졌다. 차갑고 음울하게 가라앉은 눈동자가 자신을 똑바로 응시했다.

"내 시간이야."

유권이 자신을 향해 발걸음을 떼는 순간 윤은 얼어붙었다. 그의 목소리는 감정이 생략된 것 같았다. 멈칫거리는 사이 순식간에 다가온 유권의 손이 윤의 팔목을 틀어쥐었다.

"앗!"

침대로 떠미는 힘에 휘청거리던 윤은 매트리스 위로 털썩 엎어졌다. 유권은 방문을 닫지도 않았다. 어차피 둘뿐인 집이다.

매트리스 위로 엎드리듯 쓰러져서 허우적대는 윤의 곁으로 다가오며 유권은 위에 입고 있던 티셔츠를 벗어 던졌다. 허우적대던 윤의 몸이 완강한 팔 힘에 의해 침대 위로 끌어 올려졌다.

엎드린 몸을 우악스럽게 돌려서 마주 보게 하며 유권은 윤의 청바지를 잠그고 있는 단추로 거침없이 손을 뻗었다. 윤이 다급하게 소리쳤지만 유권의 손은 그보다 더 빠르게 윤의 청바지와 팬티를 한꺼번에 끌어 내렸다.

"잠깐만요! 그렇지 않아요. 아니라구요!"

"상관없어."

순식간에 맨몸이 된 하체를 움츠리며 한쪽으로 돌리는 사이 유권의 손은 얌전하게 단추가 채워져 있던 윤의 셔츠를 훑어 내렸다. 후두둑 하는 소리와 함께 셔츠가 너덜해지며 가슴을 감싸고 있는 브래지어가 드러났다.

유권은 평소처럼 담담한 손길로 후크를 풀고 드러난 젖가슴을 조용히 감싸지도 않았다. 옷감이 팽팽하게 당겨지다가 결국 끊어지는 소리와 함께 더 이상 쓸모없게 된 속옷이 구겨진 채 나뒹굴었다. 처음 보는 유권의 잔인한 태도에 윤의 얼굴이 하얗게 질렸다. 그가 자신을 이렇게 막무가내로 대한 적은 없었다.

"미안해요. 일부러 상처를 주려는 건 아니었어요. 마, 말해야 한다고……."

"너한테 그런 말 듣는 것도 이젠 지겨워."

자신을 올라탄 채 짓누르고 있는 유권의 입술에서 튀어나오는 말에 윤은 멍해졌다. 유권은 순식간에 나신으로 만든 윤의 몸을 내려다보며 짓씹었다.

"그러니까 조용히 해. 지금 나한테 필요한 건 네 항변 따위가 아니니까."

섬뜩한 목소리에 굳어진 윤의 목덜미를 유권의 입술이 탐욕스럽게 빨아들였다. 평소처럼 자상한 듯 조심스럽고 세심한 움직임이 아니었다. 남자가 자신의 욕구에 따라 손에 넣은 여자를 마음대로 다루는 것처럼, 유권은 손과 입술을 비롯한 자신의 육신으로 아무런 거리낌도 없이 윤을 맛보기 시작했다.

젖가슴을 움켜쥐고 유두를 비트는 그의 손길에 윤의 얼굴이 찡그려졌다. 함께를 염두에 두고 천천히 시작되는 것이 아니라 이미 기세가 뻗친 자신의 욕구만 신경 쓰며 그것을 더 달굴 재료로 여체를 대하는 유권의 손길은 거칠었다. 살이 비틀어지는 통증에 윤이 본능적으로 몸을 뒤틀며 그의 손을 떼어 내려고 했지만 유권의 손은 꿈쩍도 하지 않았다.

"아, 아야!"

그의 손이 미치는 곳마다 전해지는 아픔 때문에 윤의 입술 사이로 반사적인 신음이 새어 나왔지만 유권은 신경도 쓰지 않았다. 그가 물었던 윤의 목덜미에 피멍 같은 자국이 남았다. 손아귀가 움켜쥐었던 젖가슴은 이미 벌겋게 손자국이 남아 있었다.

더 자극적인 것을 맛보려는 입술이 아직 손이 타지 않은 반대편 젖꼭지를 마구 삼키는 동안 아래로 내려간 유권의 손이 윤의 허벅지를 억세게 잡았다. 오므리고 있으려는 근력이 다른 힘에 의해 간단하게 제압되었다.

"유권 오빠!"

아랫배에 맞닿는 유권의 하복부에 윤이 소리치며 그의 어깨를 밀어내리려고 애썼다. 치아가 유두를 조금씩 깨무는 것이 느껴지자 윤은 아찔해졌다. 그가 잔인해지고 있다는 것이 서글프면서도 본 적 없는 유권의 모습이 무서웠다.

"너한테 말 한 마디를 걸기 전에도 난 속으로 연습했어. 남들은 그냥 아무렇지도 않게 하는 한 마디까지. 네 학교에 갔던 날도 태연한 척했지만, 속으로는 엄청 떨고 있었지."

어깨를 잡고 밀어내려 애쓰는 윤을 내려다보며 유권이 말했다. 방금 전까지 입안에 머금고 있던 윤의 유륜 주변으로 붉은 물이 들어 있었다. 희게 질린 윤을 내려다보며 유권은 피식 웃었다.

"이젠 상관없어……. 뭐 어때? 어차피 넌 나한테 온전히 마음을 열지 않고, 나도 너한테 떳떳할 수 없는데."

그렇게 뇌까리며 유권은 자신의 어깨를 잡은 윤의 양 손목을 한 손에 틀어쥐고 머리맡으로 들어 올려 움직이지 못하게 꽉 눌렀다. 허벅지를 잡아 누른 그의 손이 배꼽 아래에 닿는 순간 윤의 몸이 반사적으로 흠칫거렸다.

유권의 손끝이 윤의 체모 속을 서슴없이 더듬었다. 맞닿아 있던 균열을 힘 있게 옆으로 벌리고 드러난 음핵을 아프도록 문지르는 손길에 윤의 미간이 찌푸려졌다. 여자에게 주는 자극이 아니라 그저 자기의 욕심을 위해 유희 삼아 맛보는 행동이었다.

유권은 붙들린 상태에서 벗어나고 싶어서 안간힘을 쓰는

윤을 바라보았다. 연약한 것이 완강한 것으로부터 도망가려고 애쓰는 모습 자체가 뒤틀린 지금 자신에게는 오히려 자극적으로 다가왔다.

윤이 이런 유권이 처음인 것처럼 유권도 이렇게 멋대로 윤을 대하는 것은 처음이었다. 손바닥에 덮인 둔덕을 주무르며 음핵을 비비던 유권의 가운뎃손가락이 입구를 향해 내려갔다. 윤의 여성은 최소한의 습기만 머금고 있을 뿐 전혀 젖어 들지 않은 상태였다.

"윽!"

마른 틈으로 남자의 손가락이 깊숙하게 파고들자 얼얼하게 느껴지는 통증에 윤은 신음을 흘렸다. 안으로 밀어 넣어진 유권의 말단은 곧 왕복운동을 하는 것처럼 움직이기 시작했다. 촉각을 통해 여자의 내부를 느끼려는 것처럼.

얼얼하게 시작된 통증이 점점 화끈하게 강도를 더해 가자 윤은 어금니를 꽉 깨물며 도리질을 쳤다. 아프게 하는 손길로부터 멀어지려고 하체를 뒤로 빼고 싶었지만, 남자의 눈에는 벗어나려고 시도하는 움직임이나 민감한 곳에서 느껴지는 움직임에 동조하는 허리 놀림이나 별 차이가 없었다.

애무라고 할 수도 없는 이기적인 접촉에 윤이 괴로워하는 사이 유권은 자신의 바지를 벗었다. 어찌 됐건 윤의 피부는 부드럽고 향기로웠으며 완력으로 취하는 것이라 해도 손끝의 감각은 그가 익숙하게 느꼈던 달콤한 것을 일깨우고 있었다.

윤과 마찬가지로 맨몸이 된 유권의 남성은 이미 깨어나 있었다. 여전히 윤의 양 손목을 틀어쥔 채 다른 팔을 뻗어 버릇처럼 침대 곁 서랍에서 콘돔을 꺼내려던 그의 손이 순간 멈칫했다.

"굳이 안 써도 되잖아?"

그 말의 의미를 깨달은 윤이 헉 하고 숨을 들이켰다. 유권은 미소도, 그렇다고 일그러뜨린 것도 아닌 기이한 표정이 된 채 발기된 페니스를 잡아 내려 조금 전까지 거칠게 탐하던 윤의 입구에 들이대듯 잇대었다.

"큭……."

콘돔 없이 피부를 타고 그대로 전해지는 윤의 감촉에 유권은 자기도 모르게 신음을 짓씹었다. 그 얇은 막이 있었을 때와 비슷했지만, 아무 장애물도 없이 윤을 그대로 느낀다는 감상이 훨씬 더 노골적이고 직접적으로 다가왔다. 날 것 그대로인 여자의 감촉에 유권의 이마에 단박에 핏대가 도드라졌다.

"유권 오…… 아, 악!"

그를 부르려던 윤의 목소리가 시작되는 진입으로 인해 비명으로 뭉개졌다. 윤도 유권도, 마치 데자뷰처럼 첫날밤이 생각났다.

통증과 충격, 유권에 대한 서글픔이 뒤범벅이 되어 폭발한 윤의 몸이 덜덜 떨기 시작했다. 하지만 유권은 아랑곳없이 윤과 자기 사이에 벌어진 틈을 점점 메워 나갔다.

그 간격이 사라지며 체모가 보송한 둔덕이 유권의 아랫배와 완전히 합쳐지는 순간, 몸이 관통당하는 것 같은 느낌에 윤의 허리가 뒤틀어졌다. 단단하게 일어서서 힘줄이 불거진 그의 남성이 아무런 배려도 없이 안에 가득 들어찬 감각이 윤의 뇌리를 강타했다.

지금의 유권은 완강하고 고집스러웠고, 평소처럼 세밀하게 자신을 보듬어 함께 절정으로 오르고자 하는 여유 따위 모두 내던져 버린 상태였다.

"아, 으윽, 아……."

침대가 출렁이면서 남자가 여자의 심연을 드나드는 소리가 윤의 신음 사이로 흘러나오기 시작했다. 유권의 페니스는 윤이 덜 젖었건 말건 상관없이 그녀의 안에서 맹렬하게 날뛰었다. 유권의 손에 틀어잡힌 윤의 손목이 꼼지락거리다가 곧 얌전해졌다.

오랫동안 다리가 벌어진 자세를 유지하고 있었기에 골반이 뻐근했지만, 불에 덴 것처럼 화끈거리는 아래쪽 때문에 그건 별로 느껴지지도 않았다. 윤은 격렬하게 운동을 하고 쓰러진 사람처럼 늘어져 있었지만, 가느다란 허리는 유권의 두 손 안에 여전히 붙잡혀 있었다.

유권이 움직일 때마다 새된 숨소리가 윤의 입술 사이로 새어 나왔다. 격하게 시달린 통에 땀방울이 맺힌 이마에 머리카락이 엉겨 붙어 있었다. 몇 가닥 달라붙은 그것이 힘 빠진 윤의 모습을 더 처연하게 만들었다.

팽팽하게 힘이 들어간 유권의 등줄기로 소름이 돋았다. 윤의 여성은 쥐어짜 내듯 배어 나온 애액으로 겨우 조금 젖어 있을 뿐이었다. 유권은 그래서 더 뻑뻑하게 느껴지는 윤의 안을 끈질기게 느꼈다. 찾아오려는 절정을 뒤로 미루며 최대한 오래 향유했고, 더 깊게 밀어 넣고 제자리에서 흔들었다.

힘 빠진 채 자신의 움직임에 진동하던 윤의 여체를 내려다보던 유권은 무심코 고개를 돌렸다가 움직임을 멈췄다. 시선이 멈춘 곳에는 자신이 매일 아침마다 앞에 서서 매무새를 다듬는 전신거울이 놓여 있었다. 그 거울에 지금 자신과 윤의 나신이 그대로 비치고 있었다. 왜 지금껏 몰랐을까.

갑자기 물러나며 빠져나가는 유권이 느껴졌지만 윤은 움직일 수가 없었다. 팔다리가 욱신거리고, 그에게 짓눌리던 허리 아래가 뻐근하게 쑤시고 있었다. 자신을 잡아 일으키는 유권의 손길에 윤은 겨우 고개를 들었다가 흠칫했다. 눈앞에 자신들의 모습을 그대로 비추고 있는 거울이 있었다.

"어, 어쩌려고요?"

갈라지는 목소리로 물었지만 유권은 대답하지 않았다. 대신 그는 윤을 자신의 허벅지 위에 앉히며 거울을 마주 보는 자세를 잡았다.

지금 등에 닿는 유권의 가슴이 거칠게 기복하고 있었다. 그의 시선이 자신의 나신을 도려낼 듯이 응시하고 있다는 것을 윤은 자신의 모습이 비치는 유리막을 통해 볼 수 있었다. 매처럼 번뜩이는 눈동자에 이어 다가온 유권의 손이 윤의 무릎을 잡았다. 다음 순간 윤은 거울 속 자신이 남자의 허벅지에 앉은 채 다리를 벌리는 모습에 반사적으로 눈을 감았다.

"눈 떠. 똑바로 봐."

바로 귓가에 읊조리는 유권의 목소리에 윤은 갑자기 눈물이 솟았다. 다른 것과는 상관없이 자신과 유권에 관한 것은 전부가 점점 악화되어 가는 것만 같았다.

예전에 알았던 그도, 지금 자신을 사로잡고 마음껏 농락하는 그도 모두 유권이었다. 하지만 이 간극은 뭐란 말인가. 유권에게도 그렇겠지? 천진하던 그때의 김윤과 잔뜩 주눅 든 지금의 윤 모두 한 사람이겠지. 그에게도 이 간극이 아득하게 느껴질까? 도저히 메울 수 없다는 생각이 들어서 절망적일 만큼.

조금씩 훌쩍거리면서 윤은 겨우 눈을 떴다. 눈물이 고여 시야는 뿌옇게 흐려져 있었지만, 눈물이 볼을 타고 흘러내리면서 마주할 수 있었다. 거울 앞에 전부 펼쳐진 자신의 모습을. 유권의 손아귀 안에서 주물럭거려지고 있는 젖가슴, 의자에 앉은 것처럼 침대에 걸터앉은 유권의 양 허벅지에 닿도록 벌어진 무릎, 그리고 그 사이의 모습까지. 유권은 거울에 비치는 것을 주시하면서 윤의 목덜미를 조금씩 깨물고 있었다.

"가고 싶으면 가. 떠나고 싶으면 가라고."

거울 속, 윤의 흰 허벅지 안쪽으로 유권의 손길이 조금씩 닿아 가기 시작했다.

"대신 너 자신이 날 잊을 수 있을 거라고 확신하지는 마라."

조금 전까지 그가 탐하던 둔덕에 다시 긴 손끝이 파고드는 순간 윤의 흐느끼는 소리가 커졌다. 윤의 심연이 거울 속에 그대로 비치며 여자의 속살이 가진 붉은 빛이 거울로 바라볼 수 있을 정도로 드러났다.

"설사 네가 날 벗어나도, 두 번 다시 볼 수 없어진다 해도 너한테서 날 떼어 내는 건 불가능할걸. 네가 다른 놈이랑 사랑에 빠지더라도, 넌 어느 순간엔 날 떠올릴 수밖에 없을 거다."

그 목소리를 듣는 동안 거울에 고정된 시선을 떼지 못하고 있던 윤의 심장이 쿵쾅거리기 시작했다. 유권의 남성이 다가오고 있었던 것이다. 그의 팔이 자신을 가볍게 들어 올리며 서로의 하체를 맞췄다. 유권이 자신을 차지하는 장면을 이렇게 목도한 적은 없었다. 윤의 손이 자신을 받치고 있는 유권의 허벅지를 꽉 잡았다. 손가락에는 손톱자국이 날 정도로 힘이 들어가 있었다.

"미, 미안…… 아……!"

유권이 밀려들었다. 그와 하나가 될 때 자신의 심연이 어떻게 되는지 강제적으로 목격한 윤의 목에서 불규칙적으로 숨이 새어 나왔다. 팽팽해 보일 정도로 둥글게 열린 사이를 유권의 남성이 빈틈없이 꽉 채웠다.

거울에 비치는 유권의 손이 허벅지에 손톱자국을 내고 있던 자신의 손을 잡아당겨 그렇게 연결된 부분으로 가져갔다. 곧이어 자신의 손끝을 타고 전해지는 감촉에 윤은 전기가 통한 것처럼 꿈틀거렸다.

갑자기 힘이 쭉 빠지며 쓰러지려는 윤의 몸을 유권의 팔이 단단히 감싸 안았다. 다리 사이가 다시 얼얼해졌다. 그동안 지켜 오던 선을 넘은 유권의 몸짓에 윤은 머리가 빙빙 도는 것 같았다.

자신의 일부에 영원히 그의 기억이 새겨져 버린 것이 느껴졌다. 설사 앞으로 유권의 곁에서 떨어져 다른 사람을 만나게 되더라도 지금 이 순간을 잊을 수는 없을 것이다. 다른 이와 사랑을 나누게 된다 해도, 그 순간에 번뜩이며 이 순간이 스쳐 지나가리라.

윤은 유권의 팔이 자신을 끌어안은 채 움직이게 만드는 것을 마치 제3자가 된 것처럼 느꼈다. 힘이 빠져 버린 자신의 몸이 마치 다른 사람의 것처럼 느껴졌다. 하지만 지금 안을 채우고 있는 유권의 감촉도, 떨어지지 않도록 자신을 단단하게 감싸안은 그의 팔을 느끼는 것도, 목덜미에 쏟아지는 달아오른 숨결을 알고 있는 것도 자신이었다.

거울 속에 하나가 된 두 사람의 중심이 똑똑히 비쳤다. 기력을 잃은 윤의 무릎이 힘없이 꺾어졌다. 붉은 속살 사이로 거무스름한 남자의 살결이 거듭 숨어들었다. 윤은 자신을 안고 있는 유권의 팔에 경직되도록 힘이 들어가는 것이 느껴졌다. 마구 구겨져 있었지만, 절정은 두 사람 모두에게 거대한 느낌으로 들이닥쳤다.

"헉……."

반사적으로 귓가에 뿜어지는 유권의 낮은 소리와 함께 윤은 안쪽 깊은 곳에서 이루어지는 폭발을 감지했다. 스스로는 닿을 수 없는 안쪽 깊은 곳에 따뜻하고 뭉클거리는 것이 확 끼얹어지는 느낌이었다.

계속된 마찰로 잔뜩 민감해져 있는 윤의 속살이 유권의 체액으로 젖어 들며 매끈해졌다. 그의 팔에 안겨 있던 윤의 고개가 앞으로 툭 떨어졌다. 유권은 완전히 힘을 잃고 반쯤 의식을 놓은 윤을 거울을 통해 바라보고 있었다. 마치 그 모습 그대로를 망막에 새겨 놓기라도 할 것처럼.

❀

윤은 어느 순간 눈을 떴다. 아침이 되고 꽤 시간이 흘렀는지 창문을 타고 강한 햇살이 비쳐 들고 있었지만, 커튼이 쳐져 있어서 방 안의 분위기는 기묘하게 가라앉아 있었다.

무겁게 가라앉았던 정신이 깨어나자 몸의 감각들이 천천히 돌아왔다. 탈수기 안에 넣고 빙빙 돌린 것처럼 팔다리가 욱신거리고 머리가 어지러웠다.

모래가 낀 것처럼 뻑뻑한 눈꺼풀을 몇 번 깜빡여 시야가 밝아질 때까지 가만히 있던 윤은 그제야 뻐근해진 목을 겨우 조금 움직일 수 있었다. 침대 헤드보드에 등을 기대고 앉은 채 자신을 바라보고 있는 유권의 인기척이 느껴졌다.

유권은 끈 떨어진 목각인형처럼 팔다리를 아무렇게나 흩뿌리고 정신을 잃고 있던 윤이 조금씩 움직이는 것을 말없이 지켜만 보고 있었다. 윤과 달리 그는 오래전부터 그렇게 앉아 있었던 것 같았다.

"아……."

아무렇게나 내버려 두었던 팔다리를 수습하는데 삐그덕대는 통증에 윤은 자기도 모르게 끙끙거렸다. 유권은 자기가 엉망진창으로 만든 여자가 정신을 차리는 것을 알 수 없는 표정으로 지켜보고 있었다.

처음에는 강렬한 색깔들을 갖고 있었으나 그것이 다 뒤섞여서 아무런 빛깔도 되지 못하고 원래 모습을 영영 잃어버린 것처럼, 그의 표정은 어떤 것이라고 정의를 내리기가 힘들었다. 몸서리칠 정도로 괴로워하는 것 같기도 했지만, 반대로 아무것도 느끼지 못하고 그냥 무표정한 것 같기도 했다.

제대로 돌아가지 않는 육신을 일으키려고 애쓰는 윤의 몸짓은 애처로울 정도였다. 유권은 지금 눈앞에서 움직이고 있는 육신에 자신이 남겨 놓은 것을 마주 보았다.

엉덩이, 허벅지, 가슴으로 이어지는 여자의 상징 같은 부분에 마구잡이로 남아 있는 손자국과 치아 자국, 끈질기게 물고 빨았던 젖가슴의 유두는 살짝만 건드려도 아플 것이다.

목덜미에 남아 있는 키스마크는 모르는 사람이 본다면 얻어맞았다고 여길 정도로 피멍 같다. 잡아 누를 때 그런 것인지 윤의 배꼽 언저리에는 할퀴어진 자국이 칼에 벤 것처럼 그어져 있었다. 유권의 얼굴근육이 희한하게 꿈틀거리는 사이 윤은 겨우 다리를 끌어 모으며 몸을 일으켰다.

거울을 통해 윤에게 강제로 목도하게 만들었던 유권은 그것으로 끝내지 않았다. 그동안 억눌러 온 모든 것이 폭발해 터져 나간 그는 윤이 자신의 폭발을 감당하는 방호벽이라도 되는 것처럼 그녀를 끌어안고 모든 것을 다 퍼부었다.

첫날밤에 그랬던 것처럼 어느 순간 윤이 울음을 터트렸는데도 멈추지 않았다. 윤이 자신으로 가득 차서 흘러넘칠 때까지 닦달하던 유권은 정말로 윤을 그렇게 만들고 나서야 절정에 오른 숨을 토해 냈다.

겨우겨우 몸을 일으켜 앉던 윤은 아랫배가 욱신거리는 느낌에 무의식적으로 배를 짚으며 얼굴을 찡그렸다. 다리를 움직일 때마다 깊은 곳이 아리면서 끈적한 것으로 범벅이 되었다가 그대로 말라붙어 불편해진 피부의 느낌이 전해졌다.

일어나 앉은 윤은 굳은 듯이 자신을 응시하고만 있던 유권의 눈을 마주 보았다. 시간이 느리게 흘러가는 것 같은 느낌이 들었다.

"……!"

퀭해진 눈망울을 바라보며 부지불식간에 손을 뻗던 유권은 깜짝 놀라며 반사적으로 움츠러드는 윤의 반응에 다가가던 손을 다시 거둬들였다. 그 반응으로 윤에게 자신이 어떤 존재가 되었는지 깨달은 유권은 더 이상 자신을 향하는 눈동자를 마주하기 힘들어진 것처럼 이불을 걷어 버리며 바닥을 딛고 일어섰다.

덩그러니 남겨진 윤은 저벅저벅 방을 나선 유권이 욕실로 들어가는 뒷모습을 바라보았다. 이어 물소리가 들려오고, 샤워를 끝낸 유권이 다시 옷을 갖춰 입고 평소처럼 말끔하고 근사한 모습으로 돌아갈 때까지 윤은 그 자리에 굳어 있었다.

　"너도······."

　즐겨 입는 진회색 정장에 애용하는 향수까지 뿌린 유권의 모습은 몇 시간 전까지 그가 어떤 사람이었는지 상상도 할 수 없을 정도였다. 윤을 향해 뭐라고 운을 떼려던 유권은 끝까지 말을 꺼내지 않고 그냥 방을 나섰다. 철컥하고 현관문이 닫히며 자동으로 잠기는 소리가 들려왔다.

　윤은 뭐라고 말하려고 하면서 자신을 응시하던 유권의 눈동자를 곱씹고 있었다. 이제 다시 돌아올 수 없는 전환점을 지난 것 같았다. 이상하게도 눈물은 나오지 않았다. 몇 시간 전, 그와 몸을 나눌 때는 알 수 없는 서글픔에 그렇게나 눈물이 났는데.

　"이제 오십니까?"

　"그래. 늦었다."

　평소보다 훨씬 늦은 시간에 사무실에 나타난 유권이 의아했지만 용진은 내색하지 않고 업무를 시작했다. 용진은 어제와 별로 다르지 않으면서도 한편으로는 어딘가 판판으로 변한 것 같은 유권의 모습에 내심 신경을 곤두세웠다. 설마 집에서 무슨 일이라도 있었던 것인가?

"저……."

마음이 쓰여서 물어보려던 용진은 유권의 안색을 확인하고는 차마 운을 떼지 못하고 그만두었다. 뭔지는 몰라도 자신이 볼 수 없는 유권의 사적인 공간에서 일어난 일인 것 같았다. 함부로 나서기는 애매했던 것이다.

"뭔데?"

"아닙니다."

"보고 시작해."

"예. 예전부터 접촉하고 있었던 S&P 캐피탈 이사들은 협조를 약속했습니다. 사임한 임원들을 통해 송 대표가 회사 내에서 저지른 일들의 증거도 확보가 다 되었고요."

용진의 보고를 들으며 굳은 얼굴로 앉아 있던 유권이 문득 물었다.

"위임장은?"

"대부분 받아 냈습니다."

용진의 대답에 유권은 턱을 쓰다듬었다.

"좋아. 임시주총 소집하고 그동안 모아 온 것 다 터트려."

곧이어 내려진 유권의 대답에 용진은 굳은 얼굴이 되더니 단호하게 대답했다.

"예."

용진이 집무실을 나선 후에 유권은 무의식중에 머리카락을 쓸어 넘겼다. 집에 남겨 두고 온 윤의 마지막 모습이 머릿속에서 떠나지를 않았다.

용진이 그동안 수집해 온 광렬의 비리와 폭력에 대한 증거들을 기자들에게 제공하여 매스컴에 보도될 수 있도록 만드는 동안, 이마 한쪽이 빨개지도록 손톱을 세우고 있던 유권은 순간 발작적으로 테이블을 내려쳤다.

내가 그 애를.

어젯밤의 일이 새삼스럽게 주마등처럼 스쳤다. 이젠 돌이킬 수도 없게 된 일이었다.

곱씹어 보면 이해하지 못할 것도 아니었다. 아무렇게나 생겨 버릴지도 모를 아이를 막는 건 당연하지 않나. 이성이 그것을 아는데도, 자신의 모든 것을 온전히 다 받아들이고 있다고 믿었던 윤이 사실은 그렇지 않았다는 생각에 치밀어 오른 배신감을 내리누를 수가 없었다.

어째서? 난 끝까지 곁에 있을 것이고 무슨 일이 있어도 든든하게 지킬 것이고, 필요한 일이라면 모두 다 할 것이다. 그런데도 윤은 어째서, 왜?

난 여전히 그런 존재인 건가? 번듯하고 괜찮긴 하지만 영원히 곁을 주기엔 부족한? 늘씬하게 잘빠진 사냥개. 품종 좋은 애완견이냐고? 네가 잃었던 것을 되찾아 준다고 하잖아. 다시 돌려주려고 이러고 있는 거야! 그런데 왜 내 뒤통수를 쳐.

남들 앞에서 당당하고 자연스러울 수는 있어도 내가 너한테 그만큼 소중한 존재는 아니라는 것을 꼭 그런 식으로 알게 해야 했나? 이번엔 네가 너무했던 거야. 날 그렇게 돌게 만든 건 너야.

남에게 들리지 않을 항변을 마구 지껄이던 유권은 어느 순간 생각을 멈췄다. 다물어진 입술이 울음을 터트리기 직전의 아이처럼 씰룩거렸다. 방금 신랄하게 뇌까렸던 것들을 모두 부정하면서 유권은 아니라고 되뇌었다.

윤의 탓도, 그 누구의 의도도 아니었다. 자신이 그렇게 된 것은 자기 스스로 때문이었다. 아무도 탓하지 않고 비난하지 않는데도 벗어날 수 없었던 열등감과 자격지심.

태생부터 달랐으니까 너는 어디에서도 누구에게도 떳떳할 수 없다고 스스로에게 가장 많이 속삭였던 것은 윤이나 정식이 아니라 자기 자신이었다. 그렇게 안으로 곪아 들어가다가 견디다 못해 어젯밤 같은 상황을 만든 것이다. 이 일을 끝내고 나서 어쩌면 쥘 수도 있었을 행복을 찢어발긴 것은, 자기의 손이었다.

부끄럽다고, 부끄럽다고 그동안 스스로 수없이 되뇌었지만 유권은 이제야말로 그 암시가 정말 실현되었다는 것을 깨달았다.

이제 정말로 윤 앞에 다시 다가갈 면목이 없었다. 왜 너의 전부를 나한테 주지 않느냐고 들어줄 수 없는 바람을 내세우며 억지를 부리다가 가질 수 있었던 것마저 꺼내 부숴 버린 어리석은 남자만 남았을 뿐이었다.

✳

국내 유수의 금융그룹 계열사 대표가 실적을 빌미로 아버지뻘 임원들을 야구방망이로 폭행한 후 매값이라며 수표를 던져 주고, 회사 공금을 자기의 호주머니 속 비상금처럼 사용해 온 일은 신문 기사의 사회면과 뉴스, 인터넷 기사란을 빠르게 장식했다.

S&P 캐피탈 측에서 진화에 나섰지만 한발 먼저 터트린 후 사건이 묻히지 않도록 집요하게 훼방을 놓는 유권 측의 조치 때문에 광렬과 S&P 캐피탈의 부조리를 다루는 기사는 연일 화제였다.

대기업 계열사의 대표가 휘하의 임원들을 깡패처럼 두들겨 패기도 했다는 사실은 대중의 분노를 사기에 충분했던 것이다. 신문과 뉴스에 보도되는 것들만 놓고 본다면 그저 광렬의 비리가 밝혀진 것이라고만 여겨졌지만, 같은 업계 안에서는 누군가가 의도적으로 흘렸다는 소문이 조금씩 나돌기도 했다.

S&P 캐피탈의 비리를 다룬 매스컴 보도가 절정에 이르렀을 때 캐피탈의 주주로서 유권이 임시 주주총회의 소집일을 공고하자 주변 사람들은 모두 확신할 수 있었다. 두 회사의 각축전이 시작되었다는 것을. 상황이 이렇게 되었는데도 그룹의 주인인 송 회장은 어떠한 공식입장도 내놓지 않고 묵묵한 채였다.

"어떻게 할까요."

유권이 공고한 임시 주주총회 일자가 다가오는 동안, 송 회장은 자신을 오랫동안 보필했던 비서실장과 대면하고 있었다.

"이젠 매스컴의 보도가 아니어도 인식이 너무 부정적으로 변했습니다. 투자와 카드 등 다른 계열사에 들어오는 해지 신청도 급증했고요. 불매운동 조짐까지 보이고 있습니다."

비서실장의 보고에 주름진 송 회장의 얼굴이 어두워졌다. 그의 입장에서 이번 광렬의 비리 폭로는 안고 있는 줄도 몰랐던 시한폭탄이 터진 것과 같았다.

"그 망할 놈……."

회한 어린 목소리가 송 회장의 입술을 타고 흘러나왔다. 혈육에 상관없이 일에서는 냉정하게 판단해 왔다고 여긴 스스로에 대해 자괴감이 들면서, 송 회장은 비서실장에게 물었다.

"주가는?"

"대폭 하락했습니다."

돌아오는 대답에 송 회장의 표정이 한층 더 가라앉았다.

"경찰 수사도 곧 시작될 것으로 보입니다. 송 대표에게 폭행당했다는 전(前) 임원들의 증언도 나오고 있고요."

폭행이라는 말에 송 회장은 새삼 어이가 없어져 실소를 흘렸다. 아무리 대표라지만 아랫사람을 그런 식으로 대하다니.

"결정을 내리셔야 할 것 같습니다."

비서실장의 말은 그룹 차원에서 광렬을 비호할지 말지 결단을 내려야 한다는 의미였다. 잠시 생각에 잠겨 있던 송 회장이 다시 물었다.

"서유권이라는 인물은 어떤 사람인가?"

"지난번 보고해 드린 대로입니다. 배경 없이 성공한 자수성 가형 인물이죠."

"특이한 젊은이로구먼."

광렬을 포기하면 S&P 캐피탈은 그의 손으로 넘어가게 된다. 그동안 투자한 금액과 개인적인 소망이 들어간 계열이다. 만약 광렬을 포기하여 그가 해임되면, 유권은 S&P 그룹 계열사 가운데 처음으로 외부에서 들어온 계열사 대표가 되는 것이다.

비서실장이 초조해하고 있었지만 송 회장은 꽤 긴 시간 동안 생각에 잠겨 있었다. 광렬을 포기하면 잃는 것, 동시에 그를 포기해서 얻을 수 있는 것들이 머릿속을 번갈아 스쳤다.

이대로 광렬을 포용하면 기업 전체의 이미지가 망가질 것이다. 이미 이탈하는 고객들이 나타나고 있지 않은가. 하지만 그렇다고 해서 광렬을 포기하면, 여태껏 들였던 자금은 허공에 뿌린 돈이 된다.

단지 자금을 떠나서 처음으로 외부 출신 대표가 진입하여 계열 구도에도 변화가 오게 되는 것이다. 그러나 가장 신뢰할 수 있어야 할 회사 임원과 이사들에게 만만치 않게 반감을 사고 있는 광렬을, 계속 그 자리에 두어야 할까?

"오늘 안으로 입장정리 해서 발표하게."

한참 만에 나온 송 회장의 목소리에 비서실장은 더 가까이 다가갔다.

"금번 사건은 사법부의 처결에 맡기겠다고. 우리 그룹은 캐피탈 대표의 처신과 관계없고 또한 매우 유감이라고, 선을 그어."

회장의 결정에 비서실장은 멈칫했다가 알겠다는 의미로 고개를 숙였다. 송 회장의 결정은 광렬을 포기하겠다는 뜻이었다. 그가 회사에 끼친 해악이 캐피탈 설립에 들어간 돈과 혈육이라는 연관점을 넘어섰다고 판단한 것이다.

"알겠습니다."

비서실장은 그렇게 대답하고 조치를 위해 회장실을 나섰다.

송 회장의 결정이 외부에 보도되기 시작한 것은 바로 그날 오후부터였다. 임시 주총을 단 며칠 앞둔 시기였다.

❋

윤은 그 일이 있고부터 고요한 일상을 보내고 있었다. 유권이 그날 집을 나서서 다시 돌아오지 않았던 것이다.

연락을 하면 받기는 했지만, 유권은 당분간 바쁘다는 이유를 대며 집에 들어오지 않고 있었다. 통화를 하게 된다고 해도 길게 이야기를 이어 갈 수는 없었다. 윤은 그가 멀어졌다는 것을 실감할 수 있었다. 괴로워서였든 아니면 면목이 없어서였든, 유권은 위축된 모습으로 자신 앞에서 몸을 사렸다.

여기서 더 시간이 흐르면 그는 아예 자기 앞에서 모습을 감춰 버릴 것만 같았다. 윤은 알고 있었다. 외양은 담대하고 강한 것처럼 보이지만, 사실 유권은 남보다 특별히 강하지도 않고 엄청난 것을 가진 사람도 아니라는 것을.

그는 다른 많은 사람들과 비슷한 그저 평범한 사람이었다. 상대에게 인정받고, 일정 선 안으로 받아들여져서 안온한 소속감을 갖게 되길 원하고, 노력했음에도 불구하고 인정받지 못하면 상처받는. 감정에 치우쳐 돌이킬 수 없는 실수를 저지르기도 하는 그런 사람. 남들보다 특히 더 강하고 의연할 것도 없는 보통의 사람.

'말했어야 해.'

유권이 돌아오지 않는 텅 빈 집에 앉아서 윤은 거듭 그렇게 생각했다. 처음부터 말했어야 했다고. 그가 제안하고, 그래서 그의 거처였던 이곳으로 처음 발을 들여놓던 날에 털어놓았어야 했다. 보잘것없이 매달리는 것처럼 비참해 보였을지라도 말했어야 했다.

내가 오늘 온 것은 당신의 제안에 꺾였기 때문이 아니라 당신을 사랑해서였다고.

처음에 마음을 드러내지 않았던 것은 그가 자신을 우습게 여기며 장난감처럼 대할까 봐 두려워서였다. 다른 사람도 아니고 서유권에게 김윤이라는 사람이 그렇게 여겨지는 것은 견딜 수 없었다.

하지만 이런 상황이 오자 윤은 후회하고 또 후회했다. 그냥 털어놓을 것을. 그가 날 예쁜 장난감처럼 삼으며 노리개로 대하더라도, 털어놓았다면 오히려 이런 후회가 없었을 텐데. 서유권이 어떤 사람이었는지 몰랐던 것도 아니었는데 그때는 그

것이 왜 그렇게 두려웠던 것일까. 표현하지 않고 내색하지 않았기에 유권은 여태까지 외로웠을 것이다.

송 회장이나 광렬, 주주총회를 앞둔 유권의 현재 상황을 아직 윤은 모르고 있었다. 오늘도 들어오지 못한다는 연락을 받고 의기소침해있던 윤은 거의 뜬눈으로 밤을 새웠다. 그리고 다음 날 아침, 멍한 정신으로 깨어나는 순간 직감처럼 확고한 생각이 들었다.

이젠 내가 가야 해.

그동안 곁에 있으려고 노력했던 것은 언제나 유권이었다. 그러다가 결국 지쳐 버린 때가 왔으니 이제 다가가야 할 것은 자신이었다.

한 사람이 없을 뿐인데 집은 허전할 정도로 비어 보였다. 세수를 하고 옷을 갈아입으며 윤은 확고하게 결심을 세웠다. 유권을 찾아가야겠다고.

그때 울리는 초인종 소리에 깜짝 놀란 윤은 후다닥 현관으로 뛰어갔다.

"누구세요?"

거실 벽에 설치된 외부 모니터 화면에 진회색 정장을 입은 실루엣이 서 있었다.

"회사에서 나왔습니다."

낯선 목소리였지만 회사에서 나왔다는 말에 윤은 의심 없이 문을 열었다. 화면에 얼굴이 제대로 나오지 않아서 용진인 줄 알았지만, 문을 열자 서 있는 것은 처음 보는 사람이었다.

"회사에 무슨 일 있나요?"

"아…… 그건 아니고요. 잠시 함께 가시죠. 모셔 오라고 하셨습니다."

"유권 오빠가요?"

윤의 물음에 회사에서 나왔다는 사람은 살짝 웃으며 고개를 끄덕였다.

"지금 가시죠."

"아, 네."

이 맨션의 위치를 알고 있는 사람은 별로 없었다. 당연히 유권의 지시라고 생각한 윤은 아무 의심도 없이 찾아온 사람과 함께 현관을 나섰다.

"차가 저번에 본 거랑 다르네요?"

아래층으로 내려가서 건물 로비를 나서자 보이는 차를 확인한 윤은 다소 어리둥절하게 물었다. 똑같이 검은색이기는 했지만, 지난번 제대하는 태석을 데리러 갔을 때 탔던 것과는 차종이 다른 것 같았던 것이다.

"의전차량이 원래 한 대가 아니라서요."

"아……."

하긴 그럴 수도 있다. 그때도 자신에게 차를 내주고 유권은 다른 것을 이용하지 않았던가. 뒷좌석에 올라탄 윤은 곧이어 출발하는 차체를 느끼며 휴대폰을 손에 들었다. 지금 전화를 해 볼까 했지만 곧 볼 수 있을 테니 그럴 필요는 없을 것 같았다.

"저…… 근데 어디로 가는 거예요?"

앉아 있던 윤은 익숙한 방향으로 움직이던 차체가 예기치 않은 곳에서 방향을 바꾸자 운전기사를 향해 물었다.

"곧 도착할 겁니다. 그냥 있어요."

얌전하게 말했지만 왠지 모르게 이상하게 들리는 대답에 윤이 다시 입을 떼는 순간 차 문이 자동으로 잠기며 철컥하는 소리가 났다.

"당신 누구야?"

한발 늦게 뭔가가 잘못되었다는 것을 감지한 윤이 달라진 목소리로 묻자 운전기사는 룸미러를 통해 윤을 바라보며 히죽 웃을 뿐이었다. 등골이 섬뜩해지며 윤은 자신이 실수했다는 것을 깨달았다. 아무리 유권에 대한 생각에 사로잡혔다지만 확인도 안 하고 차에 올라타다니.

어디로 가는 것인지는 알 수 없었지만 자동차는 아직 서울을 벗어나지는 않고 있었다. 만약 여기서 더 인적이 드문 곳으로 향한다면 도망치기가 어려워질 것이다. 운전석의 분위기를 살피던 윤은 신호등에 걸려 차가 멈춰 선 순간 잠금 버튼을 열고 차에서 뛰어내렸다.

"이봐!"

소리 지르는 남자의 목소리를 뒤로하고 윤은 정신없이 달리기 시작했지만, 곧 따라붙는 구둣발 소리에 모골이 송연해졌다.

평일 낮, 회사 건물들이 대부분인 길거리는 서울이라는 것이 믿어지지 않을 정도로 사람이 없었다. 도망치면서 휴대폰을 꺼내 든 윤은 번호를 누르기 위해서 애썼지만 달리는 와중이라 엉뚱한 숫자들만 입력될 뿐이었다. 어디로 연락을 해야하지? 경찰? 유권? 뒤에서 쫓아오는 발소리가 더 가까워졌다.

"윽!"

확 다가온 손이 팔을 틀어쥐는 순간 윤은 앞뒤 볼 것 없이 마구 발을 내지르며 그를 걷어찼다. 예기치 않은 일격에 당황했던 남자는 곧 굳은 얼굴로 윤의 팔을 낚아채어 인정사정없이 건물 벽을 향해 집어 던졌다.

"악!"

단단한 콘크리트 벽에 부딪혔다가 튕겨진 윤은 발목이 꺾어지는 것을 느끼며 바닥으로 쓰러졌다. 눈앞에 별이 번쩍거리는 와중에도 윤은 휴대폰을 집어 들었지만, 그보다 한발 먼저 날아온 구둣발이 윤의 손을 걷어찼다.

"깜짝 놀랐잖아."

그렇게 중얼거린 남자는 쓰러진 윤을 잡아 일으켰다. 절뚝거리면서 일어서던 윤은 자신의 팔목을 틀어쥔 그의 손을 꽉 깨물었다.

"이게……!"

성마른 한 마디와 함께 남자의 다른 손이 윤의 따귀를 후려쳤다. 짝 하는 소리와 함께 땅바닥으로 쓰러진 윤은 잠깐 동안 숨을 쉴 수가 없었다. 벽에 부딪친 충격에 다시 다른 충격이 더해지자 정신이 오락가락했다.

남자는 어떻게든 끌려가지 않으려고 발악하는 윤을 내려다 보다가 한숨을 내쉬었다. 이제 더 이상 반항하기는 어려울 것이다. 질질 끌다시피 하여 데리고 온 윤을 차 뒷좌석에 아무렇게나 밀어 넣은 남자는 다시 운전석에 올랐다.

잠시 후 차가 멈추어 선 곳은 윤이 처음 와 보는 서울 어딘가의 고층 빌딩이었다. 끌려가다시피 들어선 곳은 유권의 집무실과 비슷했지만 훨씬 더 화려하게 치장되어 있는 공간이었다.

"가능하면 얌전하게 데리고 오랬더니, 그게 잘 안 된 모양이네."

절뚝거리는 다리와 퉁퉁 부어터진 한쪽 뺨을 본 것인지. 안으로 들어선 자신을 향해 들려오는 웃음기 어린 목소리에 윤은 고개를 들었다.

"오랜만이네. 예전에 한 번 본 적 있었지? 기억나나?"

가죽 의자에 앉아서 가벼운 목소리로 묻는 사람의 얼굴을 확인한 윤의 표정이 일그러졌다.

"당신……."

광렬은 벌레 보듯이 자신을 향하는 윤의 눈동자를 마주하며 히죽 웃었다.

11장

"한 시간 후 시작입니다."

용진의 말에 유권은 길게 한숨을 내쉬었다. 곧 주주총회의 시작이다. 지금도 뉴스에서는 광렬의 처벌을 법에 맡기겠다고 공표한 S&P 본사의 공식입장 내용이 방송되고 있었다. 광렬은 버림받은 것이다. 불리해지면 자기 꼬리를 자르는 도마뱀처럼. 본체로부터 강제로 떨어진 광렬이 할 수 있는 일은 별로 없을 것이다.

이미 임시 주주총회에 참석하는 사람들 대부분은 오늘 회의에서 어떤 결정이 날지 예측하고 있었다. 누구도 함부로할 수 없었던 그룹의 혈육이 내려 받은 자리에서 쫓겨나는 것은 관계자가 아니더라도 흥미진진하게 구경할 만한 일이었다.

[대표님.]

슬슬 생각을 정리하고 있는데 밖에서 연결된 인터폰에 유권은 다소 의아한 표정으로 상체를 세웠다. 손님이 왔다는 전갈에 집무실의 문을 연 용진 역시 찾아온 사람을 확인하고는 놀란 모습이었다.

"안녕하십니까."

찾아온 사람은 광렬의 수행비서였던 것이다.

"저희 대표님께서 지금 잠시 만나고 싶어 하십니다."

"곧 회의장에서 뵐 텐데요. 협상할 생각은 없으니 그냥 돌아가시죠. 무슨 짓입니까?"

용진이 가로막았지만 수행비서는 좌불안석이면서도 물러설 수는 없는 기묘한 분위기로 주머니 속에서 뭔가를 꺼냈다.

"아니요."

그런 말을 하며 광렬의 비서가 꺼내는 물건을 발견한 유권의 표정이 확 굳었다. 그가 가지고 온 것은 윤의 휴대폰이었던 것이다.

"이걸 전해 드리면, 오지 않을 수 없을 거라고 하셨습니다."

안절부절못하며 그렇게 지시받은 말을 전하는 수행비서는 광렬이 어떤 짓을 했는지 확실하게는 몰라도 어렴풋이 짐작을 한 것처럼 보였다.

"이거 어디서 났어?"

착 가라앉은 유권의 목소리에 수행비서는 식은땀이 흐르는 이마를 느끼며 눈을 내리깔았다. 서유권이고 송광렬이고, 이제 더 이상 못 해 먹겠다는 생각이 들었다.

"모, 모릅니다. 저는 명령받은 대로 전달만 하러……."

유권의 손이 윤의 휴대폰을 낚아채어 정말 윤의 것인지 다시금 확인하는 순간 액정이 밝아지며 벨소리가 울렸다. 저장되어 있지 않아서 이름이 뜨지는 않았지만 유권의 눈에는 낯익은 번호였다. 통화 버튼을 누르고 귀에 가져다 대자 정말 신호가 연결된 것이 의외였는지 나직하게 킬킬거리는 웃음소리가 전해졌다.

[정말이네. 서유권 씨?]

광렬이었다. 유들유들하게 웃음기 어린 목소리를 귀로 듣는 순간 유권의 손등에 핏대가 도드라졌다.

[그렇게 채 간 여자를 혼자 두면 어떻게 하나. 그러니 이렇게 쉽게 데려왔잖아.]

"뭐야?"

격분하는 유권의 목소리에 광렬의 웃음기가 더 짙어졌다.

[이제 볼 마음 생기셨나?]

광렬은 용진 한 명만을 대동한 채 자신의 집무실에 들어선 유권을 흥미롭게 바라보았다. 의자에 앉은 광렬을 확인하자마자 유권은 짓씹으며 말했다.

"윤이 어디 있어."

살벌한 유권의 모습에 광렬은 히죽 웃었다.

"걱정 마요. 아무 짓도 안 했으니까. 아직은."

굳어진 유권의 모습에 광렬은 느긋하게 의자 등받이에 몸을 기댄 채 중얼거렸다.

"역시 그 애비에 그 자식이야. 부전자전, 아니 부전녀전이라고 해야 되나?"

"……."

"당신 안 올 거라고 엄청 발악하던데. 그게 아주 꼭 닮았어. 회사 넘어갈 때 발악하던 지 애비하고."

태연하게 지껄이는 광렬의 언변에 유권이 인내심이 먼저 끊어졌다.

"윤이 어디 있냐고 개자식아!"

유권이 폭발하자 광렬은 그게 마음에 든다는 듯 웃는 얼굴로 고개를 주억거렸다.

"우리 서 대표님, 그런 욕도 할 줄 아시고. 모르는 사람이 보면 깜짝 놀라겠네. 상상이나 하겠어? 그렇게 깨끗하게 생기셔서 말이야."

그 말에 유권의 뒤편에 서 있던 용진마저 얼굴을 구겼다.

"걱정 말라니까. 몇 대 쓰다듬어서 얌전하게 놔뒀으니까."

등 뒤에 서 있었기에 용진은 광렬이 그렇게 말했을 때 유권의 표정을 볼 수가 없었지만, 뒷모습만으로도 그의 분노가 어떨지 가늠할 수 있었다.

광렬이 손짓하자 그의 곁에 서 있던 남자가 집무실에 딸린 회의실에서 윤을 끌고 나왔다. 윤을 여기까지 데리고 온 운전기사였다. 진저리가 난 얼굴을 하고 있는 수행비서와 달리 그는 태연한 얼굴을 하고 있었다.

"윽!"

이런 짓까지 한 광렬이라는 인간에게 감정이 치받혀 동요하던 용진은 비틀거리며 끌려 나오는 윤의 모습이 어딘가 이상하다는 것을 감지했다. 반항하다가 폭행까지 당했으니 제정신이 아닌 상태이겠지만, 그것을 떠나서 거의 두 다리로 제대로 서 있지도 못했던 것이다. 얻어맞아서 빨갛게 부어오른 얼굴도 단지 부은 것이라고 하기에는 안색이 이상했다.

"무슨 짓을!"

참다못한 용진이 소리치자 광렬은 히죽 웃었다. 남자가 붙잡고 있던 팔을 놓자 윤은 같은 방 안에 유권이 있는 것도 눈치채지 못한 채 정신을 차리지 못하고 바닥에 엎어지듯 주저앉았다. 유권은 미동도 없이 서 있기만 했다. 광렬은 자신을 주시하는 유권을 마주 보다가 바닥에 주저앉은 윤에게로 힐끗 시선을 돌렸다.

"약을 한 대 놔줬지. 내가 여자애들한테 가끔 쓰던 거야."

곁에서 웅웅대는 소리에 윤은 고개를 들었다. 여기에 당도한 직후 겪은 일들이 뒤죽박죽이 되어 머릿속을 휘돌았다.

따귀를 맞을 때 눈이 빠지는 줄 알았다. 그 이후부터는 정신을 차릴 수가 없었다. 술에 취한 것처럼 눈앞이 흐려지며 일렁거리는 통에 속이 뒤집혔다. 심장이 너무 격하게 뛰어서 차라리 정신을 잃었으면 좋겠다는 생각이 들 정도였다. 고개

를 들어서 둘러보았지만 일그러진 시야에 제대로 들어오는 것
은 없었다.

"포기하고 오늘 주총 취소해."

광렬이 웃음기 사라진 얼굴로 뇌까렸다. 어떤 짓이건 상관
없었다. 본사와의 연결고리도 끊어지고 상황까지 불리해진 마
당에 광렬은 큰 죄책감 없이 이런 행동을 하기로 마음을 먹었
고, 실행했다. 그는 유권을 향해 다시 말했다.

"왜? 내가 비열한 것 같아? 아니야. 네가 썼던 방법 그대로
쓰고 있는 거잖아."

유권의 눈썹이 꿈틀거렸다.

"죽여 버린다."

"아니, 넌 못해. 그러고는 싶겠지만. 너처럼 잃을 게 많은
놈이."

"……"

"여기까지 바득바득 기어 올라온 벌레 새끼. 너도 이런 식
으로 저걸 손에 넣었을 것 아냐? 선택하라고 했지만, 사실 선
택할 수 없는 상황을 만들어 놓고."

광렬은 약효가 퍼져서 괴로워하는 윤을 그렇게 표현하며
입매를 비틀었다. 윤에게 놓은 것은 한국에서 마약류로 분류
되는 약이었다. 그냥 적당히 놓았을 뿐이지만, 그런 약물에
노출된 적이 없는 윤이 얼마나 버틸 수 있을지는 미지수였다.

"할 수 있는 거라면 그게 옳든 그르든 다 해 가며 여기까지
온 네가 나랑 뭐가 다를 거 같냐? 선택했다는 것을 빌미로 네

가 저 여잘 어떻게 대했을지, 내가 한번 설명해 볼까? 신나게 먹어 치웠겠지! 그렇게 탐내던 것이니 오죽했겠어?"

그렇게 덧붙이며 광렬은 번들거리는 눈빛으로 윤을 바라보았다. 지금은 얼굴이 좀 상하긴 했지만, 윤은 반반한 얼굴을 갖고 있었다. 버들가지처럼 가늘고 호리호리한 몸매는 침대에서도 훌륭했을 것이다. 유권이 윤을 어떻게 다루었을지 상상해 보는 그의 눈동자는 기름기가 낀 것처럼 번들거렸다.

"여기서 시간이 더 지나면 저 여잔 아마 누구한테 당하든 구분도 못 하고 네 밑에 깔려서 그랬던 것처럼 소리 지를걸. 그걸 보여 줄까?"

"입 닥쳐."

유권은 오히려 착 가라앉은 목소리로 뇌까렸다. 하지만 광렬은 그가 어떤 반응을 보이든 별로 동요하는 기색이 아니었다. 갈 데까지 간 사람이 거칠 것 없이 난도질하는 것 같은 모습이었다.

"왜? 네가 더럽히는 건 괜찮고 남은 안 되나? 어차피 저 여잔 만신창이일 텐데. 귀하게 태어났으면 뭐해? 천한 놈 손아귀에 떨어져서 그 취향대로 굴러먹었잖아. 난 거기에 약간 장식을 더해 줄 뿐이지. 티도 안 나는 장식. 그래, 바라기만 하던 귀한 것을 손에 넣어서 입맛대로 주무르니까 어땠어? 넌 나한테 감사해야 돼. 내가 그 회사를 빼앗지 않았으면 너 같은 놈이 저 여잘 손에 넣는 것이 가당키나 했겠냐!"

광기에 취한 것처럼 떠들어 대는 광렬의 목소리가 점점 커졌다.

"너나 나나 탐욕에 눈이 뒤집힌 건 똑같아. 뭐가 달라? 난 네가 했던 대로 다시 너한테 하는 거야. 고르고 싶은 것은 없지만 선택해야 하는 입장이 되어 보니 어때? 좋지만은 않지? 저 여자도 그랬을걸!"

신랄하게 나불대는 광렬의 말을 듣고 있는 유권은 끔찍한 것이 강제로 목구멍에 집어넣어진 것 같았다. 주저앉아 있는 윤과 극단적으로 치달은 이 상황이 끔찍스러웠지만, 분노로 이성이 마비된 지금도 본능적으로 두려운 것은 윤이 돌이킬 수 없이 망가져 버리는 것이었다.

"아니야."

주저앉아 있던 윤이 경련하듯 몸을 떨며 내뱉는 소리에 유권의 심장이 쿵 내려앉았다. 윤의 떨림은 자기 의지가 아니라 약 때문에 그렇게 된 것 같았다. 좋지 않은 증상이다.

"너 같은 거랑 비교하지 마. 넌 그냥 쓰레기야. 죽어 버려."

예기치 않은 윤의 반박에 얼굴이 일그러진 광렬의 손이 그녀의 긴 머리채를 움켜잡았다.

"이 망할 년이!"

머리 가죽이 뜯어지는 것 같은 통증에 윤이 비명을 지르는 것과 유권의 몸이 튀어 나가는 것은 거의 동시였다. 유권의 구둣발에 앉은 채로 가슴을 걷어차인 광렬이 바닥으로 굴렀다.

인정사정없이 멱살을 잡아 일으킨 유권은 광분한 채 통유리 외벽을 향해 광렬을 걷어찼다. 쩍 하는 소리와 함께 두꺼운 유리에 거미줄처럼 금이 퍼지며 튕겨져 나온 광렬의 몸이 바닥으로 쓰러졌다.

조마조마하게 지켜보던 수행비서는 갑자기 폭탄처럼 터진 유권의 모습에 히이익 하는 단말마와 함께 밖으로 달려 나갔다. 광렬을 제압한 유권은 이어 달려들려는 운전기사의 목을 명패의 모서리로 후려쳐서 기절하게 만들었다. 용진은 그사이 윤을 챙기고 있었다.

"대표님!"

쓰러진 광렬의 몸 위에 올라타서 손에 든 명패의 뾰족한 모서리를 그의 머리에 겨냥하며 치켜드는 유권의 모습에 용진이 절박하게 소리쳤다.

여기서 이대로 유권이 광렬을 끝장내 버리기라도 하면 그는 전부 잃게 된다. 지금까지 한 노력이 물거품이 되는 것은 물론이고 평범하게 살 수 있는 환경까지. 그를 보필하며 지금까지 유권이 어떻게 애썼는지 알고 있던 용진의 속에서도 뜨거운 것이 치솟았다.

"쳐, 치라고! 그럼 속 시원해질걸?"

순식간에 곤죽이 된 채로도 광렬은 웃으면서 자신의 머리통을 부숴 버리려고 명패를 치켜들고 있는 유권에게 이죽대고 있었다. 치켜든 유권의 팔이 당장이라도 움직일 듯 경련하다가 이내 어깨에 들어간 힘을 빼며 쳐들었던 명패를 구석으로 집어 던졌다.

"한심한……."

뭐라고 비아냥대던 광렬은 뼈가 두드러질 정도로 힘이 들어간 유권의 주먹에 얼굴을 연달아 얻어맞고 뻗어 버렸다. 순식간에 벌어진 난장판이었다.

"윤은?"

"일단 병원으로 옮겨야 할 것 같습니다."

용진이 안고 있는 윤에게 다가간 유권은 엉망으로 부어오른 그녀의 얼굴에 참담해졌다. 용진은 팔을 뻗어 쓰다듬으려다가 차마 닿지 못하고 다시 거둬지는 유권의 손을 바라보았다.

"여기 수습하고, 그리고……."

"……."

한계까지 잡아당겨진 신경으로 유권은 잠시 더듬거리다가 이내 정신을 추스르며 말을 이었다.

"윤은 병원으로 데려가."

"대표님은요?"

유권은 거의 정신을 잃은 윤을 바라보았다. 약 기운이 다시 퍼졌는지 지금 바로 곁에 자신이 있는 것도 알지 못하는 것 같았다.

"여기서 멈출 순 없어. 난 회의장으로 간다."

단호한 한마디에 다소 놀랐던 용진은 이내 고개를 끄덕이며 윤을 안아 들었다. 조금 전 광렬에게 반박하던 윤은 그것이 한계였던 것 같았다.

유권은 메슥거리는 속을 겨우 진정시키며 스스로를 다잡았다. 윤은 병원으로 옮겨질 것이고, 용진이 알아서 잘 수습할 것이다. 그렇게 확신하며 유권은 임시 주주총회가 열리는 회의장으로 향했다.

회의장 안은 이미 시작 시간이 한참이나 흘렀는데도 당도하지 않는 유권으로 인해 웅성거리고 있었다. 혼자서 드넓은 장내로 들어서며 유권은 자신이 떨고 있다는 것을 깨달았다.

무사할 거야. 무사하고말고. 이것만 해내면 이제 끝이야.

끊임없이 그렇게 되뇌며 유권은 당당하고 의연한 모습으로 스스로를 꾸민 채 회의장으로 들어섰다. 늘 곁을 지키던 용진이 없는 것을 이상하게 여기는 사람들도 있었지만, 대부분은 당당한 유권의 겉모습에서 별다른 것을 느끼지 못했다. 지금 의연한 것은 그의 겉모습뿐이라는 것을 알아챌 수 있는 사람은 아무도 없었다.

"늦어서 죄송합니다."

자리에 서서 단단한 목소리로 말하는 유권의 모습에 소란스럽던 장내가 서서히 가라앉았다. 유권은 약간 숙였던 고개를 정면을 향해 들면서 담대한 음성으로 선언했다.

"임시 주주총회 개회를 선언합니다."

속도감 있게 진행된 주주총회의 결과는 사람들의 예상과 크게 다르지 않았다. 최근 여러 사건이 폭로된 광렬에 대한 사전 구속영장이 청구되었다는 뉴스 보도가 전파를 탄 것과 거의 같은 시간에 회의장에서는 위임장 싸움에서 승리한 유권이 광렬의 해임안을 가결시키고 S&P 캐피탈의 소유주로 등극했다.

회의가 끝나는 것과 동시에 외부인사의 공세로 대기업이 자기 계열을 그룹 밖으로 빼앗긴 최초의 일이 빠르게 전해지는 가운데, 유권은 윤이 입원해 있는 병원으로 향했다.

아직 해결하고 수습해야 할 일은 산더미 같았지만, 뒤를 용진과 여옥에게 맡겨 둔 채 유권은 홀로 윤의 침상 곁에 앉았다.

처치를 받은 덕분인지 부어올랐던 얼굴은 조금 가라앉아 보였지만 여기저기 감긴 붕대와 거즈 때문에 눈살이 찌푸려졌다. 붉게 상기되었던 안색도 정상으로 돌아와 있었고, 팔에 꽂혀 있는 링거만 아니라면 윤은 그냥 잠든 것처럼 보였다.

"후……."

지친 기색이 역력한 한숨이 길게 뱉어졌다. 환자복으로 감싸인 윤의 팔로 다가가던 그의 손이 닿지 못하고 다시 거두어졌다.

아직도 심장이 불안하게 뛰었다. 몇 시간 전 자신이 조금만 늦었다면, 아니 광렬이 가져온 것이 윤의 휴대폰이 아니라 허술한 것이라서 그의 말을 믿지 않고 아예 가지 않았다면 어떻게 되었을까. 상상만 해도 속이 메슥거렸다.

그 후로도 한동안 망설이던 유권은 눈으로 보면서도 확인해야 한다는 듯이 결국 손을 뻗어 잠든 윤의 손을 잡았다. 팔에 연결되어 있는 링거액은 이제 절반이 약간 안 되게 남아 있었다.

따뜻한 체온을 감지하고 나서야 유권은 완전히 마음을 놓을 수 있었다. 그래도 크게 다친 것이 아니라 다행이었다. 별다른 후유증 없이 회복할 수 있을 것이라고 했던 의료진의 말을 곱씹으면서 유권은 한동안 미동도 없이 윤의 곁을 지켰다.

작은 손을 잡은 채 굳어 있던 어느 순간, 윤이 움찔거리자 유권은 깜짝 놀라서 손을 떼었다. 악몽에 시달리는 것처럼 얼굴을 찌푸리며 고개를 마구 내젓는 윤의 모습에 유권은 어쩔 줄 모르며 곁으로 다가가 뺨을 쓰다듬었다.

"괜찮아. 응? 괜찮아, 윤아."

"헉!"

소스라치며 깨어난 윤은 반사적으로 일어나려고 했지만 아직 몸이 말을 잘 듣지 않는 모양이었다. 바로 곁에 있는 유권도 눈치채지 못하고 바둥거리던 윤의 어깨를 유권의 손이 잡았다.

"아악!"

"괜찮아. 병원이야!"

유권이 그렇게 소리치고 나서야 목소리를 알아들은 윤이 마구 뿌리치려던 팔을 내렸다. 정말 자신을 잡고 있는 사람이 유권임을 확인하자마자 윤은 더듬거리며 마구 쏟아 냈다.

"오, 오빠 불러낸다고 했어요. 내가 바보같이……. 도망가려고 했는데 갑자기 이상해져서……."

조금 전의 기억이 계속 이어지고 있는지 횡설수설하는 윤을 바라보던 유권은 가슴이 미어진다는 말을 조금씩 실감하며 윤을 느리게 끌어안았다.

"괜찮아······. 이제 다 괜찮아졌어. 너랑 나를 위협할 수 있는 건 이제 없어."

자신을 끌어안은 채 속삭이는 유권의 목소리를 듣고서야 윤은 자신이 꽤 오랜 시간이 흘러서야 정신을 차렸다는 것을 깨달았다. 그 시간 동안 무슨 일이 있었는지는 몰라도 광렬의 집무실에서 상상했던 것 같은 끔찍한 상황은 오지 않은 것 같았다.

"미안하다."

자신이 회피하고 있었던 며칠이 지나는 동안 해쓱해진 것처럼 느껴지는 윤의 몸을 품에 안은 채 유권은 메어 드는 목소리로 일렀다. 듣던 순간에는 분노가 치솟았지만, 광렬이 지껄였던 말은 어느 정도 맞는 소리인지도 몰랐다.

자신이 윤에게 다시 접근하지 않았다면, 모든 것을 손에 넣을 거라고 지독하게 집착하지만 않았어도 윤은 이런 꼴을 당하지 않아도 되었을 것이다.

그게 무엇이든, 누구든 간에 방해가 된다면 해치우면서 얻어 내리라 다짐했던 것이 있었고, 오늘은 그것을 얻어 낸 날이다. 윤에게 돌려주고 싶었던 것을 모두 손아귀에 넣었다. 그런데 지금 자신과 윤의 모습은 어떤가. 왜 그런 쓰레기 같은 놈한테 짓밟힐 뻔한 위기를 맞이해야 하고, 왜 소스라치며 깨어나야 하지?

지금까지 일어난 모든 일들 중에서 윤이 저지른 일은 없었다. 주주들과 접촉하여 이사들의 심리를 교묘하게 부채질하고, 광렬의 짓거리들을 뒷조사한 것은 모두 자신이다. 그런데 가장 위험해진 것은 윤이었다. 만약 윤이 몇 시간 전에 망가져 버렸다면, 오늘 손에 넣은 그런 것들이 다 무슨 의미가 있었을까.

"아니에요. 내가 바보처럼……. 걱정되어서 의심도 없이 차에 타 버렸어요. 오빠한테 전화라도 했어야 하는데 그것도 생각 못 하고…… 그냥 다급해져서……."

윤은 조금 전의 유권이 그랬던 것처럼 손으로 잡아 확인하기 위해 자신을 안고 있는 유권의 팔과 어깨를 정신없이 짚었다. 틀림없는 유권이었다.

"다 된 거예요? 정말 아무 일도 없었던 거예요?"

"그래."

"……."

"이제 다 끝났어."

유권이 읊조리고 나서야 윤은 정말로 안심하며 잠잠해졌다. 무엇이 어찌 되었든, 멀쩡한 유권의 모습을 확인하니 다 상관없어졌다. 윤이 안도의 한숨을 내쉬며 구겨졌던 표정을 다시 풀 즈음, 유권의 목소리가 다시 이어졌다.

"난 예전부터 너한테 어울리는 사람이 되고 싶었지."

유권은 차마 윤과 얼굴을 마주하고 털어놓을 용기가 없는 것처럼 그녀를 꼭 안은 채 일렀다.

"그렇게 공부했던 것도, 그 대학교를 선택한 것도, 유학도…… 네 곁에 어울리는 사람이 되고 싶어서였어. 내가 모자라서 네 빛이 바래는 것은 보기 싫었으니까. 남들이 날 뭐라고 부르든 상관없었어. 그냥, 너한테 어울리는 사람이 되어서, 네가 잃어버린 것을 전부 다 되찾아 주고 싶었어. 네 잘못으로 잃어버리게 된 것이 아니었잖아."

윤은 청각이 아니라 세포를 타고 바로 전해지는 것 같은 유권의 목소리 속에서 그가 조금씩 허물어지며 떨고 있는 것을 느꼈다. 그동안 유권과 함께 있으면서 그의 많은 모습을 보았었지만, 이런 목소리와 이런 말투는 처음이었다.

"그래서 너한테 모든 걸 돌려줄 수 있게 되면, 그럴 수 있는 사람이 되면…… 난 그때야말로 떳떳하게 네 곁에 설 수 있을 줄 알았어."

"……."

"그런데, 그런데도 너한테 그런 제안을 했던 건…… 그때까지 널 보지 않고 혼자 있을 수가 없었기 때문이야."

서서히 물이 증발하는 땅처럼 메말라 가며 중간중간 끊어지는 목소리로 털어놓던 유권은 자신이 의식 속에서도 가장 깊은 곳에 묻어 두고 절대로 꺼낸 적 없던 말을 밖으로 내었다.

"무서웠거든. 혼자라는 게."

마주 보고 싶어서 꾸물거리는 윤의 몸을 유권의 팔이 꽉 붙잡았다.

"하지만 난 처음부터 잘못했던 거야. 난 그날 너에게 그 비뚤어진 말 대신…… 널 사랑하고 있다고 털어놓아야 했어."

자신의 열등감, 자격지심, 듣게 된 날 이후로 시시때때로 귓가에 살아났던 선주의 말과 그것에 대한 의식, 결국 오늘을 만들어 낸 것은 그것들을 이기지 못한 자신이었다. 광렬이나 다른 누구 때문이 아니라.

"미안하다."

"……."

"너한테 돌려줄 것만 생각하느라, 정작 널 생각하지 못해서."

유권의 목소리가 그렇게 끝맺는 순간 윤은 직감적으로 느꼈다. 그가 지금 눈물을 흘리고 있다는 것을.

"아니에요. 그렇지 않아요!"

유권은 다급한 손으로 자신을 보듬는 윤을 느꼈다. 어쩌면 이미 원하는 대로 손에 넣었던 사람을 곁에 두고도 자신은 다른 것만 생각하느라 그것을 알아채지 못한 건지도 몰랐다.

설상가상 자기의 죄책감에 못 이겨 윤을 방치해 두기까지 했다. 더는 그럴 수 없었다. 윤을 짓밟은 것도, 자유롭지 못하게 묶어 둔 것도 다른 악한이 아니라 서유권이었다.

"이제 자유롭게 해 줄게."

"싫어요!"

윤에게 돌려줄 것이라며 예전의 생활에 집착했던 것도 자신뿐이었다. 정작 모든 것을 다시 안겨 주고 싶었던 윤은 앞을 바라보려고 했는데. 유권은 이 순간에야 절감했다. 우리 두 사람을 옴짝달싹 못하게 하고 있었던 것은 바로 자기 자신이었음을.

"계속 네 곁에 있으면…… 언젠가 네가 정말로 망가지는 걸 보고야 말 것 같아."

광렬은 물리쳤지만 아직 자신은 해 나가야 할 일이 있었다. 그 길에 동참해 달라고 말하고 싶지는 않았다. 윤이 위험해지는 것은 오늘 겪은 것만으로 한계였으니까. 다시 한 번 이런 일을 겪는다면 그땐 자신이 먼저 무너져 버릴 것이다. 유권은 자신을 끌어안으려고 애쓰는 윤의 몸짓을 애틋하게 느끼면서 마지막으로 말했다.

"그러니까 가."

❋

윤이 남은 약효 때문에 다시 잠이 들었다가 정신을 차렸을 때, 유권은 곁에 없었다. 완전히 회복하여 퇴원하게 되었을 때도 볼 수 없었다. 대신 윤에게 찾아온 것은 용진이었다.

"전해 드리라는 지시를 받았습니다."

용진은 착잡한 듯하면서도 사무적인 태도로 윤에게 갈색 서류 봉투를 내밀었다.

"유권 오빠는요? 어디 있어요?"

"열어 보시면 알 겁니다."

자신의 질문에 대한 답 대신 필요한 말만 하는 용진을 바라보던 윤은 봉투를 열고 내용을 확인했다. 소유권 이전이 완료된 등기부 등본이었다.

"이건……."

서류에 기재된 주소를 확인한 윤의 눈이 커졌다. 용진은 이미 알고 있었는지 딱히 다른 동요 없이 덧붙였다.

"다시 머물기에 부족함 없이 조치해 두었습니다."

"유권 오빠는 어디 있죠? 회사에 있죠? 만날 수 있게 해 주세요."

용진은 윤의 얼굴을 바라보다가 그건 내 권한이 아니니 해 줄 수 없다고 사무적으로 답하려던 것을 그만두었다.

"아마 간다고 해도 만나실 수는 없을 겁니다."

대신 용진은 그렇게 대답했다. 사적인 관계를 떠나서 유권은 이제 한 회사의 대표이자 주인이었다. 사전에 약속도 없이 찾아온다고 해서 만날 수 있는 사람이 아닌 것이다. 유권이 윤을 만나겠다고 하지 않는 한, 그녀 쪽에서 유권을 볼 수는 없을 것이다.

"그래서, 이렇게만 하고 끝이라고요?"

"거기까지는…… 제가 어떻게 말씀드릴 수 있는 것이 아닙니다."

용진의 대답에 윤은 할 말이 없어졌다. 여기서 그를 붙잡고 하소연한다고 될 일도 아니었고, 생떼를 쓸 수도 없는 노릇이었다.

"동생분에 대한 것도 처리는 완료되었습니다. 이제 아무 불편도 없으실 겁니다."

동생에 대한 처리라면 태석에게 아직 남아 있던 상환에 관한 일이다. 설마 유권은 그 일에 대해서까지 조치를 취해 둔 것인가. 마치 연결된 모든 것을 끊고 상관없는 곳으로 달아나려는 것 같은 유권의 태도에 윤은 미간을 구겼다.

"죄송해요. 사적인 얘기지만, 그래도 지금 유권 오빠한테 제 말을 전할 수 있는 사람은 비서님이 유일하니까 해야겠어요. 이대로 사라지면 제가 용서 안 할 거라고 꼭 전해 주세요."

사랑한다는 말을 다른 사람 편에 전할 수는 없는 노릇이었다. 윤은 용진에게 그렇게 말하고는 유권이 전한 서류를 꽉 움켜쥐었다.

전해 받은 등기부 등본에 적힌 주소는 윤이 잊으려야 잊을 수 없는 곳이었다. 예전에 살던 저택의 주소였던 것이다. 실로 오랜만에 예전에 살던 주택가의 초입에 내려서며 윤은 마음을 진정시키기 위해 한숨을 내쉬었다.

용진이 전한 말은 확실히 알아들었지만, 그래도 왠지 막연한 기대가 생겼던 것이다. 이 집으로 찾아가면 유권이 그곳에서 기다리고 있지 않을까 하는.

"……."

대문으로 들어선 윤은 잠시 멍해졌을 만큼 놀랐다. 오랫동안 다른 사람의 거처였을 이 집의 정원이 기억에 남은 예전 모습 그대로였던 것이다. 포석 하나, 정원에 심어 놓았던 나무 한 그루까지 그때와 거의 달라진 것이 없었다.

순식간에 쿵쾅대는 심장을 느끼며 현관 안으로 달음질친 윤은 역시나 예전 그대로 꾸며져 있는 집 안 모습에 잠시 서 있다가 버럭 소리쳤다.

"유권 오빠!"

힘껏 소리쳤지만 인기척 없는 집 안에서 돌아오는 것은 아무것도 없었다. 거실을 둘러본 윤은 주방을 거쳐 이 층으로 뛰어 올라가며 다시 소리쳤다.

"서유권!"

그러나 없는 사람이 부름에 응할 리는 없는 노릇이었다.

자신의 방문 앞, 손잡이를 돌리고 안으로 들어선 윤은 눈물이 핑 돌았다. 그때 그 모습, 자신이 천진난만하게 살던 그때 그대로였던 것이다. 태석의 방도, 서재도 안방도 모두 지금 당장 돌아와서 머무르기 부족함 없는 상태로 채워지고 꾸며져 있었다. 마치 오래전부터 다시 맞이할 준비를 해 두었던 것처럼.

다만, 그 시절 유권이 머물렀던 방 한 칸만 그저 아무것도 없는 빈 방으로 남아 있을 뿐이었다.

집을 확인한 윤은 한동안 거실 소파에 앉아 있다가 벌떡 일어나서 다시 저택을 나섰다. 달려간 곳은 예전에 유권과 함께 살던 맨션이었다. 엘리베이터를 타고 초조하게 달려간 윤은 현관 앞에 서서 숨을 고른 후에 비밀번호를 눌렀다.

삐빅 하는 소리와 함께 문은 쉽게 열렸다. 바뀌지 않은 비밀번호. 그 작은 것 하나에도 미련이 들고 기대가 생겼다. 그러나 현관을 열고 들어선 윤의 팔은 이내 곧 힘없이 늘어졌다.

맨션은 텅 비어 있었다. 함께이던 시절에 썼던 가구 하나, 집기 하나 남아 있지 않고 완전히 텅 비어 버린 빈집이 되어 있었던 것이다.

12장

3개월 후.

"이제 S&P 캐피탈은 종래의 소속에서 벗어나 독립하여, 자체적인 길을 걸어갈 예정입니다."

유권의 선언에 드넓은 원탁에 모여 앉은 사람들의 분위기가 숙연해졌다.

"그 첫걸음으로, 우리 기업은 이제 S&P라는 머리글자를 유지하지 않을 예정입니다."

광렬을 몰아내고 캐피탈을 손에 넣은 후, 유권이 가장 먼저 추진한 일은 S&P 그룹에서 벗어나는 일이었다. 원흉이었던 광렬을 밀어내고 S&P 캐피탈의 소유권과 최고 경영자 자리를 손에 넣었다고 해도 송 회장의 계열사로 머물러 있는다면 그것을 쟁탈한 의미가 없었기 때문이다.

"이제 우리는 S&P 캐피탈이라는 이름을 내려놓고, 한신 저축은행의 이름으로 새로 태어날 것입니다."

저축은행. 그 단어를 말하는 유권의 목소리에 힘이 들어갔다. 임시 주주총회 이후 여옥과 유권을 필두로 외부에서 들어온 인사들로 물갈이가 이루어진 S&P 캐피탈은 전에 없었던 새로운 분위기로 가득 차 있었다.

용진은 마침내 원하는 바를 전부 일구어 내고 번듯한 포장 속에 난장판으로 썩어 가던 회사의 분위기를 싹 탈바꿈시킨 유권을 바라보았다.

사람들 앞에 있을 때의 그는 빈틈없고 완벽한 기업인이었고 젊은 나이에 자신의 야망대로 모든 것을 손에 넣은 입지전적인 인물이었지만, 용진은 다른 사람들 앞에서 당당한 유권의 모습을 볼 때마다 마음 한편이 무거워지는 것을 느끼곤 했다.

"이제 뭘 할 건가?"

유권이 인수한 후에 저축은행으로 다시 태어난 한신 캐피탈의 대표 여옥은 한신 저축은행의 소유주로 자리매김했다. 나이 차이는 거의 조카뻘이었지만, 이제 유권은 여옥에게 있어 떼려야 뗄 수 없는 동조자가 되어 있었다.

"하지 못했던 일을 마저 할 생각입니다."

이미 생각해 두고 있었던 것처럼 막힘없이 대답하는 유권의 모습에 여옥은 미소 지으며 고개를 갸우뚱했다.

"하지 못했던 일?"

"예."

유권은 옅게 웃으며 고개를 끄덕였다. 할 일은 앞으로 얼마든지 있었다. 시간이 가고 회사가 옷을 갈아입으면서 새로 해야 할 것들이 생겨났기 때문이다.

예전에 유권은 그렇게 생각하지 못했다. 어느 정도까지 올라서 원하던 것을 손에 넣고 나면 그때부터는 시간을 마음대로 누릴 수 있을 줄 알았던 것이다. 그러나 실제는 자신의 예상과 달랐다. 그래서 피곤하기도 했지만, 한편으로는 계속 생각해야 할 것들이 있는 것이 다행스러웠다.

한신 저축은행의 최고 경영자가 되었지만 유권의 집무실은 예전 그대로였다. 다시 자신의 자리로 돌아와 앉은 유권은 의자에 기댄 채 잠시 숨을 골랐다.

"아까 부탁한 기획서 갖다 줘요."

의자에 기대서 잠시 쉬다가 한숨을 내쉰 유권은 다시 허리를 곧추세우며 인터폰을 통해 말했다. 잠시 후, 비서가 가지고 들어온 기획서를 받아 든 유권은 어느새 애틋하게 가라앉은 눈빛으로 오래된 기획서의 표지를 쓰다듬었다. 지난날 정식이 시행하려다가 그러지 못하게 되었던, 새로운 대출 상품의 기획안이었다.

"나 장학금 탔다."

마감 업무를 보고 있던 윤은 가게 문을 열고 불쑥 들어서서는 대뜸 그 말부터 하는 태석을 바라보았다.

"뭐?"

"나 장학금 탔다고. 전액이라고!"

"오, 웬일이야? 정말 노력했나 보네? 꼴통 짓만 하더니."

"이러기야?"

발끈하는 태석을 향해 히죽 웃으며 윤은 아직 앞치마를 안 벗기를 잘했다고 생각하며 마저 말했다.

"하나 해 줄까? 재료 남았어."

"싫어, 그놈의 샌드위치. 끝나고 치킨이랑 맥주나 먹으러 가자."

태석은 도리질쳤지만 윤은 남은 재료들을 적절하게 배합해서 오늘의 마지막 샌드위치를 만들기 시작했다. 장사를 끝내고 남은 모든 재료를 털어 넣은 잡탕 샌드위치라고 할 수 있었다. 재료는 들여온 날 당일 판매만을 원칙으로 하고 있었기 때문에 이렇게 남은 것으로 만든 것은 윤의 다음 날 아침 메뉴가 되곤 했다.

"왜? 이게 제일 맛있거든? 재료 다 들어간 거란 말이야."

윤이 그렇게 말하는데도 태석은 고개를 절레절레 흔들었다. 물론 가게에서 파는 샌드위치가 얼마나 맛있는지는 잘 알고 있었지만, 그동안 신메뉴가 나올 때마다 얼마나 시식을 해야 했는지 모른다.

"그런데 사장님은?"

"조금 전에 가셨지."

윤은 몇 달 전부터 이 조그마한 샌드위치 가게에서 하나밖에 없는 점원으로 일을 하고 있었다. 언젠가 꾸밀 자신의 가게를 위해 일을 배우고 있었던 것이다.

가게 규모가 작은 탓에 먹고 갈 수 있는 테이블은 세 개뿐이었고, 대부분이 포장 손님이었지만 그날그날 준비한 재료로 특색 있게 꾸린 메뉴 덕분에 근방에서는 꽤 유명한 샌드위치 전문점이었다.

"다 됐다."

남은 재료를 털어 넣은 샌드위치가 완성되자 윤은 마무리로 앞치마를 벗고 문단속을 하고 나서 가게를 나섰다.

"엄마는?"

"오늘 아빠 병원에 계실 거래. 내일 일찍 오라고 하셨어."

"그럼 치킨이랑 맥주 사서 집으로 가자."

"응."

내일은 아버지인 정식이 병원에서 퇴원하는 날이었다. 의식이 회복된 이후 윤의 간호에 힘입은 결과인지, 정식은 의료진의 예상보다 훨씬 더 좋아진 상태로 병원 생활을 끝낼 수 있었다.

빠르게 달리거나 순발력 있게 움직이는 것은 어려웠지만, 남의 도움이 없어도 일상생활을 하는 데는 큰 지장이 없을 정도로 회복한 것이다. 기억을 비롯한 의식에도 큰 후유증이 남지 않아서 의료진도 이런 경우는 거의 기적에 가깝다고 말했을 정도였다.

"한 캔씩만 먹고 자는 거야."

"알았어."

내일 병원에 가야 했으니 태석의 전액 장학금 기념 치킨 파티는 집에서 먹는 치킨과 맥주 한 캔씩으로 조촐하게 치러졌다. 겨우 몇 달 전이었지만, 태석은 정신 못 차리던 그때가 거짓말이었던 것처럼 훨씬 듬직해져 있었다. 시시껄렁하게 어울리던 사람들과도 연락을 정리했고, 지금은 그저 평범한 대학생이 되어 있었다.

"장사는 어때?"

"괜찮아. 새로 만든 것 반응이 좋아서."

윤이 말하는 새로 만든 것이란 최근에 윤의 아이디어로 출시한 샌드위치를 말하는 것이었다. 여태까지 팔던 평범한 불고기 샌드위치에 청양고추를 넣고 매콤하게 바싹 볶아서 변형을 시도했는데 매운 맛 때문인지 화끈하게 팔리고 있다고 했다.

"잘됐다."

이런저런 얘기를 하면서 편안한 분위기를 만끽하던 두 사람 사이에 우연히 동시에 침묵이 내려앉았다. 태석은 날개를 뜯으면서 윤의 눈치를 살피다가 은근슬쩍 중얼거렸다.

"오늘 인터넷 기사 또 떴더라. 유권이 형 회사."

"……"

"뭐 또 새로운 것 한다던데?"

태석의 말을 못 들은 척하며 윤은 치킨을 뒤적거렸다. 들고 있는 날개를 계속 뜯던 태석이 윤의 눈치를 살피다가 조심스럽게 물었다.

"아직도 연락이 안 돼?"

지난날 치기 어린 마음에 맹목적으로 유권을 안 좋게 생각했던 태석은 속사정을 알고 나서 몹시 부끄러워했다. 윤은 멈칫하다가 곧 아무렇지 않게 맥주를 홀짝였다.

"몰라. 그 바보."

맥주를 한 모금 삼킨 윤은 그렇게 중얼거리고 치킨 한 조각을 우물거렸다. 아무렇지 않은 척했지만, 속으로는 갑자기 목이 콱 메어 왔다.

저택을 돌려주고 맨션까지 비워 버린 것에 이어 유권은 정말 어딘가에 있는 철옹성 속으로 들어가 버린 것 같았다.

회사로 수차례 찾아갔지만 로비에서 번번이 가로막혀야 했다. 전화 통화를 할 수도 없었다. 윤이 알고 있던 휴대폰 번호도 변경되었던 것이다. 하지만 그렇게 됐다고 순순히 안녕이라고 말할 수는 없는 노릇이었다.

평화로워졌고, 다 회복된 것처럼 보였지만, 모든 것을 안겨 주고 정작 닿기 어려워진 사람 때문에 윤은 하루에도 몇 번씩 애가 타들어 가는 중이었다.

"반응이 좋습니다."

용진의 보고에 유권은 다행스러운 얼굴로 미소 지었다. 정식이 기획한 대출 상품을 출시한 지 한 달째. 신규 상품에 대한 신청은 계속해서 증가하고 있었다.

"다른 대출 상품에 비해서 연체율도 현저하게 낮고요."

"잘됐군. 보고서는 됐나?"

"예."

용진이 내미는 보고서를 받아 든 유권은 새 상품 출시 후 한 달 동안 지켜본 것들을 빠짐없이 기록한 보고서를 면밀하게 살피기 시작했다.

예전, 정식이 기획했던 것은 상환능력이 부족한 계층을 위한 저리 대출 상품이었다. 유권은 정식이 잡아 놓은 뼈대를 다시 조금 손을 보고 살을 붙여서 이 상품을 만들었다.

낮은 금리로 담보를 없애서 대출 문턱을 낮추는 대신 대출 한도를 낮게 잡아서 상환이 되지 않을 시에 은행으로 돌아오는 위험을 줄인다. 그런 기획에서 출시된 것이 최소 10만 원에서 최대 1,500만 원까지를 빌려 주는 저리 소액 대출 상품이었다. 일종의 박리다매라고 할 수 있었지만, 저축은행의 수익은 다른 상품을 통해 얼마든지 낼 수 있었다.

남에게는 간에 기별도 안 가는 금액일지 몰라도 어떤 이들에게는 당장 그만큼이 없어서 인생이 달라지는 돈일 수도 있다. 통상적인 학자금 대출보다 이자가 낮았기 때문에 이 상품을 신청하는 사람들은 그야말로 다양했다.

일각에서는 사채업자 출신 주제에 고고한 척을 하는 것이라고 고깝게 보는 시선이 있었지만, 유권은 아랑곳하지 않았다. 여옥 역시 마찬가지였다. 이 상품을 장기적으로 운용하게 되면 제2금융권인 저축은행의 이미지도 1금융권 못지않게 좋아질 수 있을 것이다.

"오늘 별다른 일 있나?"

"아, 예. 일정은……."

저축은행의 대표가 된 이후 유권은 거의 매일 저녁마다 사람들을 만나고 있었다. 모임일 수도 있었고 일대일로 대면하는 경우도 있었지만, 결론은 그가 매일 바쁘다는 것이었다. 오늘도 선약이 있었다. 저녁이 되어 회사 업무를 끝낸 유권은 용진과 함께 약속 장소로 향했다.

"오랜만입니다."

"예. 반갑습니다."

유권이 만나고 다니는 사람들은 그와 비슷하게 번듯하게 차려입은 사내들이 대부분이었다. 이미 잔뼈가 굵었거나 굵어지고 있는 중인 기업가와 금융인들. 오늘 약속장소로 선택된 곳도 남부러울 것 없는 고급 레스토랑이었지만, 이 자리가 끝난 후 유권이 혼자 집에 들어가는 모습이 어떤지 알고 있는 용진은 가끔씩 허전한 기분을 느끼곤 했다.

"……."

양복 주머니 속의 휴대폰이 진동하는 느낌에 꺼내 본 용진은 액정을 확인하고는 거절 버튼을 누르고 다시 주머니에 넣었다. 아는 이름이었지만, 지금은 통화할 여건이 아니었던 것이다.

"일은 어떠십니까?"

"좋지요."

단조롭게 이어지는 대화는 별다를 것이 없었다. 세련된 어투 속에 섞은 일과 업무 이야기. 유권은 이제 그런 얘기를 나누는 것에 완전히 익숙해진 모습이었다. 괜찮은 분위기로 모임이 끝나자 늦어진 시간을 확인하며 유권은 다시 차에 올랐다.

"수고했어."

"예."

용진과 마지막 인사를 나누고 유권은 혼자 살고 있는 집으로 돌아왔다. 새로 꾸며진 유권의 거처는 방범이 철저한 서울 모처의 맨션이었다. 지금 유권이 알고 있는 사람들 중에 회사가 아닌 집으로 찾아와서 개인적으로 그를 만날 수 있는 사람은 아무도 없었다. 유권 외에 비밀번호를 알고 있는 것도 이사를 챙긴 용진 한 사람뿐이었다.

"내일 뵙겠습니다."

"고맙다."

밝게 조명이 설치된 주차장에 내려서 엘리베이터로 향하는 유권의 등에 용진의 시선이 잠시 머물렀다. 일의 연장일 뿐인 모임과 만남을 마무리 짓고 집으로 돌아가는 유권의 모습은 공적일 때의 느낌과는 조금 달랐다. 한 회사의 대표가 아니라 그냥 피곤에 지친 젊은 직장인으로 축소된 것 같았던 것이다.

"휴······."

현관을 열고 안으로 들어온 유권은 팔에서 **빼낸** 슈트 상의를 거실 소파에 아무렇게나 던져 두고 방으로 들어갔다. 쾌적하고 멋지게 꾸며져 있긴 했지만, 날고 긴다는 한신 저축은행의 대표라는 이름에 어울리는 으리으리한 규모는 아니었다.

침실과 서재와 거실을 제외하고 남은 방들은 그저 의미 없이 비어 있었다. 쓸 사람도 없는데 일부러 모양을 내서 채워 놓는 것도 왠지 내키지 않았고, 그래야 할 필요성도 느끼지 못했기 때문이다.

대충 옷을 갈아입은 유권은 거실 소파에 앉았다. 여러 사람을 만나고 직원들을 대면하며 일했던 조금 전이 거짓말이었던 것처럼 집 안은 쥐 죽은 듯이 조용했다. 텔레비전을 틀어 보았지만 수십 개가 넘는 채널 중에서 시선을 사로잡는 것은 아무것도 없다. 결국 잠시 만에 텔레비전을 꺼 버린 유권은 침실로 들어가서 고독하게 잠자리에 들었다.

"이번 주말에 태광산업에서 주최하는 자리가 있습니다."

"몇 시지?"

"8시입니다."

오늘도 용진에게 향후 일정을 보고받으며 퇴근길에 오른 유권의 귀가는 어제와 별반 다르지 않았다. 그나마 오늘은 남들 퇴근할 때 같이 나설 수 있게 된 것이 다른 점이라고 해야 할까. 언젠가부터 용진은 일부러 일거리를 만들어서라도 집에 늦게 들어가려는 유권을 파악하고 있었다.

"저, 대표님."

"왜?"

"오늘은 아무 선약도 없으신데 저녁은 어떻게……."

딱 저녁때에 맞춰진 시간에 용진이 분위기를 살피며 물었다. 늦게까지 일을 하거나 사람을 만날 때는 같이하는 사람이 있으니 상관없었지만, 제시간에 회사를 나선 데다가 만날 사람도 없는 경우는 별로 없었기에 신경이 쓰인 것이다.

"저녁?"

그것까지는 미처 생각하지 못했다는 듯 의아하게 반문한 유권은 차창 너머로 시선을 돌렸다. 의식하지 못하고 있는 동안 시내로 접어든 차는 언젠가 둘러본 적이 있었던 익숙한 시가지를 달리고 있었다. 한동안 딱히 어떤 말도 없이 차창 너머를 바라보고 있던 유권이 뭔가 생각난 얼굴로 말했다.

"아, 그렇지. 이 근처에 괜찮은 레스토랑이 하나 있었어."

기억나는 순간 유권은 자기도 모르게 그렇게 말해 버리고서 살짝 씁쓸해졌다.

"그쪽으로 갈까요?"

용진의 말에 필요 없다고 하기도 뭐해진 유권은 오묘한 표정으로 고개를 끄덕였다.

"그래 뭐……. 그러지."

초행길이었기에 용진은 유권이 가리키는 방향대로 핸들을 틀어서 어느 골목에 멈춰 섰다. 분위기 좋아 보이는 카페와 레스토랑들이 점잖게 자리 잡고 있는 번화가의 뒷골목에는 정말로 괜찮아 보이는 레스토랑 하나가 자리하고 있었다.

"들어가자."

"저도요?"

의아해서 묻는 용진을 향해 유권은 가볍게 웃으며 말했다.

"그럼 여기까지 와서 나 혼자 먹으라고?"

난감해하는 용진을 모른 척하며 끌고 들어간 유권은 예전과 변함없는 분위기를 확인하며 왠지 모를 감상에 젖었다. 테이블을 안내받고 자리에 앉자 용진은 어색했는지 흠흠 헛기침을 했다.

"대표님과 이런 곳에서 식사하기는 처음인데요."

"왜, 좋잖아."

물론 좋아 보이는 곳이었지만, 아무래도 직장 동료인 남자 둘보다는 연인 사이에 찾는 것이 더 어울릴 것 같은 분위기였다. 하지만 용진은 머릿속에 떠오른 그런 생각은 농담으로라도 입 밖에 내지 않았다.

메뉴도 재료만 조금 달라졌을 뿐 그때와 달라진 것은 없었다. 각자 주문을 마치자 찾아온 편안한 침묵의 시간에 용진은 그냥 멍하게 창밖을 보며 앉아 있는 유권을 바라보았다.

그가 윤에게 어떻게 했으며 어째서 맨션을 옮겼는지 알고 있는 사람 역시 용진이 유일했다.

석 달 전까지만 해도 일을 마치자마자 부리나케 집으로 돌아가서 집에 꿀 발라놨느냐는 농담을 듣던 사람이 지금은 이러고 있다니. 그것이 참으로 아이러니하게 느껴져 용진은 속으로 한숨을 내쉬었다. 그사이에 하나씩 음식이 나오기 시작했다.

"먹자. 그때도 맛있었어."

"그때요?"

그때라니 예전 언제 온 적이 있었나 싶어 무의식중에 되묻던 용진은 웃으며 대답하려다가 멈칫하는 유권의 반응에 아차하며 포크를 들었다.

유권의 공적인 업무는 그것이 술자리라고 해도 자신이 전부 파악한다. 그런데 자기가 모르는 동안 유권이 이런 레스토랑에 왔었다면, 상대가 누구였겠는가.

"아, 예. 맛있어 보입니다."

얼른 화제를 돌리며 용진은 포크를 들었다. 음식은 과연 유권의 말대로 훌륭했다. 그럭저럭 이어진 저녁 식사를 끝내고 유권은 이제 정말 집으로 향했다.

"내일 보자."

용진을 보내고 집으로 올라와 현관문을 닫으며 아직 그다지 늦지 않은 시간을 확인한 유권은 힘 빠진 몸짓으로 겉옷을 벗었다. 이제 할 일은 씻고 눕는 것밖에 없었지만, 지금 잠들었다가는 새벽에 깨 버릴 것 같았다.

하지만 책도 텔레비전도 눈에 들어오지 않았다. 차라리 남은 일이라도 있으면 좋을 것을. 그런 생각을 하며 소파에 늘어져 있던 유권은 결국 평소보다 훨씬 이른 시간에 잠자리에 들었다가 예상한 대로 어중간한 새벽 중에 눈을 떴다.

시간은 겨우 새벽 두 시. 지금부터 깨어 있는다 해도 딱히 할 일이 없기는 마찬가지다. 결국 자리에서 뒤척이던 유권은 한참이 지나서야 다시 스르르 눈을 감았다.

"으⋯⋯."

중간에 한 번 깼다가 다시 잠드는 바람에 아예 제대로 잔 것 같지 않은 상태가 된 유권은 시끄럽게 울리는 알람 소리에 얼굴이 축소될 정도로 찡그리다가 겨우 눈을 떴다.

앵앵대는 알람시계를 끄고 흐리멍덩한 눈으로 한숨을 내쉰 유권은 이불 속에서 꿈틀거리면서 조금씩 정신을 차렸다.

텁텁한 입맛과 둔해진 감각이 차차 정상으로 돌아왔다. 찌뿌듯한 채로 침대에 걸터앉은 유권은 이리저리 목을 돌리다가 자신이 아직 잠이 덜 깼나 보다고 생각했다. 왠지 집 안에서 음식 냄새가 나는 것 같았던 것이다.

"일어났어요?"

비틀비틀 거실로 나가던 유권은 밝게 들려오는 목소리에 깜짝 놀라 장식장 모서리에 발가락을 부딪치고 말았다.

"윽!"

"괜찮아요?"

뒷머리가 곤두서도록 작렬한 통증에 얼굴을 찡그리던 유권은 곧 통증도 잊고 멍청한 얼굴이 되었다.

"세수하고 와요."

주방에 윤이 있었던 것이다. 마치 어제도, 그제도 항상 그렇게 있었던 것처럼.

"어, 어떻게……."

주방에는 뭔가가 고소하게 끓고 있는 먹음직스런 냄새로 가득했다. 식탁에는 이미 간단한 반찬들이 나와 있었다.

"뭐 할까 하다가…… 아침부터 밥은 입에 좀 거칠 것 같아서 채소 넣은 죽이랑 국 끓였어요."

아무렇지 않게 말하면서 거의 완성된 죽이 끓고 있는 냄비를 휘젓는 윤의 모습에 유권은 가슴속에서 뭔가가 울컥하고 치솟았다.

"어떻게 왔어?"

아무렇지 않은 척하고 있었지만 실은 유권 못지않게 떨리고 있는지, 윤은 태연함을 가장하려 애쓰는 눈빛으로 유권을 돌아보며 말했다.

"그런 것만 궁금해요? 내가 왔는데."

윤이었지만 예전의 얌전하고 소극적이던 모습이 아니었다. 마치 예전의 천진난만한 소녀의 모습이 되살아난 것처럼, 지금의 윤은 얼마 전과 다르게 발랄해져 있었다.

"얘기했었잖아."

울컥거리는 속을 내리누르고 겨우 그렇게 얘기하는 유권을 바라보던 윤은 죽 두 그릇을 떠서 자리에 놓고 앉았다.

"알아요. 오빠가 왜 그런 말을 하게 된 것인지도 알고요."

"그런데 왜……."

윤은 차마 끝까지 말을 잇지 못하는 유권을 바라보았다. 그는, 오래전부터 다 갖고 있는 것처럼 보였지만 정말 손에 넣은 것은 아무것도 없었다. 애썼지만 결국 놓쳐야 했고, 일껏 곁에 두게 되었어도 다시 잃게 될까 봐 전전긍긍했다. 오랫동안 안정적이었던 적이 한 번도 없었으니까.

"이제 다 지나갔는데 왜 그래야 해요? 이제 아무 위험도 없잖아요."

"그건……."

윤의 말에 유권은 반박할 수가 없었다. 하지만 앞으로에 대한 불안은 여전히 마음 한구석에 남아 있었다. 다시 그런 일이 생기면? 다시 광렬 같은 인간이 나타나 자신을 위협한다면? 아니, 그건 상관없었다. 혼자라면 두려울 것도 없으니까. 윤이 다치고 위험해질까 봐. 유권에게 무서운 것은 그것 하나였다.

"안 돼. 네가 다시 내 눈앞에서 그런 꼴이 되면…… 그땐 내가 안 돼."

완성된 어른이고 완숙한 남자였지만 그렇게 답하는 유권은 전전긍긍하는 어린아이 같았다.

"내가 있는데 혼자인 것처럼 말하지 말아요. 그렇게 되면 나는 뭐 가만있을 줄 알아요?"

당차게 돌아오는 윤의 말에 유권은 순간 착잡하던 기분도 잊고 털어놓듯이 웃고 말았다.

"난 서유권 옆에 있고 싶어요. 그날부터 그랬어요."

유권의 가슴속에서 뭔가가 쿵 하고 떨어졌다. 얼마나 듣고 싶은 말이었던가.

"······."

아무도 말하지 않는 시간이 지나갔다. 유권의 심장이 그런 것처럼 윤의 심장도 두근거리고 있었다.

"날 망가뜨렸다고 생각하지 마요. 그렇게 된 적 없으니까."

유권이 제안했을 때, 윤은 처음 얼마 동안은 그가 자신의 육체만을 원하는 것이라고 생각했다. 하지만 그의 곁에서 보내는 시간이 길어질수록 윤은 그것이 아니라는 것을 알게 되었다.

육체만을 원하는 여자를 그렇게 대하는 남자는 세상에 없다. 그렇게 여길 여자를 구하겠다고 자기 인생의 결전을 미뤄둔 채 달려올 사람은 없는 것이다.

"그날 나도 하고 싶은 말 있었어요. 내가 털어놓기 전에 가버려서 못 들었던 거예요."

긴 시간 끝에서야 겨우 솔직해진 유권의 고백. 그때 자신도 털어놓았어야 했다.

"이거 듣고도 내가 옆에 있는 것이 싫으면 그땐 정말 갈게요."

윤은 오늘 그를 위해 태연한 척 끓였던 죽 그릇에 고정해두었던 시선을 들어 올려 유권의 눈을 마주 보며 털어놓았다.

"사랑해요."

에필로그 1

"날씨가 좋네. 이제 꽃샘추위도 끝인가."

여옥의 말에 유권은 잠자코 미소 지었다. 지금 여옥의 책상에는 바뀐 계절에 따라 화사한 분위기를 더하기 위해 진분홍 꽃송이가 매달린 화병이 들어오고 있는 중이었다.

"축하해요. 내 꼭 참석하겠어."

"감사합니다."

산뜻한 마음으로 여옥의 집무실을 나선 유권은 회사 건물 로비로 내려갔다. 오늘은 외부에서 볼일이 있었던 것이다.

"차량 준비되었습니다."

"고마워."

약속 장소로 향하는 동안 함께 뒷자리에 앉은 용진은 지금 만나러 가는 상대와 논의해야 할 내용을 간략하게 정리해서 들려주기 시작했다.

고개를 끄덕이며 머릿속으로 내용을 주지시키던 유권은 보고가 끝나고 신호 대기에 걸려 차가 멈춘 사이 새삼 용진을 바라보았다가 다시 차창으로 시선을 돌렸다. 맑은 햇살을 무심하게 바라보던 유권의 입술이 어느 순간 움직였다.

"비밀번호 가르쳐 준 것 너지?"

"예?"

뜻밖의 물음에 용진은 의아한 얼굴이 되어 반문했다.

"윤한테. 아무리 생각해도 너밖에 없는데."

유권은 아침에 일어났을 때 마법처럼 윤을 마주했던 날을 말하고 있었다. 미소가 감도는 얼굴로 거의 확신한 채 묻는 유권을 향해 용진은 깔끔하게 미소 지었다.

"설마요. 그건 대표님의 안전과 직결된 정보인데요. 제가 유출했을 리가 없죠."

천연덕스럽게 둘러대는 용진의 반응에 유권은 결국 피식 웃고 말았다.

오늘 외부 일정은 당사자들 간의 독대였기에 용진도 상대 측 비서도 그 자리에 들어갈 수는 없었다. 그러나 회의 현장에 들어가지 않는다고 해서 용진이 그냥 한가한 시간을 보내는 것은 아니었다. 틈틈이 유권의 일정을 조율해야 했기 때문이다.

"그날은 확답을 드리기 어렵습니다. 일주일 정도 미루거나 당겨야 할 것 같은데요."

유권이 일정을 소화하는 동안 용진은 자신의 휴대폰으로 걸려 온 전화를 받기도 하고 걸기도 하면서 착오 없도록 스케줄을 손보기 시작했다. 회사에 상주하는 비서진들도 요새는 그와 같은 업무를 하고 있었다. 그래야 할 이유가 있었기 때문이다.

"네. 가능합니다. 다만 앞으로 당기는 것은 어려울 것 같습니다."

휴대폰을 타고 오는 전파 너머로 말하며 용진은 히죽 웃었다.

"그 날짜까지는 대표님께서 신혼여행을 가실 예정이라서요."

❊

"묘목을…… 지금 심어요?"

좀 거들라는 아버지의 말에 태석은 원예용 장갑을 끼면서 멀뚱한 표정으로 중얼거렸다.

"아, 그럼. 파종도 이제부터 하는 것이 많은데."

오늘 심기로 한 나무 묘목을 들려고 하는 정식보다 한 발 먼저 달려가서 꽤 묵직한 어린 나무를 들어 올리며 태석은 그렇구나, 하고 중얼거렸다.

정식이 병원에서 퇴원한 이후 저택의 마당 한쪽에는 작은 텃밭이 일구어졌다. 시시때때로 몸을 움직이는 것이 좋다는 의료진의 조언에 일부러 만든 것이었다.

"근데 이거 오늘 심으면 열매 언제 열려요?"

태석은 나무 기둥도 자기 팔뚝보다 가늘고 키도 자기 가슴까지밖에 오지 않는 어린 나무를 가뿐하게 들어서 미리 파 놓은 곳까지 옮겨 놓았다.

"몇 년 기다려야지. 아직 어리잖니."

뒤따라 나와서 텃밭 언저리에 앉아 부자가 나무 심는 것을 구경하며 선주가 말했다. 꽃샘추위가 풀리고 벌써 땅을 갈아 놓은 텃밭에는 올해 감자가 파종될 예정이었다.

"에이, 그럼 열매는 언제 열려서 언제 먹나?"

순진하게 투덜대는 태석의 모습에 정식은 그저 웃고 말았다. 하지만 오늘 심은 이 어린 묘목이 열매를 맺을 때가 기다려지는 것은 자신도 마찬가지였다.

"뿌리 잘 내리게 흙 부드럽게 갈아 줘라."

"네."

정식의 분부에 따라 태석은 처음 해 보는 것인데도 괜찮은 솜씨로 겨울 동안 얼었던 흙을 부드럽게 잘 풀어 주었다. 운반하는 동안 흙이 떨어지지 않도록 나무뿌리를 감싼 지푸라기를 걷어 내고 파 둔 자리에 세우자 그럭저럭 제대로 된 것 같았다. 거름과 섞은 흙을 덮어 주고 적당히 밟아 다져주자 왠지 뿌듯한 마음이 들었다.

"잎사귀는? 날까?"

"잘 키우면 나겠지."

아직 아무것도 돋지 않아 앙상한 나뭇가지를 만지작거리는 태석을 향해 정식이 말했다. 싹을 틔워 둔 씨감자도 오늘 오후에 심어 줄 것이다.

"나머지는 이따가 해요. 윤이랑 유권이 온대요."

선주의 말에 감자를 심을 텃밭을 정리하던 정식과 태석은 집 안으로 들어왔다. 잠깐 흙을 만졌을 뿐인데 손은 몇 시간 동안 밭일이라도 한 것처럼 흙투성이가 되어 있었다.

"저희 왔어요!"

잠시 후 대문이 열리며 마당으로 들어서는 윤의 목소리가 들려왔다. 그 뒤에는 유권이 따르고 있었다.

"왔니? 어서 들어와라."

선주를 시작으로 정식과 태석이 반갑게 맞이했지만, 유권의 안색은 어딘가 모르게 긴장한 듯 보였다. 그럴 만도 했다. 이제 모든 것이 회복되어 예전처럼 돌아갔다고 하지만, 중간에 그렇게 지내지 못한 시간이 무시할 수 없을 만큼 길었기 때문이다.

"아저씨…… 아니, 아버님."

정식은 다소 경직된 목소리로 그렇게 인사를 올리는 유권의 어깨를 말없이 웃으며 손으로 짚었다.

"마당에 뭐 심었어요?"

"응, 석류. 텃밭에는 감자 심을 거다."

옆에 있던 태석이 한마디 덧붙였다.

"근데 열매 열리려면 몇 년 있어야 된대."

"그래?"

스스럼없이 어우러지는 가족들 틈에서 유권이 잠시 적적함을 느낄 찰나, 쪼르르 다가온 윤이 답삭 팔짱을 꼈다.

"밥 먹고 나가서 구경하자! 나 땅에 뭐 심는 건 한 번도 해 본 적 없는데."

"……그래."

잊지 않고 자기 곁을 챙기는 윤을 향해 유권은 어쩔 수 없는 것처럼 웃었다. 요새 두 사람은 틈날 때마다 신혼집에 들어갈 혼수와 가구들을 돌아보고 있었다. 신혼 거처가 될 곳은 지금 유권이 살고 있는 맨션이었다. 예전에 살던 곳처럼 넓지는 않았지만, 두 사람이 살기에는 충분했다.

"엄마, 도와드려요?"

"이제 다 됐어. 수저나 좀 놔 주렴."

선주의 말에 식탁으로 다가간 윤은 준비된 점심 메뉴를 보고 단번에 반색을 했다.

"국수네?"

"응. 국물이랑 비빔장 둘 다 만들었으니까 먹고 싶은 대로 먹어."

휴일 점심에는 면 요리가 제격이다. 식탁이 다 차려지자 다섯 사람은 예전에 앉았던 모습 그대로 식탁에 자리를 잡았다. 단지 그때와 달라진 것이 있다면 윤의 옆자리가 선주에서 유권으로 바뀌었다는 것 하나뿐이었다.

"난 비빔국수로 먹어야지!"

"난 국물."

엄마표 국수를 다시 먹게 되다니. 그것만으로도 윤은 기뻤다.

"오빠는?"

"나도 너랑 같은 걸로."

젓가락을 들다가 갑자기 감개무량해진 유권의 손길이 멈칫거렸다. 정식의 시선이 이제 딸의 배우자가 된 그에게 잠시 머물렀다가 거두어졌다.

"이거 지금 심으면 언제 수확해요?"

"여름쯤이면 될 거다."

점심 식사를 마치고 텃밭 구경을 하며 윤과 정식은 이런저런 얘기를 나누었다. 여름이 되면 감자를 수확할 수 있다는 말에 감자로 색다른 샌드위치를 만들어 볼 수 없을까 하고 윤이 궁리하는 사이 유권은 오늘 막 심어진 석류 묘목 곁에 서 있었다.

어린 나무가 새로 심어진 모습은 유권도 처음 보는 것이었다. 앙상하고 가는 데다가 아직 아무것도 돋지 않은 나뭇가지가 불안하고 안쓰럽기만 했다. 문득 염려스런 마음에 유권의 손끝이 앙상한 가지 끝을 살짝 매만졌다.

"괜찮아. 뿌리가 잘 파고들고 날이 더 따뜻해지면 순이 나올 게다."

어느새 다가왔는지 곁에 서서 말하는 정식의 목소리에 유권은 깜짝 놀라 뒤를 돌아보았다.

떨어진 곳에서 바라보고 있던 윤은 나란히 선 아버지와 약혼자를 지켜보다가 두 사람만의 시간을 위해 다시 집 안으로 들어갔다.

"바로 열매 맺는 과실수도 많았을 텐데요."

저렇게 어린 나무를 산 것이 의아한 유권이 나뭇가지를 매만지며 중얼거렸다. 정식은 빙긋이 웃었다.

"그렇지. 묘목만 파는 것은 아니니까."

농원에는 꽃나무와 과실수를 비롯해서 다양한 품종에 다양한 연령을 가진 나무들이 저마다 자신을 돌봐 줄 사람들을 기다리고 있다. 가져다가 심기만 하면 바로 주렁주렁 열매를 맺는 나무들도 있었던 것이다.

"이만큼 어린 나무가 열매를 맺으려면 얼마나 걸리는 줄 아니?"

"아뇨. 잘……."

그렇게 답하며 유권은 거의 예전처럼 회복한 정식이 정말 다행스럽다고 생각했다. 하지만 그와 별개로 아직 유권은 정식의 앞에서 편한 마음이 될 수가 없었다.

"짧으면 몇 년…… 길면 십수 년이 걸려야 첫 결실을 맺을 수도 있지. 크고 근사한 녀석을 데려다가 바로 이듬해에 수확하는 것도 좋겠지만, 어린 것이 잘 자라서 드디어 알알이 열매를 맺을 때까지 지켜보며 돌보는 것에 비하겠니."

"……."

"지금은 이렇게 어리고 약해도, 성장해서 한 번 결실을 맺기 시작하면 그다음부터는 풍성하게 피어나는 것이 석류란다."

애정 어린 눈길로 어린 묘목을 바라보는 정식의 눈빛에 유권은 말을 아꼈다. 지금 그의 말이 마치 자신을 두고 하는 것처럼 느껴져서 쉽게 입술이 움직이지 않았다.

"그동안 애썼겠구나."

어느 순간 무심하게 건네진 정식의 한마디에 유권의 목울대가 출렁였다.

"네가 이룬 것은 다 네 것이다. 그러니 누구에게 빚졌다는 생각은 말아라. 잘못했다는 생각도 말고…… 나에게든 다른 사람에게든."

이어지는 목소리에 유권은 힘겹게 눈을 깜빡였다. 목메어하는 유권의 어깨를 짚으며 정식은 말없이 미소 지었다.

"진짜 에메랄드빛이네!"

한 발 먼저 발코니로 달려간 윤의 탄성에 여행 가방을 들고 한 발 늦게 호텔방으로 들어서던 유권은 미소를 지었다.

"그래?"

두 사람의 신혼여행지는 이국적인 빛깔의 바다가 한눈에 내려다보이는 남해안이었다.

해외로 나갈 수도 있었지만, 외국으로 나갈 것인지 아니면 국내에서 보내는 대신 둘만의 시간을 며칠이라도 더 연장할 것인지 하는 두 가지 선택 사이에서 유권과 윤은 한마음으로 후자를 택했다.

　그렇게 해서 결정된 신혼여행지가 지금 막 당도한 남해안이었고, 신혼여행 기간 동안 두 사람이 머물 객실은 어느 발코니에서든 바다가 한눈에 내려다보이는 멋진 방이었다.

　"하…… 정말이네."

　발코니 난간으로 나가자 여기까지 불어오는 바닷바람에 유권이 자기도 모르게 감탄하며 중얼거렸다.

　"진짜 좋다! 진짜, 진짜!"

　발코니에서 바다를 구경하다가 잘 꾸며진 스위트룸을 돌아보며 감탄하는 윤의 모습에 유권은 격의 없이 웃었다. 이제 두 사람은 이 아름다운 곳에서 꽤 여러 날의 휴식을 취하게 되었다. 유권으로서는 그동안 쓴 적 없었던 휴가를 몰아서 떠나온 것이기도 하였다.

　"빨리 짐 풀고 나가 보자! 나 여기서 먹고 싶은 것 다 적어 왔어."

　나풀거리는 꽃무늬 원피스에 긴 머리를 하나로 묶은 윤은 이 계절이 사람으로 빚어진 것처럼 싱그러운 모습이었다. 윤이 적어 온 것들을 확인하던 유권은 길이가 꽤 긴 맛집들과 가고 싶은 곳들 목록에 소리 내어 웃음을 터트렸다.

　"이거 바쁘겠는데."

"그러니까! 빨리 움직여야 된다고."

정식과 선주, 태석, 그리고 여옥과 용진을 비롯하여 수많은 사람들이 참석한 유권과 윤의 결혼식은 성대했다. 정식이 회복했다는 소식이 전해지면서 흩어졌던 많은 사람들도 다시 만날 수 있게 되었던 것이다.

호텔을 나선 두 사람은 평범한 커플이자 막 맺어진 신혼부부의 모습으로 여행을 시작했다. 문제가 될 것은 아무것도 없었다. 복잡한 상황도 없었고, 발목을 잡는 문제들도 없었으며 뒤틀리고 어긋난 그 무엇도 더 이상은 존재하지 않았다.

마치 그동안 땅을 뒤덮고 있던 두꺼운 얼음들이 녹아내려서 부드럽게 드러난 땅을 맨발로 거니는 것처럼, 윤과 유권은 그렇게 자유롭기만 했다.

"솜사탕이네."

호텔을 벗어나서 바닷가로 나간 두 사람은 해변에 서 있는 솜사탕 노점을 발견하고는 두말없이 다가갔다.

"오랜만이다."

"그러게."

윤이 그렇게 말하는 사이 유권은 아주 자연스러운 태도로 나무젓가락에 커다랗게 감아 놓은 솜사탕 두 개를 샀다. 어린 시절 이후에 얼마 만에 다시 쥐어 보는 것인지 모르겠다.

"진짜 크다."

활짝 웃으며 솜사탕을 받아 든 윤은 혀끝으로 구름 같은 그 것을 살짝 건드렸다. 대번에 녹아내리며 사르르 퍼지는 단맛이 단순하면서도 근사했다. 두 사람은 솜사탕을 쥐고 있지 않은 반대편 손을 맞잡은 채 모래사장을 향해 걸었다.

사박사박하며 흩어지는 신발 밑의 느낌이 기분 좋았다. 바닷바람에 흩날리는 머리카락 때문에 가끔 고갯짓을 하며 솜사탕을 입에 대고 있는 윤의 모습은 유권의 눈에 완성된 아름다움처럼 보였다.

"맛있어?"

"응."

햇살을 받아 옥빛 섞인 금색으로 반짝이는 바다를 바라보던 유권이 문득 윤의 손을 잡아끌었다.

"어, 잠깐 봐봐."

갑작스런 유권의 말에 그를 돌아보며 윤은 입에 대고 있던 솜사탕을 떼었다.

"뭐 묻었어?"

"아니."

유권은 눈을 동그랗게 뜨는 윤의 입술에 키스했다. 녹은 설탕의 달콤한 맛이 호흡 속으로 가득 밀려들었다.

해가 지고 어둠이 내리자 에메랄드빛 전망을 자랑했던 발코니 너머는 깜깜해져서 아무것도 보이지 않았지만, 시원하게 울리는 파도 소리만은 규칙적으로 들려오고 있었다.

하루 종일 남해 일대를 둘러보며 실컷 시간을 보낸 윤과 유권은 뜨거운 물에 씻고 나서도 욱신거리는 다리를 느끼며 침대에 사이좋게 널브러져 있었다.

"나 발에 물집 생긴 건 아니겠지?"

욱신거리는 발가락을 꼼지락거리며 하는 말에 유권은 누워 있던 몸을 일으켜 윤의 발을 바라보았다.

"아직도 아파?"

"응."

유권은 미소 지으며 윤의 종아리를 끌어당겨 천천히 주무르기 시작했다. 내일도 오늘처럼 즐기려면 이렇게 하는 편이 좋을 것이다.

"더 세게 해 줘."

내심 어리광이 섞인 요구에 유권은 여전히 웃는 얼굴로 윤의 종아리를 주물러 주었다. 위쪽의 뭉친 근육을 풀어 주고 점차 발목으로 내려간 유권의 손이 작은 발끝에 달린 발가락을 건드리자 간지러운지 올망졸망한 것들이 오므라들었다.

"내일은 어디 갈까?"

"내가 일정 다 짜 왔으니까 그거 보면 돼."

신혼여행을 떠나오기 전 윤은 유권의 의견까지 참고하여 몇 날 며칠에 걸려 심사숙고한 끝에 남해에서 볼 것과 먹어 볼 것들의 리스트를 약도까지 첨부하여 자기만의 노트에 싹 정리해 왔다.

노곤하게 풀어진 윤의 다리를 무릎에 올려놓고 쓰다듬는 유권의 손길은 어느새 잔잔하게 변해 있었다. 윤은 특별한 감상에 젖은 채 잠시 숙연해진 유권의 옆얼굴을 바라보았다. 그는 아직 지금이 실감나지 않는 모양이었다.

"오빠, 잠깐만."

윤이 부르자 유권은 별다른 생각 없이 다가갔다. 이제 머물 곳과 기댈 사람을 갖게 된 유권은 맨 처음 윤이 알던 모습으로 돌아와 있었지만, 그는 지난날 윤에게 했던 자신의 행동들을 여전히 미안해하고 있었다.

"왜?"

다가오며 다정하게 묻던 유권은 자신의 어깨를 답삭 끌어안으며 입술을 포개 오는 윤의 행동에 눈을 크게 떴다.

곧 품에 안긴 윤의 몸을 가만히 끌어안으며, 유권은 커다란 침대에 그대로 몸을 기대면서 윤이 이끄는 대로 키스를 나눴다.

호흡이 합쳐지며 유권은 윤을 안은 팔에 점점 힘을 주었다. 윤 역시 그가 잠옷 대신 입고 있는 티셔츠 속으로 손을 집어넣어 맨몸을 쓰다듬었다. 유권의 몸은 강인하면서도 부드러워서 계속 어루만지고만 싶다.

"첫날밤이라고."

키스가 끝나자 윤이 샐쭉거리며 하는 한마디에 유권은 다시 웃었다. 윤의 몸을 감싼 목욕 가운의 허리띠를 풀어낸 유권의 눈에 이채가 스쳤다. 목욕 가운 안에 있는 윤의 몸은 완벽하게 나신이었던 것이다. 놀라서 굳어진 유권을 향해 윤은 눈을 내리깔며 중얼거렸다.

"사실은…… 첫날밤용 속옷도 샀는데, 이게 더 나을 것 같아서."

일부러 새침하게 속삭이는 윤의 말에 유권은 할 말을 잃었다. 멍해진 유권을 향해 윤은 다시 덧붙였다.

"나름 고심한 거야. 어때?"

"웨딩드레스만큼 예쁘다."

웃으며 말하는 유권의 눈빛 속에서 잔잔한 열망을 읽어 낸 윤이 팔을 뻗어 유권의 어깨를 잡았다. 다시 키스하기 위해 다가오던 유권이 문득 멈칫하며 물었다.

"그럼, 그 속옷은?"

"일단 가져오긴 했어."

"오, 그건 내일 입으면 되겠네."

장난기 어린 표정으로 중얼거리는 유권의 어깨를 윤의 주먹이 살짝 때렸다.

"흥, 변태."

"뭐? 변태?"

일부러 발끈하는 투로 말하고서 유권은 용서 못 한다는 것처럼 윤을 끌어안으며 그녀의 입술을 찾았다. 두 사람 모두 더 깊어지길 원하는 딥키스가 이어지다가 잠시 끊어졌을 무렵 유권은 윤이 헤집어 놓은 티셔츠를 위로 잡아당겨 벗어 버렸다. 윤의 피부에서 영원히 기억에 남을 향기들이 풍겨 왔다.

"응……."

포옹하는 유권의 몸이 자신과 같은 나신이 되어 피부가 겹쳐지자 윤은 달콤한 소리를 흘렸다. 이제 그의 앞에서 부끄러운 것도 없었고, 어쩔 수 없는 것들도 없었다. 그것이 윤을 마음껏 피어나게 만들었다.

젖가슴을 감싸 쥐려다가 자기도 모르게 멈칫거리는 유권의 손등을 윤의 손바닥이 가만히 덮었다. 유권의 손길을 그가 닿으려고 했던 곳으로 이끌며 윤은 이제 하나가 된 남자의 이마와 뺨을 비롯한 얼굴을 부드럽게 바라보았다. 그러는 동안 유권의 눈동자는 윤의 커다란 눈망울에 고정되어 있었다.

몽실하게 손바닥에 닿는 감촉에 유권의 눈꺼풀이 떨리듯 감겼다 뜨여졌다. 윤은 살짝 미소 지으며 다른 손으로 자신이 바라보았던 유권의 이마와 뺨을 천천히 쓰다듬었다. 유권은 윤의 손길이 닿고 있는 이마와 뺨, 목과 어깨에서부터 뭔가 조금씩 녹아내리는 것 같다고 느꼈다.

"윤아……."

속삭이는 부름에 대답하는 대신 윤은 어깨를 쓰다듬던 손을 그대로 두르며 유권을 그대로 두 팔로 끌어안았다.

"첫날밤이니까 오늘부터 시작인 거야. 이제 리셋이야."

모든 격려와 위로, 그리고 말하지 않아도 자신의 미안함을 알고 있는 윤의 한마디에 유권은 눈을 감으며 자신을 품에 안고 있는 윤의 목덜미에 마침내 얼굴을 묻었다. 곧이어 그곳에서부터 시작되는 입맞춤에 윤을 눈을 감았다.

유권의 키스는 섬세하고 자상하게 이어졌다. 그의 입술이 몸 곳곳에 닿을 때마다 윤은 떨리는 숨결을 숨기지 않았다. 따뜻한 기운이 빠르게 퍼져 나가며 알알한 감각들이 피어나기 시작했다.

허벅지 사이로 스며드는 유권의 애무가 느껴졌다. 스스럼없이 그를 위해 무릎을 벌리며 윤은 감았던 눈을 가만히 떴다. 둔덕에 돋아난 체모 속으로 유권의 매끈한 손끝이 스며드는 중이었다.

도톰한 손끝이 균열을 열고 음핵에 닿자 윤은 스스럼없이 교성을 뱉었다. 유권이 자신을 잘 안다는 것이 좋았고, 그가 아무 죄책감도, 미안함도 없이 자신과 사랑을 나누는 것이 기뻤다. 젖은 입구를 맴돌던 손끝이 안쪽으로 살짝 스며들자 뒤로 꺾어지는 윤의 귓불을 유권의 입술이 지분거렸다.

"아앙……."

달콤한 소리를 흘리며 달아오른 감각에 취한 윤의 모습에 유권은 사르르 녹아내렸다. 달싹이는 윤을 추슬러 끌어당긴 유권은 자유롭게 윤과 하나가 되고 싶다는 열망에 빠져들었다.

조금씩 깨어나기 시작하여 이제 완전히 일어난 유권의 남성이 허벅지 안쪽에 닿는 순간 윤은 몽롱해진 눈으로 유권을 마주 보았다. 부드러운 피부로 허벅지에 닿은 그의 남성을 살짝 문지르자 짙은 눈썹이 당장 꿈틀거렸다.

유권이 안으로 밀려들기 시작하자 윤은 스며드는 그의 감촉을 시시각각 자각하며 그의 귓가에 달짝지근한 소리를 속삭였다. 유권은 다시 입술을 찾으며 느릿한 움직임으로 윤의 안을 완벽하게 채웠다.

서로가 완전히 포개지는 순간 키스가 이어지고 있는 입술 사이로 윤의 교성이 흘러나왔다. 밖으로 들린 것은 억눌린 소리였지만, 그녀와 호흡이 연결되어 있는 유권에게는 황홀해하는 윤의 감각이 가장 크고 또렷하게 전해졌다.

"헉……!"

격하게 차오른 숨 때문에 잠시 키스를 멈추며 유권은 가늘게 떨었다. 마치 태어나서 처음 맞이한 순간 같았다. 의식하지도 못한 채 윤의 목과 뺨에 입술을 대며 유권은 자연스럽게 움직이기 시작했다. 매끄럽고 촉촉하게 젖어서 오직 쾌감과 환희만을 느끼며 자신을 옭아매는 윤의 내부가 그를 황홀하게 만들었다.

감았던 눈을 뜨자 자신을 응시하고 있는 윤의 눈동자가 시야에 들어왔다. 깊게 밀어붙인 채 잠시 멈추자 자신을 꽉 끌어안는 윤의 반응에 유권은 다시금 눈을 감았다 떴다.

"아, 앗!"

조금씩 격해지는 유권의 움직임에 스타카토처럼 끊어지는 윤의 교성이 방을 채웠다. 바깥과 방 안을 흐르는 시간의 속도가 달라진 것 같았다. 유권은 길고 끈질기게 윤을 사로잡았고 윤은 때때로 변하는 그의 몸짓에 맞추어 그를 더 깊게 사로잡았다.

유권은 윤이 자신을 포용하는 대로 그냥 내맡겼다. 윤이 품 안에서 절정을 맞이하며 하얗게 피어날 때 그는 두 팔로 작은 몸을 자신에게서 떨어지지 않도록 힘주어 끌어안았다.

수축하는 윤의 안에 자신을 풀어놓으며 유권은 두근거리는 심장박동이 피부를 타고 전해질 정도로 그녀를 안은 팔에 힘을 주었다. 그리고 절정 후의 나른한 시간 동안 윤에게 입 맞추고, 키스하고, 전해 주고 싶은 사랑만큼 그녀를 어루만지고 포옹하다가 다시 윤을 찾고 싶어졌다.

　하지만 먼저 다가와 키스하며 자신의 머리카락 속으로 손가락을 집어넣어 쓰다듬는 윤의 손길을 느끼며 유권은 잔잔하게 깨달았다. 이제 자신이 윤에게 사랑받을 차례라는 것을.

에필로그 2

"짠!"

윤이 완성해서 식탁에 올려놓는 아침 식사를 확인한 유권의 표정이 오묘하게 변했다. 도톰하게 썬 호밀빵에 잘 익은 토마토와 집에서 만든 리코타 치즈, 윤이 손수 꾸민 베란다의 화분에서 오늘 아침에 딴 허브, 그리고 특별히 선택한 햄을 넣어 만든 샌드위치는 정말 먹음직스러워 보였다. 샌드위치가 벌써 일주일 동안 매일 아침 식탁에 올라왔다는 사실만 빼다면.

"샌드위치네."

"응! 내가 새로 만든 거야! 그 햄 칠면조 가슴살로 만든 건데 얼른 먹어 봐!"

일주일째 아침 식탁에 샌드위치가 올라오고 있는 것은 윤이 일하는 가게에서 바뀐 계절에 맞추어 새 메뉴를 개발 중이었기 때문이다. 물론 그 전부터 유권은 윤이 탄생시킨 거의 온갖 종류의 샌드위치를 먹어 볼 수 있었다.

샌드위치의 종류가 그렇게 다양하다는 것을 유권은 이 근래에서야 알게 되었다. 빵과 빵 사이에 끼울 재료만 있으면 어떤 식으로든 만들어 낼 수 있는 것이었으니 그 변주는 거의 무한대였던 것이다.

"저기, 내일은 뭐야?"

"내일은 미트볼 샌드위치. 소스를 매운 토마토소스로 바꿔 봤어. 아직 구상만 해 본 거고 만들어 보는 건 내일이 처음이야. 잘 되어야 할 텐데……."

"그래?"

당분간 아침은 계속해서 샌드위치일 모양이다. 가게에서 새로운 것을 만들 때마다 늘 반복되는 일이었다. 유권은 가볍게 웃으며 샌드위치를 집어 들었다.

"오늘은 무슨 일 해?"

함께 아침 식사를 하면서 두 사람은 이런저런 얘기들을 나누었다. 아침에 헤어지고 저녁에야 다시 만나기 때문에 아침에 하는 대화는 어느새 자연스런 일상이 되어 있었다.

"사회사업 확대에 대해 회의할 거야."

"앗, 저번에 얘기했던 그거?"

"응."

유권은 요새 주로 장학금 지원에 집중되어 있던 한신 캐피탈의 사회사업 분야의 확대를 고민 중이었다. 초저리 대출 상품을 출시했던 것도 고리대와 높은 대출 문턱으로 혜택을 볼 수 없는 경우를 위한 방편이었지만, 저리대출과 장학금 지원만으로는 한계가 있다는 것을 자각한 것이다.

"일단 다른 회사들 사례를 살펴본 다음에 우리한테 맞는 것이 뭔지 생각해 봐야지."

일 얘기가 나오자 진지해지는 유권을 바라보며 윤은 미소를 지었다. 일에 대해 말하거나 생각할 때 유권은 어딘가 모르게 당당한 분위기를 풍겼다. 유권은 자기 스스로의 그런 면모를 아는지 모르겠지만, 윤은 그런 모습이 무척이나 좋았다.

"아, 태석이는?"

"이번에도 장학금 타겠다고 열심이던데? 헤헹."

윤의 대답에 유권은 잘됐다 싶어 고개를 주억거렸다. 정신을 차리고 나서 태석은 자형이 된 유권을 조금 어렵게 대하는 감이 없지 않았지만, 이젠 그것도 많이 옅어졌다.

"나 조만간 출장 갈지도 몰라."

"뭐? 어디로?"

"그렇게 멀지는 않은데, 며칠 걸릴 것 같아. 같이 가긴 어렵겠지?"

윤이 지금 일하는 가게를 거의 전담하고 있었기 때문에 자리를 비우기가 쉽지 않았다. 아쉬워하는 유권을 향해 마찬가지로 놀란 윤이 덧붙였다.

"그럼 샌드위치 시식은? 제일 먼저 해 줄 사람이 없잖아!"

"너, 아쉬워하는 포인트가 왠지 나랑 다른 것 같은데."

"앗, 그건……."

옥신각신하며 꽁냥대던 두 사람은 어느새 훌쩍 흘러 버린 시간을 확인하고서 부랴부랴 식사를 마치고 일어섰다. 유권의 거처였다가 신혼집이 된 아담한 아파트를 나서면서, 유권은 윤에게 키스하는 것을 잊지 않았다.

"잘생긴 손님 왔다고 한눈팔지 마라."

"무슨 소리야!"

❊

주말이나 휴일이 되면 윤과 유권은 함께 집안일을 하거나 장을 보러 가거나, 윤의 가게에 필요한 것이나 유권이 회사에서 하는 일들에 대해 골몰하고, 수다를 떨거나 했다.

함께 모임에 참석해야 할 때도 있었지만 두 사람의 일상은 탄탄하게 성장하고 있는 금융가의 젊은 오너와 그의 아름다운 아내로 대외적으로 비치는 화려한 것과는 분명히 거리가 있었다.

하지만 그것을 이상하게 여기는 사람은 아무도 없었고, 설사 그런 사람이 있다고 해도 윤과 유권은 괘념치 않았다. 그런 시선에 신경 쓰기에는 지금 서로 함께 있는 일상을 만끽하는 것만으로도 바빴기 때문이다.

가끔 가족이나 용진을 집으로 초대하여 식사를 하기도 했다. 바쁘게 보낼 때도 있었지만, 가끔 한가해지는 날이 생길 때면 두 사람은 서로 손을 맞잡고 집 주변의 산책로를 거닐었다.

"밤바람 시원해졌네."

"그러게."

맞잡은 손 반대편에는 편의점에서 산 아이스커피를 하나씩 들고 시간을 신경 쓰지 않고 음료수를 다 마실 때까지 하는 산책은 특히 유권이 좋아하는 것이었다. 불어오는 바람을 그대로 맞으며 머리를 가볍게 흔드는 윤을 바라보던 그의 입술이 불쑥 열렸다.

"넌 왜 잔머리까지 예뻐?"

"뭐, 뭐?"

아무렇지 않은 얼굴로 낯간지러운 칭찬을 하는 유권의 말에 윤은 삼키던 커피가 코로 역류할 뻔했다. 결혼하고 나서 유권은 전과 같아지는 것을 넘어서서 묘하게 진화한 것 같았다.

"그런 소리 좀 큰 소리로 하지 마."

"뭐? 진짠데 어떡하라고."

누가 들을까 급하게 단속하긴 했지만 윤 역시 기분은 좋았다.

산책을 끝내고 집으로 돌아가자 유권은 침대에서 책을 보고 있는 윤의 다리를 베고 누웠다.

"귀 파 줘."

"그럴까?"

침대 곁 서랍에서 면봉을 꺼낸 윤은 유권의 귓바퀴를 잡고 조금씩 귀 청소를 해 주기 시작했다. 그러는 동안 유권의 눈은 조금씩 감겨 오고 있었다.

"귀가 참 깨끗해서 할 맛이 안 나네."

"다음엔 더러워질 때까지 참을게."

"히히히."

윤이 웃는 소리를 들으며 유권 역시 피식 웃었다. 귀를 만지작거리는 윤의 손길이 다른 것에 비할 수 없이 좋았다. 한쪽을 다 끝내고 마무리 삼아 후 불자 유권의 어깨가 움찔거렸다.

윤은 돌아눕는 유권의 도톰한 귓불을 조몰락거렸다. 자기처럼 귀걸이를 위해 뚫은 흔적 없는 유권의 귓불은 매끈하고 기분 좋은 촉감을 갖고 있었다. 어느새 가늘게 콧노래를 흥얼대는 윤의 목소리를 한참 동안 듣고 있던 유권이 문득 운을 뗐다.

"윤아."

"응?"

"우린 아이 언제 가질까?"

갑작스런 말이었지만 윤은 그다지 놀라거나 당황하지 않고 유권의 말을 받았다. 아이 얘기는 이전에도 몇 번 한 적이 있었던 것이다.

"아기 갖고 싶어?"

"우리도 조금씩 생각해야 하지 않을까 싶어서."

간혹 유권과 아이에 대해 얘기했던 적은 있었지만, 그저 지나가듯 가벼운 정도였을 뿐 서로 진지하게 결심이 선 것은 아니었다. 하지만 이제 유권의 일도 어느 정도 궤도에 올랐고 자신 역시 한창 바쁜 때는 지나갔으니 어쩌면 적당한 시기일지도 모른다.

"그럼…… 아들이 좋아 딸이 좋아?"

"성별은 상관없어."

"음, 그럼 나랑 오빠 중에 누구를 더 닮았으면 좋겠어?"

"흠……."

잠시 생각해 보던 유권은 다시 입을 열었다.

"일단 외모만 보면…… 아들이었으면 널 닮았으면 좋겠고, 딸이었으면 제발 널 닮았으면 좋겠다."

반쯤은 농담으로 돌아오는 유권의 대답에 윤은 그만 웃음을 터트리고 말았다.

"뭐야 그게?"

"아들은 괜찮다지만, 딸이 아빠를 닮는 건 좀 곤란하잖아?"

한참을 소리 내어 웃던 두 사람의 분위기가 문득 진지해졌다. 윤은 귀 청소가 다 끝난 유권의 귀를 계속해서 만지작거리고 있었다.

"그럼…… 우리 병원 가 볼까?"

윤이 진지하게 얘기를 꺼내자 유권이 누웠던 몸을 일으키며 일렀다.

"벌써 무슨 병원이야. 노력해 보고 안 되면 그때 병원에 가는 거지."

"어? 정말 노력해 보겠다는 거야?"

"그게 뭐…… 어려운 일은 아니잖아?"

농담인 줄 알고 웃던 윤은 빙긋이 웃는 입매의 유권이 덮치듯 다가오자 그제야 그의 말뜻을 깨닫고 얼굴을 붉혔다.

"뭐야, 갑자기?"

"엊그제는 필 받아서 욕실에서도 했는데 뭐가 갑자기야? 여긴 그래도 침실이잖아."

지난 일을 꺼내는 유권의 말에 윤의 얼굴이 새빨개졌다.

"자기가 불쑥 들어온 거였으면서!"

"그랬지. 하지만 열정적으로 매달린 건 누구였더라?"

"윽……."

유권은 여전히 호선을 그리고 있는 입술을 당황해서 버벅대는 윤에게 포갰다. 뭐라고 항변하려고 바르작거리던 윤의 팔이 곧 편안하게 유권의 어깨에 감겼다. 딥키스로 이어지며 곧 분위기가 달아오르기 시작할 무렵, 윤이 잠시 키스를 멈추고 정말 궁금한 표정으로 물었다.

"그런데 얼마나 노력하고 병원에 가야 하지? 간다면?"

"최소 6개월."

"아……."

그렇구나 하고 납득하던 윤이 어느 순간 다시 유권을 바라보았다.

"벌써 알아봤구나?"

윤의 반문에 유권은 대답 대신 미소 지으며 다시 다가왔다. 윤의 웃음소리가 그와 합쳐지는 호흡으로 인해 잦아들며 조용해졌다. 침실의 공기가 달아오르며 두 사람만의 시간이 깊어졌다. 이어지던 두 사람의 목소리는 곧 서로에게 끊임없이 사랑한다고 이르는 속삭임으로 바뀌어 오래도록 이어졌다.

—*Fin*

작가 후기

안녕하세요. '나의 사랑은 부끄럽다 - 셰임'의 작가 김정현입니다.

한 편의 글을 마무리 지었지만 후기를 적고 있는 지금은 이 글을 처음 구상했던 것만큼 완성도 있게 표현하지 못했다는 생각에 마음이 무겁습니다. 지금 이 후기까지 다다른 독자님께 그저 깊은 감사를 드립니다.

이 책이 세상에 나왔을 즈음이면 계절은 이제 6월로 접어들어 여름으로 향해 가고 있을 것 같습니다. 싱그러워지는 계절에 독자님들을 찾아뵐 수 있게 된 것을 정말 기쁘게 생각합니다. 아울러 이 글을 다듬어 책으로 탄생할 수 있도록 도와주신 뿔미디어 편집부 여러분께도 감사하다는 말씀을 전합니다.

    저는 조만간 또 다른 작품으로 다시 독자님들을 뵐 수 있기를 기대하며 이만 후기를 마무리 짓고자 합니다.

    이제 슬슬 본격적으로 더위가 시작되려 하는 5월 말엽이네요. 건강 조심하시고, 다시 한 번 감사드립니다.

2014년 5월 20일

김정현.

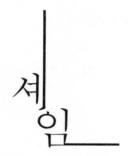

셰임

1판 1쇄 찍음 2014년 5월 21일
1판 1쇄 펴냄 2014년 5월 27일

지은이 | 김정현
펴낸이 | 정 필
펴낸곳 | 도서출판 **뿔미디어**

편집장 | 이재권
기획 · 편집 | 주종숙 · 이은정

출판등록 | 2002년 9월 11일 (제1081-1-132호)
주소 | 경기도 부천시 원미구 상동로 117번길 49(상동) 503호
전화 | 032)651-6513 / 팩스 | 032)651-6094
E-mail | dahyangs@naver.com
블로그 | http://blog.naver.com/dahyangs
홈페이지 | http://bbulmedia.com

값 9,000원

ISBN 979-11-315-1157-2 03810

www.bbulmedia.com

www.bbulmedia.com